愛ゆえの追放!?
「あなたに、このパーティーから外れてもらいたいの。
私達が…生きて帰るんだって、思えるように」
「今まで、ありがとな」

キュリア
森霊族の寡黙な少女。精霊などを使役する。
冷静沈着に見えるが子供っぽい一面も。
ロミナ
〝聖勇女〟に選ばれた優しき人間の少女。
リーダーとして魔王討伐を果たしたが……?
かつての仲間、聖勇女パーティー。
運命の悪戯で再び彼女たちとの旅が始まる——

ルッテ
ドラゴン系の亜神族で古龍術を操る。
長命で独特な落ち着きがあり、からかい好き。
カズト
日本から異世界転移した本作の主人公。
絆の女神の力と呪いを授かり
〝忘れられ師〟として冒険する。
フィリーネ
背に翼を持つ天翔族の女性。
攻撃や回復を担当する聖魔術師で、
育ちが良くツンデレ気味。
ミコラ
元気いっぱいで男勝りな獣人族の少女。
見た目どおり武闘家として前衛を担当する。

旅の途中、癒しのひとときーー

忘れられ師の英雄譚 1

聖勇女パーティーに優しき追放をされた男は、
記憶に残らずとも彼女達を救う

しょぼん

HJ文庫
1117

口絵・本文イラスト　∴

wasurerareshi no
eiyuutan

プロローグ　優しき別れ

wasurerareshi no eiyuutan

「あなたに、このパーティーから外れてもらいたいの」

ロムダート王国の王都ロデムの中心にある、城に面した王宮の一室。

次の旅路は魔王《まおう》との最終決戦。そう心で決意を固めていた矢先に、パーティーのリーダーである聖勇女《せいゆうじょ》ロミナは、俺《おれ》に向かって本当に申し訳無さそうに、そう口にした。

そんな表情を見せたのは彼女《かのじょ》だけじゃない。

武闘家《ぶとうか》である獣人族《じゅうじんぞく》の少女、ミコラ。

万霊術師《ばんれいじゅつし》である森霊族《しんれいぞく》の少女、キュリア。

聖魔術師《せいまじゅつし》である天翔族《てんしょうぞく》の女性、フィリーネ。

古龍術師《こりゅうじゅつし》である亜神族《あじんぞく》の女性、ルッテ。

彼女達《かのじょたち》はみんな、目を逸《そ》らし、どこか余所余所《よそよそ》しい雰囲気《ふんいき》を見せている。

……ま。そんなもんだ。

今の俺が魔王との決戦で役に立てるかと問われたら、表向きは他の冒険者《ぼうけんしゃ》でもできるような活躍《かつやく》しか見せられない。

それでなくてもSランクのみんなと違《ちが》い、俺はCランクの武芸者。次の決戦に連れていくなんて、やっぱり論外だよな。

そう理解していたからこそ、俺はさらりとこう返してやったんだ。

「ま、俺なんかじゃ魔王相手には力不足だもんな。分かった」

ってさ。

それで話は終わるって思ったのに。

「……そういう言い方、するなよ」

最初にそう口にしたのはミコラだった。

トレードマークの短い赤髪《がみ》から伸《の》びた、普段《ふだん》ならピンと立っている猫耳《ねこみみ》をペタリと倒《たお》し、はっきりとしょぼくれている。

普段ならもっと口悪く馬鹿にしてくる、ある意味気さくで腐《くさ》れっ気《け》のない奴《やつ》なのに。

何で今日に限ってそんなにしんみりとしてるんだよ。

「一緒《いつしよ》に、戦いたかった。それは本当」

普段なら無口で無表情。ほとんど話すらしてくれないキュリアも、独特の琥珀色《こはくいろ》の長髪《ちようはつ》を落ち着かなさそうにいじりながら、珍《めずら》しく自分から口を開く。

コミュニケーションに何かと困ったりもしたけど、彼女が嘘《うそ》をつかない正直者だってのは、俺もよく分かってる。

だけどだ。

「そう言ったって、俺が外れる理由なんてそんなもんだろ？　あ。俺なんかと旅するのに、嫌気《いやけ》が差したかもしれないか。とにかく、こっちに問題しかないから――」

「馬鹿にしないで！」

俺が自嘲《じちょう》していると、それを一喝《いっかつ》したフィリーネが、怒《いか》り顔でこっちを睨《にら》む。

「確かに実力だけなら、貴方《あなた》の代わりになるような冒険者なんてごまんといるわ。だけどそれだけじゃないから、これまでも共に戦って来たのよ。今更《いまさら》そんな理由で貴方《あなた》をパーティーから外すなんて、馬鹿げた事するものですか！」

涙《なみだ》の溜《た》まった瞳《ひとみ》を隠《かく》すように、彼女はぎゅっと魔導帽《まどうぼう》の鍔《つば》を下げ、身体《からだ》ごと横に向き直る。その意外過ぎる反応に、俺は戸惑《とまど》いを隠せなかった。

普段なら俺を小馬鹿にしたり、悪戯《いたずら》っぽくいじるばかりのフィリーネ。そんな彼女がここまで俺を擁護《ようご》するなんて。どんな風の吹《ふ》き回しだ？

あまりの事に呆然《ぼうぜん》としていると。

「お主はほんに阿呆《あほう》じゃな。ま、じゃからこそ、お主と歩んだ旅路は、苦しきはずじゃったのに、楽しく、居心地《いごこち》良く感じられたんじゃがの」

白銀のツインテールを揺《ゆ》らし、十五歳程《さいほど》の外見に見合わない口調でそう語ったルッテは、何処《どこ》か遠い目で何かを懐《なつ》かしんだ顔をする。

確かに約一年。俺は今までで最も長く、彼女達と冒険者としてパーティーを組んできた。

ロミナが聖剣《せいけん》を抜《ぬ》き、聖勇女《せいゆうじょ》として魔王に挑《いど》むと決めてからも、俺達《おれたち》は幾多《いくた》の魔王軍との戦いを乗り越《こ》えてきたっけ。

女子ばかりの中、俺だけ男だったのもあって色々苦労もしたけれど、別に俺だって薄情《はくじょう》じゃないし、仲間達《たち》との日々に未練だってないわけじゃない。

だけど、どうせパーティーを追放されるなら、さらっとダメ出しされて終わってくれた方が、よっぽど有難《ありがた》いんだよ。その方が未練も後腐《あとくさ》れもなく、すぱっと割り切れるってのに。

「じゃあ、何でだよ」

俺は思わず、相手が話すまで聞くまいと思っていた事を尋《たず》ねてしまう。

でも、みんなは唇《くちびる》を噛《か》み何も言わず、ただ悔《くや》しげな顔をするだけ。

……何だよ。何でそんな顔するんだよ。

どうしていいのか分からず、俺が困惑《こんわく》していると。

「その話は、私がした方がよいだろう」

そう言って、部屋に入って来た奴がいた。

勿論《もちろん》、俺はそいつを知っている。華《はな》やかな正装に身を包んだ、金髪《きんぱつ》の爽《さわ》やかなイケメン。

この国の王子、マーガレスだ。

魔王討伐《まおうとうばつ》にあたり俺達を陰《かげ》で支えてくれた、本当に優《やさ》しくていい奴なんだけど、そんな彼《かれ》もまたみんなと同じように、申しなさげな表情を見せている。

「君が抜けた分は、聖騎士《せいきし》である私が加わる事になった。無論、最終決戦。我《わ》が国《くに》や他国の精鋭《せいえい》も含《ふく》め、多くの者が決戦に参加するが、魔王の喉元《のどもと》に斬《き》りかかるのは我々六人。彼女達をできる限り護《まも》り抜いてみせるから、君は安心して待っていて欲《ほ》しい」

真剣《しんけん》な目で語るマーガレスの言葉。俺はそこにひとつだけ、違和感《いわかん》を覚えた。

「……待ってろって、どういう事だよ」

思わず低い声で、牽制《けんせい》するような声を出したけど、正直心に余裕《よゆう》なんてなかった。

俺はパーティーから追放されるんだぞ。そんな俺に待ててってなんだよ。もう俺の居場所なんて、なくなるってのに。

露骨《ろこつ》に悔しそうな顔をしてたんだろうな。

ロミナが薄茶《うすちゃ》色の長い髪と同じ色の瞳で、覚悟《かくご》を決めた凛《りん》とした顔で俺を見つめてくる。

「あなたには戦いに加わらず、ここで待っていて欲しいの」

「だから！　どういう事だって！」

強く叫《さけ》んだ俺に、彼女は少しだけ目を伏《ふ》せ唇を噛んだ後、静かにこう口にしたんだ。

「私達が……生きて帰るんだって、思えるように」

「……どういう意味だよ」

俺には、理解できなかった。

……いや。それを聞いた瞬間《しゅんかん》、理解しちゃいけないって思った。

だからこそ、ロミナの言葉にあえて尋ね返す。その言葉が嘘であって欲しい。そう願いながら。

ロミナは少し辛《つら》そうな顔で俯《うつむ》くと、その想《おも》いを語りだした。

「……私は。いえ。私達は、魔王から世界を救うべく、命懸《いのちが》けで戦わないといけないわ。だけど、熾烈《しれつ》な戦いの中で、心が挫《くじ》けそうになってしまうかもしれない」

ゆっくりと、視線を交《か》わした彼女の真剣な瞳に、俺は目を逸らす事ができなかった。

「だから、あなたにはパーティーを離《はな》れて残ってほしいの。みんなの心が挫《くじ》けそうになった時、あなたがいる世界を護りたいって思えるように。あなたがいる場所に、生きて帰りたいって思えるように」

ロミナが想いを強く感じさせる瞳を見せ、ミコラも、キュリアも、フィリーネやルッテまでもが彼女と同じ瞳を向けてきた時。

「……ったく」

俺は、まともな言葉を返せなかった。

あいつらはちゃんと、俺を仲間として見てくれていた。

……いや。そんなのはとうに気づいてたさ。ここまでずっと、Cランクの見た目お荷物な武芸者と共に、旅をしてくれたんだから。

きっと、色々な人に言われたはずだ。

──「何であんな奴を連れてるんだ。俺が代わりになろうか？」

──「もっと腕《うで》の立つ前衛を紹介《しょうかい》してやるよ」

ってさ。

でも、それでもここまでずっと、俺を仲間として置いてくれたんだ。

ロミナは優しいから、はっきりとは口にしなかったけど、言いたい事は分かってる。

きっと彼女達ですら命の保証がない戦いで、足手まといな俺を無駄死《むだじ》にさせたくなかったんだろう。

そして、あえて口にしてくれた事もきっと本音。

だからこそ、戻《もど》る場所にしたいなんて言い出したんだよな。魔王相手に心が折れないよう、最後の楔《くさび》になって欲しかったんだよな。

……だけど、俺は知っているんだ。

俺がいなくなれば、みんなはより厳しい戦いを強《し》いられるかもしれない事を。

それだけの秘《ひ》めたる、呪《のろ》いのような力を持つ俺がいたからこそ、乗り切れた戦いもあったって事を。

そして俺は……お前達の居場所になんて、なれない事にさ。

……このままいなくなれば、みんなが魔王に負けるかもしれない。

だけど、彼女達の決意も無駄《むだ》にはできないよな。

なら、俺が最後にしてやれる事は……。

「アシェ」

俺は、首元にマフラーのように纏《まと》わり付き動かない相棒をぽんっと優しく叩《たた》くと、首を起こしたイタチのような可愛《かわい》い幻獣《げんじゅう》と目を合わせた。

「お前はみんなに付いて行ってくれ」

瞬間。周囲の奴ら以上に、目を丸くしたのはアシェだった。

「ロミナは、絆《きずな》の女神《めがみ》を信じ続けた数少ない人間だ。いざという時、きっとお前も力を貸せるだろ」

「……何を言っているの？」

幻獣であるアシェに話しかける俺に、思わず不思議そうに尋ねてくるロミナに対し。

「俺がこのパーティーで何とかみんなの力になれたのは、こいつがいてくれたからさ」

俺はそう口にすると、ふっと笑ってやる。

「こいつ。実は絆の女神アーシェの加護を受けた聖獣《せいじゅう》でさ。色々な力を持っていて、いざという時に力を貸してくれていたんだ。俺はこいつのお陰で何とかやってこれただけ。ロミナはずっと絆の女神アーシェを信じてきただろ？　だからきっと、こいつの力を借りれると思う」

これは半分は嘘。だって俺の力は、アシェが側にいなくても使えるんだから。まあでも、こいつに力があるのは嘘じゃない。

――『だけど！　それじゃ私まであなたを！』

心に届く悲痛な声。

知ってるよ。言いたい事も。お前の気持ちも。

お前が魔王に対抗《たいこう》するため、絆の女神アーシェの存在をみんなに信じさせて欲しいと訴えたのも。

力を与《あた》える代償《だいしょう》に、呪いのような力を授《さず》けなきゃならないと心痛めたのも。

俺が孤独《こどく》になるのを憂《うれ》い、ずっと側にいてくれた事もな。

だけど俺は、今まで組んできたパーティーの中で、一番こいつらに情が移ったんだ。

できれば最後まで、彼女達の力になってやりたかったんだ。

今やロミナのお陰で、みんなが絆の女神という存在に気づいて、魔王から救ってほしいと願い、祈《いの》ってもらえるようになっただろ?

だから、もう大丈夫《だいじょうぶ》だよな。

絆の女神を信じるロミナ達が一緒なら、お前もきっと魔王と戦える。

そして、俺とお前が離れる事でロミナ達に与えられる最後の奇跡《きせき》が、きっとあいつらを救ってくれるはずだから。

……悪いけど、みんなを頼《たの》むな。

そう心で聖獣《せいじゅう》アシェ――いや。絆の女神アーシェに願いを伝え、名残《なごり》を惜《お》しむように軽く頭を撫《な》でた後。彼女の首根っこを掴《つか》んで、ロミナ達と俺を隔《へだ》てるように置かれたローテーブルの上に乗せてやった。

俺の想いを汲《く》み取ったんだろう。アシェがはっきりと未練を感じる、小動物らしい淋しげな顔を向けてくる。

おいおい。そんな顔をするなって。な？

俺はもう一度だけアシェの頭を優しく撫でると、立ち上がりロミナに向き直った。

誰《だれ》かをパーティーに加入させるのも追放するのも、結成や解散をするのもパーティーリーダーだけに許された特権。だからこそ、彼女に決断し、宣言してもらわなきゃならない。

……優しい彼女達の裏の気持ちに気づいているからこそ、それを頼むのは心が痛む。

だけど、俺が迷うわけにはいかないからな。

「ロミナ。俺をパーティーから追放してくれ」

「……うん。カズト。このパーティーから離れて」

「ああ」

悲壮感《ひそうかん》を見せながら宣言したロミナに応えると、俺の左手の甲《こう》に浮《う》かび上がった紋章《もんしょう》が一瞬《いっしゅん》強く光り、そのまま霧散《むさん》するように消えていく。

……これで俺は、正式に聖勇女《せいゆうじょ》パーティーから追放されたんだな。

さて。後は俺が憎《にく》まれ役《やく》だ。誰がお前等の居場所になんてなってやるもんか。

俺はアシェに、そしてこの部屋にいるみんなに、嫌味《いやみ》ったらしい呆《あき》れた笑《え》みを浮かべてやった。

「さて。この際だからはっきり言ってやるよ。俺は元々魔王なんかに立ち向かえる力もないし、アシェが力を貸してくれなけりゃここまでやってこられなかった。だから今回の話は渡《わた》りに船だ。お陰で命拾いしたよ」

「お前！　そんな言い方——」

俺の酷《ひど》い言葉に、思わずミコラが飛びかかろうとする。

だけど、続かない言葉と共に、彼女は目を瞠《みは》り、動きを止めた。

ミコラだけじゃない。そこにいるみんなが、驚愕《きょうがく》したまま俺を見つめてくる。

ったく。どれだけ珍しいものを見たって顔をしてるんだよ。

ふん。どうせ見納めだ。幾《いく》らでも見ておけよ。

「ま、とはいえ情けない話。この世界は未《いま》だ魔王軍の奴らが徘徊《はいかい》してて、俺が無事でいられるかも分からない。つまり、お前達が魔王を倒して平和をもたらしてくれなきゃ、俺がこの世界で生き残れるかすら分からないって事だ」

ほんと。さらりと話して別れようと思ってたのに。何だらだらと喋《しゃべ》ってるんだよ俺は。

でも、こっちにだって未練は沢山《たくさん》あるんだ。どうせ最後。だから言ってやるよ。

「いいか？　お前等はさっさと俺の事なんか忘れて、その弱気の虫をどうにかしやがれ！　万が一の居場所とか言うな！　負けるとか思ってんじゃねえ！　お前等はちゃんと魔王を倒して、全員無事に生きて帰ってきやがれ！」

俺は、目から溢《あふ》れてるものすら気にせず、嘲笑《あざわら》うように捲《まく》し立てた。

どうせお前等じゃできやしないんだ。

魔王を倒せても。女神の力を取り戻せても。この言葉すら忘れるんだから。

「俺にとって、このパーティーは本当に最高だった。みんな一癖《ひとくせ》あったけど美少女だらけ。華もあったし、傍目《はため》にはハーレムに見えたかもな。色々苦労もしたし、迷惑《めいわく》もかけたし、辛い事もあったけど。ここまで一緒に旅ができて本当に嬉《うれ》しかったよ。だから俺はこの、最っ高に楽しくて、可愛くて、優しかったお前等との旅を忘れずに、未練がましく一人、のんびりと生きていくさ」

おいおい。何だよ、まったく。何でお前等まで泣いてやがるんだよ。

ふざけやがって。女々《めめ》しいのは俺だけで十分だ。

「いいか？　魔王を倒した後。それでも、どうしても俺に逢《あ》いたいっていうなら、必死に探し出してみろ。もし再会できた時は褒《ほ》めてやるよ。やっぱりお前等は俺が見込《みこ》んだ、最強で最高のパーティーだったってな！」

俺は、自分の強がりを語り切った後、涙も拭《ふ》かず、できる限り最高の笑みを浮かべ、最後にこう言ってやったんだ。

「今まで、ありがとな」

それが、心の限界だった。

ぐっと奥歯《おくば》を噛むと、俺は踵《きびす》を返し、そのまま扉《とびら》に向かい歩き出す。

「カズト！」

仲間だった五人から悲痛な声で呼び止められたけど、俺は振《ふ》り返らずに片手を上げて返事とすると、部屋を出てすぐ、閉じた扉に背をもたれ天井《てんじょう》を見た。

これでもう、さよならだ。

信じてるから。祈ってるから。

だから……生きて帰ってこいよ。

こうして俺は、聖勇女《せいゆうじょ》のパーティーから外れ。

……仲間達の記憶《きおく》から消えたんだ。

第一章　忘れられ師《ロスト・ネーマー》

wasurerareshi no eiyuutan

　ガタン
　石でも踏《ふ》んだのか。大きく揺れた荷馬車の振動《しんどう》で、俺ははっと目を覚ました。
……思い出したくない夢を見たな。何で急にこんな夢を見たんだか……。
　行商の荷物を積んだ荷台を覆《おお》う、やや色あせた幌《ほろ》がぼんやり視界に留《と》まり、それが改めて俺の今の状況《じょうきょう》を思い出させた。

　俺が聖勇女《せいゆうじょ》パーティーを離れ、半年が経《た》った。

　結局あの後、魔王討伐は無事、ロミナ達の手で成《な》し遂《と》げられた。

　どうやら絆の女神アーシェの力を聖勇女《せいゆうじょ》様が駆使《くし》し、仲間を誰一人《だれひとり》失う事なく魔王を倒したらしい。

　その朗報を耳にした時には、やっぱりお前等なら帰る場所なんてなくたってやれるじゃないかって、少し寂《さび》しくもほっとしたっけな。

その後、マーガレスはロムダート王国の王位を継承《けいしょう》し国王となり、ロミナは同じく王宮で共に暮らしているらしい。

世間じゃこの二人がもうすぐ婚約《こんやく》するのでは？　なんて盛り上がっているみたいだけど。お似合いの美男美女だし、世界の英雄《えいゆう》でもある二人だ。きっとそうなるに違いないな。

キュリアは世界樹の麓《ふもと》にある故郷に戻り、魔王軍によって傷つけられた世界樹の治療《ちりょう》にあたっているらしい。

他の森霊族《しんれいぞく》達の協力もあって、半年で世界樹も随分《ずいぶん》良くなったらしいけど。きっとマイペースなあいつの事だ。治療を終えたらそのままのんびり森で暮らすんだろう。

フィリーネは宮廷魔術師《きゅうていまじゅつし》として城の魔術師や聖術師《せいじゅつし》達の指導を。ミコラは王国直属の戦士団の指導をしているらしい。

フィリーネはまだしも、ミコラに人の指導なんてできるのかは甚《はなは》だ疑問だけど。まあマーガレスやロミナもいるし、どうにかなってるんだろう。

魔王討伐後、めっきり話を聞かなくなったのはルッテだ。

みんなと無事に凱旋《がいせん》したってのまでは聞いているけど、元々亜《あ》神族《じんぞく》は特異な種族だし、どこか飄々《ひょうひょう》としてたからな。表舞台《おもてぶたい》を嫌《きら》い、どこかほっつき歩いているのかもしれない。

アシェ——いや、絆の女神アーシェは、魔王との戦いの中で女神本来の姿を取り戻し、聖勇女《せいゆうじょ》と魔王を倒した後、天に還《かえ》ったって聞いている。

中々にファンタジーな話だけど、これでアーシェも本当の意味で絆の女神に戻れたんだ。万々歳《ばんばんざい》だな。

結局俺は、これらすべてを噂《うわさ》でしか聞いていない。そりゃ同行できなかったしな。

とはいえ、アーシェも女神としてみんなに崇《あが》められるようになったし、魔王もいなくなってみんなも無事だったんだ。俺がこの世界に来た目的も果たせたし、肩《かた》の荷も下りたってもんだ。

ちなみに、彼女達が俺を探しているような噂は一切《いっさい》聞かない。

ま、それも分かってたし、仕方ない。

何たって、俺が巷《ちまた》で噂の忘れられ師《ロスト・ネーマー》なんだからな。

……俺がこの名前を付けたわけじゃないぞ？

そいつがパーティーにいると名声を得て、そいつが離れると一気に没落《ぼつらく》する。

そんな噂は流石《さすが》に言い過ぎな気がするけど、じゃあ間違《まちが》っているかって言われたら、あながちそうでもない。実際そんな道を辿《たど》ったパーティーもあったしな。

何ていうか、世の中そんなもんなのか。みんな噂のように似たり寄ったりな結末を歩んでいるのは、そいつらの自業自得《じごうじとく》な面もあるし、一概《いちがい》に俺のせいだとは思ってない。

じゃあ、何でこんな事になるのか。それは俺がこの世界に転移する時、絆の女神アーシェより授かった、呪いであり力があるからだ。


絆の女神アーシェ。

その名の通り、人々の絆を祝福する変わった女神なんだけど。

彼女は古《いにしえ》より存在していながら、一時は完全に世界に忘れ去られそうになるほど、信仰《しんこう》する人が少ない女神だった。

そんな彼女が俺の住んでいた世界にやって来て、女神の力と信仰を取り戻すのに協力して欲しいって言ってきたんだけど。願いを聞き入れる代わりに授けてもらったこの呪い——いや。何かアーシェに悪いから、今は力って言っておくか。それは俺の知ってるラノベだったら、一応チートって事になるんだろう。

俺がアーシェから授かった力は二つある。

ひとつは、一度でもパーティーを組んだ仲間が持っていた技や術を、俺が駆使できるようになる『絆の力』。

本来武芸者が使える技は限られている。だけど、そんな俺が戦士や武闘家の技や、術師の魔法《まほう》なんかを使いこなせるようになるんだ。

とはいえ、この世界の冒険者の職業は、術や技をより効果的に使うため、装備に制限があったりする。

魔術師や聖術師《せいじゅつし》は、術を使う媒体《ばいたい》として杖《つえ》や魔導書が必要だったり、鉄系の素材をできる限り使わない、ローブみたいな軽装じゃなきゃいけなかったり。剣士《けんし》は剣《けん》を装備していなければ、剣を使う技が振るえない、といった具合だ。

勿論武芸者だって例外じゃない。術師同様に軽装である必要があるし、刀や弓を装備していなければ、武芸者としてのそれらの武器を使う技は使えない。

そう考えると、この力は微妙《びみょう》に感じるかもしれないけれど。それでも武芸者の装備のまま使える物もあるし、パーティーを離れていても術や技が残るって点で、この力は結構ありがたかったりする。

そしてもうひとつの力が、パーティーに入っている間、みんなを気づかれずに強化できる『絆の加護』だ。

加護は各個人に個別にひとつと、範囲内《はんいない》にいる仲間を強化できる加護を幾つか展開できるんだけど。それは魔法と違い、実際に効果を味わうまで相手は変化に気づけなくてさ。

それこそ突然《とつぜん》力を手に入れた感覚になる、いわば無詠唱《むえいしょう》の術みたいなものなんだ。

仲間を強化できるという言葉通り、残念ながらこの加護は、術者ともいえる俺自身は加護を得られない。それに、一般的な魔法はマナさえあればずっとかけっぱなしにできるけど、加護は俺が意識していないといけないからそれはそれで苦労する。とはいえ、魔力《マナ》を消費する事なく駆使できるのは十分メリットだし、仲間との絆が深まればより強力な効果を発揮する、十分パーティーの役に立つ代物《しろもの》だ。

……と、これだけ聞けば、きっと誰もがチートっぽいって感じるだろうし、俺だってそう思う。

ただ、代償となる呪いもあるからこそ、俺はあまりチートだなんて思っていないんだ。

俺が代わりに受けた呪いも、力同様に二つある。

ひとつは、呪いにより絆の女神との絆が結ばれる事で、現代世界との絆が切れてしまい、俺が向こうの世界に帰れなくなる事。

まあ、これは正直覚悟もしてたし、今もこっちの世界で不自由なく暮らしているから、それほど大した事じゃない。

ただ、もうひとつの呪いが、俺にとっては結構きついんだ。

その呪いは、俺が何らかの理由でパーティーを外れて、仲間の視界から消えた瞬間、みんなの記憶から俺が消えるって事。

これが本当に凄《すご》くってさ。俺がパーティーとして行動していた間に出会った人達からも、俺に関する記憶が消えるんだ。

例えばあの日、マーガレスは俺とパーティーを組んでいなかっただろ。だけど、あいつはパーティーに入っていた俺と会っている。だから、ロミナ達同様、俺との記憶が一切なくなってるんだ。

結果。俺が聖勇女《せいゆうじょ》パーティーにいた事を、知り合った人達は誰一人覚えていない。記憶からすっかり抜け落ちて、俺と会ってない事になっている。

な。凄いだろ？　あの日、あれだけ語った事も、みんな綺麗《きれい》さっぱり忘れてるんだぜ。

……だからあの時、俺はあいつらの居場所になんてなれなかったんだ。

そんな状況で王宮に残ったって仕方ないだろ。それこそ不審者《ふしんしゃ》でしかないしさ。

ちなみに、あの時俺がロミナ達の追放を受け入れたのは、あいつらの想いを汲んだのもあったけど、『絆の加護』を持つ俺が、パーティーの諸刃《もろは》の剣になるのを恐《おそ》れたからだ。

確かに『絆の加護』はとてつもない力がある。だけど『絆の加護』を使用する時、俺は普段と違う俯瞰《ふかん》視点になって、まるでゲームのように対象や範囲《けんい》を指定して、加護を付与《ふよ》したり展開したりしないといけなくってさ。この視点のまま武芸者として戦うなんてできやしないし、加護を与えたり頻繁《ひんぱん》に位置を変えようとする事自体、露骨に隙《すき》を晒《さら》す事になる。

もし、その隙を突《つ》かれて俺が魔王にやられようものなら、そのせいでみんなの動きが乱れ、パーティーが崩壊《ほうかい》しかねないって思ったんだよ。

ま、結局俺に武芸者としての腕がなかったからこそ、みんなの優しさを受け入れたんだ。みんなに忘れられる覚悟を決めてさ。

ほんと、今思い返しても、情けないったらありゃしないな……。

ちなみに、一度パーティーを組んだ相手と改めてパーティーを組んだ場合、そいつらとの絆だけは戻り、過去の記憶を全て思い出すってアーシェから説明も受けていたけど、流石にそれはそれで色々揉《も》めそうだし、あえてそういう機会がないように立ち回っている。

今までも与えた加護で強くなった気になった奴らが、俺の実力不足に不満を示して追放されるなんて事がほとんどだったし、そんな奴らの所に戻りたいなんて思わないしな。

そういう意味じゃ、ロミナ達だけだったな。それを追放の理由にしなかったのは……。

あと、俺はあの時別れた幻獣アシェ——つまり、絆の女神アーシェにすら、存在を忘れられているはずだ。

これは、彼女が最初に教えてくれた事なんだけど。

当時力のなかったアーシェは、俺に呪いをかけることでしか力を授ける事ができなかったんだって。

ただ、不完全な神が与えた呪いは神の力が暴走してるようなものらしく、彼女が女神の力を取り戻しても、制御《せいぎょ》も解呪もできない代物なんだそうだ。

結果、彼女もまた呪いを避《さ》ける事ができず、聖勇女《せいゆうじょ》パーティーを離れた俺を目にできなくなった事で、俺との記憶を失ってるって訳。だからあの時、あいつは俺に寂しげな目を向けてきたんだ。彼女すら俺を忘れる未来を知ってさ。

　ただ、アーシェが俺との記憶を失う代わりに発動できる、もうひとつの力をロミナ達に残す事ができたのは、少しだけ救いだったかな。

『奇跡《きせき》の神壁《しんへき》』。

これは仲間の命が危機に瀕《ひん》した時、一人一度だけ、どれだけ強い攻撃《こうげき》からも身を護ってくれる、無敵のオーラを与えるんだ。俺がアーシェに忘れられる事で起こせる、力なき女神の最後の奇跡。この存在を知っていたからこそ、俺は素直《すなお》に追放を受け入れられたんだ。

なんたって相手は魔王。それだけ強い相手だからこそ、この力が役に立ったんじゃないかって勝手に思ってるけど。そこは噂話《うわさばなし》にも聞かなくて、結局分からず仕舞《じま》いだ。

……しかし、こうやって思い返すと、本当に辛い異世界転移だったな。

ラノベなんかじゃ、神様からあっさり最強となれる力を授かって無双《むそう》してる主人公も多かったし、少しはああいうのに憧《あこが》れてたんだけど。世の中そんなに甘《あま》くはなかったか。

まあ、それでも俺は、呪いを受け入れてでも、アーシェを助けようと思ってこの世界に来たんだ。後悔《こうかい》は……まったくないとは言えないな。

夢から色々な事を思い出してしまい、感傷的になっていると。

「止まれ！」

という声と共に、幌《ほろ》馬車《ばしゃ》が停止した。

衛兵のような声。ってことは、やっと着いたのか。

商人と衛兵らしき人物の話し声が聞こえる中。荷台後ろの幌《ほろ》の布を退《ど》け、別の衛兵が顔を出した。

急に外の日差しが入ってきたせいで、俺は思わず目を凝《こ》らす。

「すまないが、ギルドカードを拝見したい」

「あ、はい」

俺は荷台の後ろまで歩み出ると、自身の腰《こし》に着けたポーチからカードを差し出した。

名前はカズト・キリミネ。年齢《ねんれい》は十九。

何となく親から貰《もら》った名前を捨てたくなくて、本名で活動している。

職業は武芸者だけど、ランクは半年間変わらず、通常FからSまである中のCランク。

何となくこれより上にすると、下手に有名になりそうなのが嫌《いや》だったし、生活に困らない程度のランクがあればいいやと思って、昇格《しょうかく》の資格はあるけれどランクアップ申請《しんせい》をしていない。

そんな平凡《へいぼん》なカードをじっと眺《なが》めた後。

「ありがとう。ようこそ、マルベルへ」

衛兵はにこりと笑みを浮かべると、俺にギルドカードを返し去っていった。

俺が辿《たど》り着いたのは、ロムダート王国の西の端《はし》。ベルド海に面する港町、マルベル。

王都ロデムは国のやや東寄り。だから、ここまで結構な距離《きょり》がある。

この街に来た目的が、何かあるのかといえば特にはない。ただ何となく、みんながいる王都からできる限り離れたくて、避けるように冒険《ぼうけん》しているってのが理由だ。

だから今回だって、護衛クエストついでにこの地に足を運んだってだけ。

自由気ままな一人旅。それはどこか気楽で、どこか寂しいそんな旅。

半年も一人なら慣れるかと思ったけど、まだ少し引きずってる。かと言って、それを忘れる為《ため》に誰かとパーティーを組む気にもなれなくて。仕方ないから、たまには観光気分でのんびりとして、こんな鬱々《うつうつ》とした気持ちを紛《まぎ》らわそうって思ってたんだ。

「いやぁ、本当に助かったよ。これからどれくらい滞在《たいざい》するんだい？」

「特に決めてませんが、ここに飽《あ》きたらまた護衛がてら、何処《どこ》かに行こうかなと」

「そうか。数日後、荷物を仕入れ終えたらまた戻るんだが、よかったらまたうちの護衛を頼めないか？」

「腕を買っていただき有《あ》り難《がた》いんですが。ここで簡単にお受けして、何かあってキャンセルとなってはこちらが信用を落としますし、ご迷惑もお掛《か》けしますので。クエストをお見かけして、こちらが受けられそうな時は、是非《ぜひ》」

依頼主《いらいぬし》の行商人にクエスト完了《かんりよう》報告書へサインを貰い、互《たが》いに笑顔《えがお》で握手《あくしゆ》を交わした後、俺《おれ》は荷物の入ったバックパックを背負い、一人馬車の車庫エリアを離れた。

§　§　§　§　§

街へと入ると海によく似合う綺麗な白壁《しらかべ》で建てられた、三、四階建ての建物が軒《のき》を連ね、向かい合う建物のベランダの間に張られた紐《ひも》に、多くの洗濯物《せんたくもの》が干されている。

潮風の香りに、遠くに海鳥《うみどり》の鳴き声も聴《き》こえるこの感じ。昔テレビで見た、ヨーロッパの旅番組みたいだな。

爽やかな初夏っぽさを感じる、初めてのマルベル。

とはいえ強い日差しもあって、額からじんわり汗《あせ》が滲《にじ》んでくる。

流石にこんな中で、土地勘《とちかん》のないまま彷徨《さまよ》い歩くわけにもいかないか。

俺は通りかかる住人に道を尋ねながら、何とかこの街の冒険者《ぼうけんしゃ》ギルドまで辿《たど》り着いた。

扉が開いたままのエントランスから中に入ると、そこには他の街と変わらぬ、冒険者とギルド職員が、賑《にぎ》やかにやり取りをしている光景が広がっている。

壁に掛かっているクエストボード付近には、冒険者ギルドの風物詩とも言える、新たなクエストを探す冒険者達《たち》が——って、溢れかえってないか？

確かにそりゃ、どの街でもクエストボードには冒険者が集まる。

にしてもだ。クエストってのは、特殊《とくしゅ》な物を除けば、大体は早い者勝ち。クエストを選ばず、そこでぐずぐずとしてる奴《やつ》らなんてごく一部。

それなのに、文字通り人集《ひとだか》りといっていいほど冒険者が集まり、何やらざわついているのは何とも奇妙《きみょう》な光景だ。

まあ、当面クエストを受ける気もないからいいんだけど。何があったのかは流石に気になるな……。

一旦《いったん》クエストボードを避けた俺は、空いている受付に向かうと女性職員に声を掛けた。

「すいません。クエスト完了報告の手続きを行いたいのですが」

「承知しました。書類とギルドカードをお預かりしてもよろしいですか？」

「はい」

先程《さきほど》サインを貰った報告書と、俺のギルドカードを手渡《てわた》すと、彼女《かのじょ》はまず目検で内容を確認《かくにん》した後、手元にある真贋板《しんがんばん》にそれらを載《の》せ、板に魔力《マナ》を注ぎ始めた。

何気にこの世界の冒険者ギルドは、剣と魔法の世界って割には近代的だ。

全ての国家で共通の情報をやり取りしないといけないから、クエスト完了報告書やギルドカードの偽造《ぎぞう》ができないよう、この真贋板《しんがんばん》を通してギルド間の情報を共有し、しっかりと記録、確認している。現代世界でいうなら、ちゃんとネットワークを介《かい》して、データベースで情報を管理してるって感じかな。

ただ、ここまでしっかりと蓄積《ちくせき》された記録の裏付けがあり、冒険者として評価されているからこそ、冒険者ギルドに加入した正規の冒険者ってのは、扱《あつか》いは思いのほか悪くないし、身分もしっかり保証されてるって訳。

勿論、評判が悪くなったり、何か大きな揉め事《ごと》を起こせばランクも下がるし、最悪ギルドカードを剥奪《はくだつ》される。

つまり、おいそれと悪事を働いたり、人を蔑《さげす》むような行為《こうい》もできないからこそ、ランクの高い正規冒険者は、より高い信頼《しんらい》を得ている事にもなるんだ。

とはいえ、そんな様々な情報も、アーシェの呪いの前には無力なのか。俺がパーティーとして行動した記録だけは、そのパーティーを抜《ぬ》けた途端《とたん》、クエスト履歴《りれき》だけじゃなく、クエストの為に交わした書類からすら、その痕跡《こんせき》が消えるんだ。

救いなのは、あくまでクエスト細部の履歴が消えるだけで、ランクに関する評価等は消えない事なんだけど……。正直どんだけ凄いんだよこの呪い、って思うだろ？

まあそういう意味では、神様ってのは人の世の理《ことわり》を超《こ》える凄い奴なんだなって、俺もよく思ったもんだ。

アーシェと話してても、全然そんな感じはしなかったけど。

「カズト様。内容に不備はございません。ご苦労様でした。報酬《ほうしゅう》はこちらになります」

チェックを終え、受付嬢《うけつけじょう》が笑顔ですっと差し出してきたギルドカードを仕舞《しま》うと、一緒《いっしょ》に出された皮袋《かわぶくろ》の中身を確認する。

今回の任務で得たのは二金貨だ。

この世界では銅貨や銀貨が主流で、一金貨は百銀貨、一銀貨は百銅貨に相当し、一般《いっぱん》の宿屋の宿泊《しゅくはく》なんかは大体一泊《ぱく》十銀貨程度。

贅沢《ぜいたく》をしなければ、食費なんかを含《ふく》めてもそこまで困らないんだけど、結局冒険に出るには、食料や道具、装備の手入れから購入《こうにゅう》まで、何かと準備が要《い》る。

だから、実際そこまで実入りが良いというわけじゃないんだ。

とはいえ、今回は比較的《ひかくてき》難易度の低い、大きな街を結ぶ大街道《だいかいどう》の護衛任務。

実際あった戦闘《せんとう》も、野生の長牙虎《ファングタイガー》の相手くらいで被害《ひがい》も特になかったし、それ以外は平和な旅路だったから、報酬としては十分すぎるけど。

「他に、何かご用はございますか？」

一通り手続きを終えた受付嬢が、事務的な確認をしてくる。

そこで俺は、さっきの光景について尋《たず》ねてみる事にした。

「あの、手続きと違《ちが》う話ですいません。あの人集《ひとだか》り、何かあったんですか？」

「ああ。あれですか……」

受付嬢はちらりと人集《ひとだか》りに視線を向けると、少し疲《つか》れた顔をする。

多分、他の奴にも同じ質問を聞かれたんだろう。

「実は、何とも奇妙なクエスト依頼《いらい》がありまして、皆様《みなさま》盛り上がってらっしゃるんですよ」

「奇妙なクエスト、ですか？」

「ええ。ランク自体は問わないクエストなんですが。その参加条件が、忘れられ師《ロスト・ネーマー》である事なんです」

「……へ？　忘れられ師《ロスト・ネーマー》って、あの噂の？」

「はい。しかもクエスト内容や報酬は、依頼主が真偽《しんぎ》を確認するまで非公開。そして、何よりその依頼主が凄すぎるんです」

「凄いって……一体誰なんですか？」

「それがですね。あのＬランクの冒険者。ルッテ様なんですよ」

「え⁉」

Ｌランク。それはＳランクの更《さら》に上。魔王《まおう》を倒《たお》した聖勇女《せいゆうじょ》とその仲間達にのみ与えられた新たなランク、レジェンドを指している。

冒険者ギルドが、正規の依頼以外貼《は》り出すはずがないだろ。って事は、本当にあのルッテが依頼したって事か……。

でも、何故噂《なぜうわさ》でし聞かない、忘《ロスト・ネーマー》れられ師なんかを募集《ぼしゅう》してるんだ？

そもそも忘《ロスト・ネーマー》れられ師の事なんて、誰も知らないはず──。

そこまで考えて、俺ははたと気づいた。

確かに忘《ロスト・ネーマー》れられ師が誰かは知らないだろう。だけど、忘《ロスト・ネーマー》れられ師がどんな恩恵《おんけい》を受け、何を失っているか。あいつ──絆の女神アーシェなら説明できるかもしれない。

……いや。みんなもアーシェも、俺が記憶からすっぽり抜け落ちているはずだし。誰も気にしなければ、わざわざそんな事を説明する機会もないはず。あり得ないよな。

それに、ルッテが依頼主っていうのもおかしな話だ。そもそもあいつは聖勇女《せいゆうじょ》パーティーの一員。実力だってお墨付《すみつ》きだし、いざとなれば仲間であるロミナ達がいるじゃないか。

それが何故《なぜ》、こんな露骨《ろこつ》に詐欺《さぎ》狙《ねら》いの輩《やから》ばかり集まりそうな相手を、募集の対象にしてクエストを依頼してるんだ？

まさか、多くのパーティーの名声を貶《おとし》めた事を罪に問う、なんて理由じゃないよな？

「その他に何かご用は？」

その言葉にはっとして顔を上げると、受付嬢が困った顔で笑っている。

俺は何時《いつ》の間《ま》にか真剣《しんけん》に考《かんが》え込《こ》んでいたらしい。営業妨害《ぼうがい》って言われても仕方ないよな。

「あ、すいません。ちなみにそのクエストって、忘れられ師《ロスト・ネーマー》かどうかを証明しないと受けられないんですよね？」

「いえ。まずは自己申告《しんこく》でよいそうです。人数を絞《しぼ》らず、そこに集まった者達から忘れ《ロスト》られ師《・ネーマー》を見定めるんだとか」

「つまり、俺もエントリーできるんですか？」

「ええ。自己申告ですから」

証明は要らず見定める？　そんな事が可能なのか？　それとも何か裏があるのか？

……正直、そこにどんな意図が秘《ひ》められているのかなんて、さっぱり分からなかった。

　何より、依頼主はあのルッテ。元パーティーのメンバーだった相手……。

　さっきのような理由じゃないかって懸念《けねん》もあるし、忘れられ師《ロスト・ネーマー》本人である俺が、不用意に首を突っ込むべきではない気もする。

　……だけど。魔王を倒した後、唯一行方《ゆいいつゆくえ》がわからなかった彼女が何故こんな事をしているのか。それが妙《みょう》に気になってしまった俺は、気づけば次の瞬間《しゅんかん》。

「あの。俺をそのクエストに、登録してくれませんか？」

　思わず、そう口にしていたんだ。

§　§　§　§　§

　自己申告で忘れられ師《ロスト・ネーマー》を名乗った、俺を含めた冒険者達は、クエストが締《し》め切られた翌日。マルベルの冒険者ギルドの地下にある闘技場《とうぎじょう》に集められていた。

　ここは主に冒険者の実力を判定する為に使われるんだけど、Sランク冒険者の技や魔法にも対応できるよう強い結界が張られていて、存分に実力を出せる作りになっている。

　ざっと見て、参加者は二十人程《ほど》。

　半分冷やかしで来たであろう低ランク帯の奴らもいれば、この中でも頭一つ抜きん出ている、貫禄《かんろく》を感じるAランクの冒険者の姿もあった。

一応、みんな装備はまともそうだな。かく言う俺も、道着と袴《はかま》という出で立ちに、愛刀の太刀《たち》、閃雷《せんらい》を脇《わき》に佩《は》いている。

まあこれくらいの準備はしてないと、何かあった時にやばいしな。

「ルッテ様にお会いできるなんて光栄だぜ」

なんて、握手会《あくしゅかい》にでも来た気分の奴までいるけど。お前等、募集内容を読んだんなら、そんな気楽な事言ってられないだろ。

そもそも忘れられ師《ロスト・ネーマー》を募集するなんて、相当おかしな事だってのに。

とはいえ、ここにいる誰もが「自分が忘れられ師《ロスト・ネーマー》です」なんて、本気で思って参加してはいないだろう。

どちらかといえば、その裏にあるクエスト内容や報酬に興味があるんだろうし、参加しなければ始まらない。そんな気持ちでクエストを受けたに違いない。

「すまぬ。待たせたの」

と。闘技場正面の入場口の方から懐《なつ》かしい声が聞こえ、俺を含めたみんなの視線が向けられると、そこに立つ一人の少女が、落ち着いた表情のままゆっくりと歩いて来た。

師より受け継《つ》いだという、見た目に古臭《ふるくさ》いローブの下に、これまた派手さ皆無《かいむ》の草色の魔法衣《まほうい》。

片手に持った長杖もまた、ごつごつとした木の枝のような地味な物。だけどまたそれも、彼女のトレードマークだ。

本当に若く見える少女の顔。白銀の髪《かみ》をツインテールで束ねた姿。

そこには、あの頃《ころ》とまったく変わらない、古龍術師《こりゅうじゅつし》ルッテの姿があった。

聖勇女《せいゆうじょ》の偉大《いだい》なる仲間に出会え、感嘆《かんたん》の声を漏《も》らす奴から、ルッテが醸《かも》し出す気高い雰《ふん》囲気《いき》を前に、真剣味《しんけんみ》ある顔つきになる奴まで。周囲の反応は様々だったけど、俺はこの時既《すで》に、懐かしさ以上の違和感《いわかん》を感じ取っていた。

彼女は、ゆっくりと俺達《おれたち》の前まで歩み寄ると、何かを見定めるかのように、じっと参加者達を見つめる。

勿論《もちろん》俺《おれ》とも目が合ったけど、他の冒険者を見た時同様、さらりと見流された。

クエストを受けた後、万が一覚えてたらどうするんだって少しパニくったけど、やっぱりちゃんと忘れてる。

そして現時点では、見ただけじゃ忘れられ師《ロスト・ネーマー》かは分からないって事か。

「改めて尋ねるが。この中で、我《われ》こそは忘れられ師《ロスト・ネーマー》じゃという者はおるか？」

若い声なのに、しっかりと齢《よわい》を感じさせる静かな口調。

そこにあったのは、普段《ふだん》の冗談《じょうだん》っぽさなど微塵《みじん》も感じさせない、ただの真剣さだけ。

周囲の奴らの雰囲気から、お気楽さが消える。

だけどそれも仕方ないだろう。俺だって緊張《きんちょう》していた。あいつの予想外の真剣さに。

彼女の問いかけに、みんなが手をあげる……俺以外が。

周囲の冒険者達とルッテの視線がこっちに集まるけど、俺はじっと、彼女だけを見返す。

少しの間こっちを見つめていた彼女だったけど、結局声を掛けられる事もなく、視線を逸《そ》らされた。

「では、忘れられ師達《ロスト・ネーマー》よ」

そう口にしたルッテの方に向け、ゆっくりと熱い空気が流《なが》れ込む。

……お前、本気か？

俺は心で舌打ちすると、一人静かに忘れられ師《ロスト・ネーマー》を名乗ってしまった集団から離《はな》れ、闘技場の端に歩いて行く。

あからさまな戦線離脱《せんせんりだつ》。だけど、あいつらは俺に目を向けている余裕《よゆう》なんてなかった。

何故《なぜ》なら、彼女の背後にオーラのように、炎《ほのお》のドラゴンが浮《う》かび上がったんだから。

詠唱なしで高位の術を放つ姿は、やっぱり聖勇女《せいゆうじょ》パーティーに相応《ふさわ》しいな。

……俺は、その術を知っている。

古龍術《こりゅうじゅつ》、炎の幻龍《フレイム・ドラゴニア》。

亜神族《あじんぞく》でも最も力のある、龍《りゅう》の一族だけに許された古龍術《こりゅうじゅつ》。その中でも高位の術だ。

本物に近いフレイムドラゴンを召喚《しょうかん》して操《あやつ》れるだけじゃなく、術者の身体《からだ》にも召喚したドラゴンに応じた力が宿り、同じだけの力を駆使できる、自己強化も兼《か》ねた強力な召喚術。

ルッテが最も得意とするのは炎。つまり、それだけ本気に近いって事。

「なななな、何をするのですか⁉」

観光気分だった冒険者達が、青ざめた顔で思わず声を上げると。

「単純じゃ。お主らが忘れられ師《ロスト・ネーマー》じゃというならば、パーティーでも組み互いを高めよ。さすれば、我《われ》をも超えられるじゃろ？」

冗談のようで本気。そんな台詞《せりふ》と共に、ルッテが杖を天にかざすと、ドラゴンの口から吐《は》かれた灼熱《しゃくねつ》の火球《かきゅう》が彼《かれ》等の前に着弾《ちゃくだん》し、勢いよく火柱となって立ち昇《のぼ》る。

離れていても感じる熱量。久々にこの術を見たけど……この威力《いりょく》、前より絶対やばいだろ……。

「ひ、ひぃぃぃぃっ‼」

彼女からの十分な殺意。これを見ただけで、腰を抜かした奴らが半数以上。残りの奴らも早くも及《およ》び腰《ごし》になる。

Aランクの奴ですらその実力差を痛感し、恐怖《きょうふ》で身体《からだ》を震《ふる》わせていた。

「次は外さん。忘れられ師《ロスト・ネーマー》じゃというなら本気を出すのじゃ。さもなくば、ここから去れ」

外見に似合わぬ冷たい言葉が合図となったのか。みんなは慌《あわ》てて彼女に背を向け、一目散に出口へと駆《か》け出していき、闘技場には俺とルッテの二人だけが残された。

彼女ははっきりと落胆《らくたん》し、大きなため息を吐《つ》くと、ゆっくりとこちらを見る。

「お主は正直者じゃな。じゃが、ならば何故ここに来た？　彼奴等《あやつら》同様冷やかしなら、さっさと帰るがよい」

目に浮かぶ失望。

それは既に、俺が忘れられ師《ロスト・ネーマー》であるはずがない。そう感じた事をはっきりと告げている。

つまり、もうこっちに興味はないって事。

だけどそれじゃ困る。俺にはどうしても知りたいことがあるんだから。

「ルッテ様が何故こんなクエストを依頼したのか、知りたかったからです」

赤の他人である以上、あまり下手な話し方はできない。だから俺は、他人行儀《ぎょうぎ》に話しかける。

「……知ってどうする。お主は忘れられ師《ロスト・ネーマー》じゃないのじゃろ？」

「確かに。ですが何故、忘れられ師《ロスト・ネーマー》を必要としているんですか？　噂でしか聞かない存在に頼《たよ》ろうとするクエスト。俺にはその理由が思いつかなかったんです。冒険者とは、気になる謎《なぞ》に迫《せま》りたくなるもの。ですから俺は、ここにやって来ました」

「……ふん。その程度の志《こころざし》で、顔を出されるとは」

呆《あき》れながらも、ルッテは今日初めてふっと小さく笑う。

「じゃが、済まぬが教えられれん。このクエストを受ける資格のある者でなければな」

「それはつまり、話を聞けるのは忘れられ師《ロスト・ネーマー》だけ、って事ですか」

「必ずしもそうではない。じゃが、もうそんな噂にすら頼らねば、どうにもならん」

そう口にした彼女は、歯がゆそうな顔で天井《てんじょう》を見上げた。

「何が聖勇女《せいゆうじょ》パーティーじゃ。何がLランクの冒険者じゃ。結局魔王を倒せたのは、絆《きずな》の女神《めがみ》アーシェと聖勇女《せいゆうじょ》ロミナの力。我《われ》の今の力で同じ事を為《な》せと言われても、できなどしないのじゃ」

「……どういう事ですか？」

俺は思わず尋ね返した。

そりゃそうだろ。

今のルッテの言葉は、魔王を倒さなきゃいけないって言っているようなものなんだから。

だけど、彼女は少し沈黙《ちんもく》した後。

「お主には関係のないことじゃ。殺されたくなくば、帰るがよい」

まるで突き放《はな》すような言葉で、会話を止めた。

……その言葉の裏に何があるのか。俺にはさっぱり分からない。

ただ、はっきり分かった事もある。

俺は今、こいつをどうしても放っておけないって事にな。

お前の記憶《きおく》になくても、俺にとってお前は、大事な仲間だったんだ。

そんな仲間が随分《ずいぶん》と晴れない顔をする。それを見過ごせって言われたら、迷わず断るさ。

だから俺は、あいつに向けこう言ってやったんだ。

「嫌だと言ったら？」

ってな。

俺の放った言葉に、ルッテは眉《まゆ》をぴくりと動かすと、また視線を向けてくる。表情に、少しだけ驚《おどろ》きを浮かべて。

俺は顔色を変える事なく、ゆっくりと闘技場の中央に戻《もど》ると、ルッテと距離を置いたまま向かい合う。

……正直、簡単に諦《あきら》めを口にしたあいつらしからぬ態度に、内心苛立《いらだ》ってたけどな。

「確かに俺には関係ないかもしれない。だけど、納得《なっとく》なんていくか。聖勇女《せいゆうじょ》様や女神様が強かろうが、あんた達仲間がいたからこそ、魔王に勝てたのは変わらないじゃないか。それに、今でもあんたには仲間がいる。そこまで思《おも》い悩《なや》む何かがあるなら、そいつらを頼って一緒に戦えばいいだけだろ」

「……ふん。急に生意気な口を聞きおって。お主が我《われ》の何を知っておる？」

「何も知りやしないさ。俺は一緒に旅した事もなければ、魔《ま》王討伐《おうとうばつ》に挑《いど》んでもいないからな。だけど、今のあんたの事はよく分かるさ。諦めてばかりの臆病者《おくびょうもの》だって事はな」

「うるさい！」

瞬間。苛立《いらだ》ちと共に俺に向けられた杖から、火球《かきゅう》が勢いよく放たれた。

それは身動きしない俺の顔を掠《かす》め、僅《わず》かに触《ふ》れた黒髪《くろかみ》の先をちりっと焼くと、離れた背後の壁にぶつかり激しい爆発《ばくはつ》を起こす。

背中に感じる強い熱風。だけど俺は、動じる事なくじっとルッテを見続けた。

本気で狙《ねら》ってない術に、恐怖なんて感じるもんか。むしろ優《やさ》しさを感じるくらいだ。

「本気で死にたいか？」

「いいや、死にたくないね。俺だってＣランクの冒険者。まだまだ夢も希望もあるからな」

「ならば、何故我《われ》に楯突《たてつ》く？」

「放っておけないから。それじゃダメか？」

「ふん。小者が何を気取る。はっきりせい。欲《ほ》しいのは地位か？　名誉《めいよ》か？　それとも金か？」

苛立《いらだ》ちが彼女の表情を歪《ゆが》ませ、俺にきつい目を向けさせる。

まったく。そんなのどれもいるかっての。俺が欲しいのはな。

「あんたの笑顔」

それだけだ。

あまりに意外な答えだったのか。

久々にルッテが見せた面食《めんく》らった顔に、思わずこっちが笑ってしまう。

ま、そりゃそうだ。急にそんな事を言われたら、誰《だれ》だってそんな顔にもなるよな。

だけど、俺は知ってるんだよ。

お前は悠々《ゆうゆう》と過ごしながら、いっつも俺をからかい、楽しそうに笑ってた。

それがいいんだよ。それがお前らしいんだよ。

今のお前には、笑顔も余裕も微塵《みじん》もないじゃないか。そんなの許せるかよ。

「……お主。名は？」

「……カズト」

「そうか」

ルッテが一瞬《いっしゅん》ふっと笑うと、すぐに真剣な目を向け、改めて杖《つえ》を構える。

同時に、彼女の背後で実体化し立ち上がったフレイムドラゴンが、大きく咆哮《ほうこう》した。

「諦めぬというなら力を見せよ！　本気で我《われ》を笑顔にするとほざくなら、我《われ》に希望を見せるのじゃ！」

彼女の構えに、俺も迷わず腰に佩《は》いた鞘《さや》に収まっている愛刀、閃雷《せんらい》の柄《つか》にすっと手を掛ける。だけど、まだ相棒を鞘からは抜かない。

そう。これが俺のスタイル。武芸者の刀技《とうぎ》のひとつ。抜刀術《ばっとう》だ。

静かに目を閉じ、気配だけでルッテの動きを追うと、熱のある空気が、彼女の左右上方に集まるのを感じる。

ドラゴンの両腕《りょううで》を振《ふ》るい放つ飛び道具、鋼《はがね》の炎爪《えんそう》の予兆か。

ったく。この熱量。本気だな。

今までは仲間。しかも前衛と後衛。互いの技と術を撃《う》ち合うなんて、一度もした事はない。だけど、戦いの中で見てきたあいつの凄さはよく知ってる。そのやばい術もな。

止められるのか。砕《くだ》けるのか。それすらやってみなきゃわからない。

食《く》らえば死ぬかもしれない。だけど挑まなきゃ、こいつに希望を与《あた》えられない。

……ルッテ。

正体を隠《かく》した忘れられ師《ロスト・ネーマー》ですらないCランクの俺なんて、おまえが望んだ相手じゃないのは分かってる。

だけどな。

お前に何があったのか気になるんだよ。

お前が笑わないのが許せないんだよ。

お前の力になれるならなりたいんだよ。

お前は俺を知らなくても……俺にとって、お前は今でも大事な仲間なんだから。

だから見せてやるよ。希望って奴を。

その代わり、お前もちゃんと見せやがれ！　その笑顔を！

「覚悟《かくご》はよいな？」

「ああ」

短く言葉を交《か》わした後。一呼吸《ひとこきゅう》置き。

「引き裂《さ》け！　灼熱の爪《つめ》よ！」

ルッテの強い叫《さけ》びに、俺はかっと目を見開くと、ドラゴンの豪腕《ごうわん》から放たれたであろう、目の前に迫る灼熱に染まる刃物《はもの》のような鋼の爪に、己《おのれ》の持つ技と術を重ねた。

神速の抜刀から放つ、最初の一刀。

素早《すばや》い横薙《よこな》ぎの刃《やいば》に乗せ放ったのは、抜刀術の技、真空刃《しんくうは》。

鋭《するど》い巨大《きょだい》な衝撃波《しょうげきは》。だけど、たかだかそれだけであの鋼の爪を砕けやしないのは、俺が一番よく知っている。

だから俺は、そこに氷の精霊王《せいれいおう》フリザムの力を借りた精霊術《せいれいじゅつ》、絶熱《フリーズヒート》を無詠唱《えいしょう》で重ねた。

絶対零度を内に秘めた衝撃波。お前の鋼《はがね》の炎爪《えんそう》に勝つならこれだ！

俺の目の前で、真空刃《しんくうは》が真っ赤な鋼の爪を食い止める。空中で互いに競《せ》り合う中、こっちの衝撃波の触れた箇所《かしょ》が、一気に黒ずんでいく。

急に冷やした鋼は脆《もろ》くなる。狙うはその一点！

素早く返した二の太刀で放ったのは、抜刀術の三大奥義《おうぎ》のひとつで俺の得意《とくい》技でもある、斬《ざん》の閃《ひらめ》き。

真空刃《しんくうは》の軌道《きどう》に重ね、刹那《せつな》に放った最強の一閃《いっせん》。それが脆くなった狙うべき一点を見事に打ち抜くと、真空刃《しんくうは》の勢いが削《そ》がれる前に、赤き鋼の爪を粉々に打ち砕いた。

「なんじゃと⁉」

驚愕《きょうがく》するルッテの頭上を超え、真空刃《しんくうは》は勢いをそのままに、ドラゴンを直撃《ちょくげき》する。

抑《おさ》え込もうと抵抗《ていこう》するフレイムドラゴンだったけど、絶熱《フリーズヒート》によって熱を奪《うば》われ力が弱ると、勢いに勝る真空刃《しんくうは》に吹《ふ》き飛ばされ、闘技場の壁に叩《たた》きつけられた。

これで決まった──なんて思ったけど、これで終わっちゃいなかった。

ばらばらになり、俺の周囲の床《ゆか》に散った爪の破片《はへん》が、突然《とつぜん》一気に赤く輝《かがや》き出す。

「くっ！」

間に合うか⁉

身の危険を感じた俺は、咄嗟《とっさ》に更なる技を繰《く》り出した。

抜刀術、孤月陣《こげつじん》。

大地に弧《こ》を描《えが》き周囲に風圧を放ち、辺りの物を吹き飛ばす斬波《ざんぱ》だ。

抜刀により生まれた衝撃《しょうげき》が、爪の破片を吹き飛ばしたのと、それらが一気に爆発するのはほぼ同時だった。

俺の周囲で巻き起こる、激しい爆発と猛々《たけだけ》しい炎。流石《さすが》はルッテの古龍術《こりゅうじゅつ》だな。

咄嗟《とっさ》にこんなのを止められる奴、Sランクにだってそうはいないだろ。

……だけど、俺は意地で止めた。孤月陣《こげつじん》を放った時、無詠唱で重ねたもうひとつの術で。

聖術師《せいじゅつし》の使う聖術《せいじゅつ》、魔防壁《まぼうへき》。

物理攻撃《こうげき》から術まで、様々な物を止める光の障壁《しょうへき》を生み出す術を、俺は斬波《ざんぱ》の軌道に重ねて、素早く俺を囲うように展開した。これが間一髪《かんいっぱつ》、炎の爆発を食い止め、俺を生かしてくれたんだ。

魔防壁《まぼうへき》の良い所は、何かを止めるまでは光の障壁が見えない所。つまり、使ったのが気づかれにくく、ごまかしやすい点だ。

とはいえ、掛けっぱなしじゃ術を使ったのがばれるからな。

爆発で巻き起こった砂塵《さじん》が俺の姿を隠している間に、頃合《ころあ》いを見計らって術を解き、さながら孤月陣《こげつじん》だけで止めたように見せかける。

真空刃《しんくうは》の内側に潜《ひそ》めた絶熱《フリーズヒート》はまだしも、正直魔防壁《こっち》はごまかせたかちょっと怪《あや》しいが、どうだ？

俺は晴れぬ砂塵《さじん》の中、じっとあいつとの再会を待った。

ちなみに、ここまでひたすらに力を隠す理由は何かといえば、それは至極《しごく》単純な理由だ。

何でかって、俺は本来ただの武芸者だからだ。

この世界では、剣《けん》と魔法《まほう》を両立した上位職や、類稀《たぐいまれ》なる才能で複数の職を使い熟《こな》すような奴もいるにはいる。けど、普通《ふつう》の冒険者は職にひとつしか就《つ》けないし、剣と魔法を同時に使うなんて事はできないんだ。

勿論《もちろん》、武芸者は純粋《じゅんすい》な前衛。本来魔法なんて使えないけど、実際俺は『絆の力』で得た術があったからこそ、ここまでやれたってわけ。

ま、俺が知る小説やアニメじゃ、こういう異端《いたん》の力は怪しまれたり、場合によっちゃ悪用される事にもなるからな。だからこそ、下手にこの力を知られないようにしてるんだ。

とはいえ、流石にLランクのルッテ相手に、真っ正面から武芸者の技だけでやりあってたら、太刀《たち》打ちできずにあっさり死んでいたかもな。

実際今のだってほとんど紙一重。相手の術を知っていたからこそ、ある程度対応できたものの、ひとつ判断を迷い行動が遅《おく》れてたら、正直無事じゃ済まなかったはずだ。

……っていうか、ルッテ。何やってるんだよ。

お前はここまで情けを掛けず、ただの冒険者に本気を出すような奴じゃなかっただろ。どうしたんだよ。お前はいつだって余裕綽々《よゆうしゃくしゃく》で、お気楽で、マイペースで、優しい奴だったじゃないか。

砂塵《さじん》が落ち着き視界が晴れ、ルッテが姿を現すと、既にフレイムドラゴンの姿はなく、彼女だけが驚愕した表情でこちらを見ていた。

俺は大きく肩《かた》で息をしながらも、じっと視線を逸らさずあいつを見つめ返す。

「……お主。一体何をしたのじゃ」

問いかけの意味。この言葉だけじゃ、俺が密《ひそ》かに重ねた術に気づかれたか分からない。

なら、知らぬを通すが道理、だよな。

「諦めたくなかったからな。Cランクの意地を見せただけさ」

ふぅっと息を吐き構えを解くと、俺《おれ》は閃雷《せんらい》を鞘に戻す。

カチンという鞘と鍔《つば》が合わさる澄《す》んだ音。これを聞くと心が落ち着いて、戦いの熱も冷めるんだ。

……って、あれ？　俺、今あいつに何て言葉を返した？

そこで俺は、やっとやらかしている事に気づいた。昔のように、馴《な》れ馴れしく喋《しゃべ》っていた事に。

……ま、まあ、ちょっと熱くなってたから、仕方ないよな。うん。

目上の奴には丁寧《ていねい》に。敬うようにっと……。

少し気恥《きは》ずかしくなった俺は、軽く咳払《せきばら》いをすると、態度を改めこう声をかけた。

「Cランクでもこんな奇跡《きせき》だって起こせるんです。Lランクの癖《くせ》に諦めるのが早すぎませんか。ルッテ様」

俺の言葉を聞いたルッテは、暫《しばら》く呆然《ぼうぜん》とした後、あいつらしい笑顔《えがお》……っていえば、笑顔なのかもだけど……。

「……わっはっはっはっ！」

突然、思いっきり大笑いしやがった。

おいおい!?　そこまで爆笑《ばくしょう》されるような事言ったか？

思わず何とも言えない複雑な顔をすると、流石に悪いと思ったのか。彼女は必死に笑いを堪《こら》えようとする。

「はっはっはっ。いやぁ、すまんすまん。しかしお主、随分と人が変わるのう。どっちが本性《ほんしょう》じゃ？」

「え？」

あ……。ま、まあ、あれだけ生意気言っておいて、急に敬語に戻ればそう思われるか。とはいってもなぁ。そりゃ、昔みたいに喋れれば楽だけど。あいつにとって俺は、今や赤の他人だし……。

相手の記憶がないからこそ、言葉に詰《つ》まり頭を掻《か》いていたんだけど。それをどこか楽しげに見つめていたルッテは、悪戯《いたずら》っぽい笑《え》みを浮かべると、こんな言葉を続けた。

「カズトよ。お前は確かにCランクやもしれん。じゃが、夢見がちな性格だけなら十分Lランク。じゃから我《われ》に様付けなどいらん。楽な話し方でよいぞ」

「ちょ⁉　あのなあ。流石にその言い方はないだろ？」

「ふん。生意気なお主には、これくらいが丁度よいわ」

まるで掌《てのひら》で弄《もてあそ》ばれるように笑われるこの状況《じょうきょう》に、俺は大きくため息を吐《つ》いたけれど。

このノリ。このやり取り。この笑み。昔一緒に旅をした、俺の知っているルッテだ。

やっと彼女《かのじょ》らしさを見せてくれた事に安堵《あんど》していると、ルッテはすっと真剣な顔に戻り、俺をじっと見つめてくる。

「カズトよ」

「ん？」

「お主の命を危険に晒《さら》しておきながら、こんな事を頼《たの》むなど、無礼にも程があるが……」

「……クエストの話でいいんだよな」

「うむ。じゃが依頼内容は我《われ》からは話せん。じゃから、すまぬが共に王都ロデムに来てほしいのじゃ」

「ロデムに？」

「うむ」

俺はその言葉に、少しだけ迷いを見せた。

王都ロデムに戻るという事は、ロミナやミコラ、フィリーネと会うかもしれないという事。この件に首を突《つ》っ込んだ時点で、最悪の場合を覚悟はしていたものの。記憶のないみんなと会うのは、やっぱり何処《どこ》か気が引ける。

とはいえ、俺が自ら焚《た》き付け乗りかかった船。今更《いまさら》断る選択肢《せんたくし》なんてないか。

パーティーさえ組まなければ赤の他人のままだし、別に気にしなくてもいいだろ。

「別に構わないけど。これは、俺がクエストを受領したって事でいいのか？」

「いや。じゃが、クエストの内容を知る権利は十分ある。残念じゃが、ミコラやフィリーネと手分けし王都や他の街でも同じクエストを貼ったが、結局残った候補はお主くらいじゃしのう」

「そんなに大々的に募集してたのかよ。しかし、忘れられ師《ロスト・ネーマー》なんか見つけて、一体どうするつもりだったんだ？」

「……力が、いるんじゃよ」

戸惑《とまど》う俺に、歯がゆそうな顔でルッテがそう口にする。

力が？　その言葉に、先の彼女の言葉が蘇《よみがえ》る。

──「我《われ》の今の力で同じ事を成せと言われても、できなどしないのじゃ」

「……まさか、魔王がまだ生きている？」

思わずそう呟《つぶや》くと、ルッテは首を横に振った。

「いや。ロミナは間違《まちが》いなく、魔王を倒しておる」

「じゃあ何で……」

「それは向こうでちゃんと話をする。済まぬが今は何も聞かず、我《われ》に付いてきてくれんか？」

思い詰めた表情で、歯切れ悪く口にするルッテ。

……そんな顔するなって。ったく。

「心配するなよ。そのつもりでここに来たんだからさ」

俺が安心させるように笑ってみせると。

「……ふっ。お主は不思議な奴《やつ》じゃな」

彼女は突然、そう言って優しく微笑《ほほえ》んだ。

「何時ぞや、何処《どこ》かであったか？」

「へ？」

「お主と出会った記憶なぞさっぱりない。が、どうにもお主とは、初めてという気がしないんじゃが」

「……いや。俺がLランクの冒険者《ぼうけんしゃ》なんかと顔を合わせる機会なんてないって。たかだかCランクなんだし」

突然核心《とつぜんかくしん》を突かれ、内心ドキッとしながらも、俺はしれっとそんな答えを返す。

まさか、俺が忘れられ師《ロスト・ネーマー》だって感づかれてるのか？

……いや。それならもっと直接的な反応を示すよな。

今まで別れたパーティーの相手と再会して話すなんて、ほとんど機会がなかったけど。

記憶が消えても、何か残るものがあるんだろうか？

呪《のろ》いの効果に多少の不安を覚えながらも、今はあえてそれを考えないことにした。

余計なことを考えて、ボロを出したくなかったしな。

「……それもそうじゃな。まずはあまり時間もない。明日には共にここを発《た》つ。よいな？」

「ああ」

ルッテから差し出された手を取り、握手《あくしゅ》を交わしながら、俺は自ら離れたはずの、王都ロデムに舞《ま》い戻る決意をしたんだ。

§　§　§　§　§

結局、まともに観光もできず、翌日にはルッテと共に、冒険者ギルドが用意した早馬車《はやばしゃ》に乗り込み、王都ロデムへと移動を開始した。

港町マルベルからロデムまでは、普通の馬車なら二週間は掛《か》かる行程。しかし、流石は冒険者ギルド所有の早馬車《はやばしゃ》。その半分程のペースで目的地まで駆け抜《ぬ》けていく。

これは牽引《けんいん》する早馬の力もあるけど、軽量化、耐久強化《たいきゅうきょうか》、振動軽減《しんどうけいげん》といった付与術《ふよじゅつ》を掛けられた車体もあるからこそ為《な》せる事だ。

とはいえ、冒険者ギルドがこの早馬車《はやばしゃ》を出す事は稀。それだけ今回のクエストは大事《おおごと》って事になる。

ルッテはできる限り、普段通り振る舞ってくれてはいた。

けど、時折見せる憂《うれ》いのある表情は、やっぱり俺を不安にさせる。

とはいえ、それに気づいたと顔に出しちゃ彼女に悪いし、それで下手に素性《すじょう》を勘《かん》づかれてもいけないから、理由はまだ聞けない。だから、できる限りクエストの話題には触れず、俺も平然を装《よそお》い過ごしていた。


そして、あれから一週間。

ついに俺は、王都ロデムに戻ってきたんだ。

第二章　聖勇女《せいゆうじょ》ロミナ

城下町に入り、ゆっくりと進む早馬車《はやばしゃ》の窓から、俺はぼんやりと外を眺《なが》めていた。

ほんと、王都ロデムは相変わらず栄えていて賑《にぎ》やかだ。

商業地区の活気もそうだけど、住宅地区も人々が笑顔で暮らしていて、もう魔王《まおう》の影《かげ》なんて微塵《みじん》も感じない。平和が戻った幸せな雰囲気だけが、はっきりと伝わってくる。

そうこうする内に、早馬車《はやばしゃ》は城門までやってきた。

流石に今日ばかりはルッテの口数も少なく、ずっと思い詰めた表情を浮かべているもんだから、否応《いやおう》なくこっちも緊張させせられる。まあ、きっと気楽な話じゃないんだろう。

手続きを終えた後、大きな門が開き、馬車が堀《ほり》の上の橋を渡《わた》って城壁《じょうへき》内に入っていくと、城へは向かわず、王宮に向かうと建物のエントランス前で止まった。

俺は早馬車《はやばしゃ》を降りると、初めて城内に入ったかのように、周囲をキョロキョロと見渡《みわた》す。

流石にたった半年。そう代《か》わり映《ば》えするわけでもないか。

「カズト。こっちじゃ」

ルッテに案内され、俺は王宮の中に入っていく。

未《いま》だ記憶に残る建物や廊下《ろうか》を見て、自然と思い出されるのはあの日の記憶。

まったく。俺の中からも記憶が消えてくれればいいのに……なんてな。

しかも案内された部屋は、奇《く》しくもあの日にみんなと別れた応接間。

扉《とびら》の前に立った瞬間《しゅんかん》。胸がずきりと痛む。

……大丈夫《だいじょうぶ》。もうみんな、忘れてるんだから。

痛みをごまかすように、大きく深呼吸をしていると。

「そんなに緊張するでない。相手など気にせず、普段どおりに喋ればよい。皆《みな》には伝書で既に、お主は口が悪いと伝えておるでな」

「は？　ルッテ。それ本当かよ⁉」

「無論じゃ。そうでもせねば、お主が自然に話せまいて」

こっちの驚きもどこ吹く風《かぜ》。俺を鼻で笑ったルッテは、静かに応接間の扉をノックした。

「ルッテじゃ。入るぞ」

「どうぞ」

久しぶりに聞く、凛《りん》とした、でも何処《どこ》か優しげな声。

ルッテがゆっくりと扉を開くと、その奥《おく》には、まるで別れの日を再現するかのように、聖勇女《せいゆうじょ》と仲間達《たち》の姿があった。

ローテーブルの向かいのソファーに腰《こし》を下ろすロミナに、その脇《わき》に立つ白き翼《つばさ》を持ったフィリーネ。ソファーの肘掛《ひじか》けに座《すわ》り、尻尾《しっぽ》をゆらゆらとさせているミコラ。

っていうか、世界樹を治療《ちりょう》しているはずのキュリアに、国王になったマーガレスまで揃《そろ》ってるのかよ……。

魔王を討伐《とうばつ》した聖勇女《せいゆうじょ》パーティーの面々。その真剣《しんけん》な瞳《ひとみ》が俺に向けられたけど……やっぱり、誰も驚かないか。

当たり前とはいえ、ちょっと複雑だな。

「伝書で伝えた通り、此奴《こやつ》が我《われ》が目をつけた武芸者、カズトじゃ」

ルッテが俺を紹介《しょうかい》をした途端《とたん》。

「ふーん。そんなに強そうには見えねえな」

「確かにそうね。ルッテ。本当にこの男が、貴方《あなた》を負かしたというの？」

ミコラとフィリーネが、怪訝《けげん》そうな顔でこっちを見る。

「負けたとは書かんかったじゃろ。度肝《どぎも》を抜かれただけじゃ」

「……相手、Ｃランク。ほぼ、負けてる」

二人の言葉にそう言い訳をしたルッテだったけど、さらりとキュリアに突っ込《こ》まれ、ぐぬぬっと悔《くや》しそうな顔をした。

……まったく。お前等は本当に変わってないな。

昔、パーティーに加わってからも、ずっとそうだった。

ミコラも。フィリーネも。キュリアも。ルッテも。いっつもこんなくだらないやり取りばっかりしてさ。

昔のあいつらが重なり、懐《なつ》かしさに胸が熱くなる。

そんな中。唯一《ゆいいつ》、以前と違《ちが》う漆黒《しっこく》のワンピースを纏《まと》ったロミナが、以前と同じように、優しく微笑んでくれた。

「カズト様。長旅ご苦労様でした」

「あ。えっと、ありがとうございます。ロミナ様。あの、俺の事なんて、呼び捨てで構いませんから」

言葉を選びつつ何とかそう返したんだけど、その発言が気に入らなかったのか。ルッテが俺に、呆れた顔を向けてくる。

「カズト。普段《ふだん》通りでよいと話したじゃろ？」

「ばっか。相手は聖勇女《せいゆうじょ》様だぞ。そうはいくかって」

「我《われ》とて聖勇女《せいゆうじょ》と共に戦いし仲間なんじゃがのう。お主はさらりと生意気な口を利《き》いたではないか」

「あれはお前が弱気になってたから、発破をかけただけだ。大体、最初は敬語で話してやっただろ？」

思わず素になり言い訳をしてしまった俺を見て、ロミナがくすっと笑う。

「カズト様。……いえ、カズト。私にもルッテのように気さくに話して。勿論呼び捨てで構わないよ。私もそうするから」

気を遣《つか》い、少し砕けた口調で言い直した彼女の言葉に、過去が重なる。

余所余所《よそよそ》しさもなく、互《たが》いに親しげに話していたあの頃《ころ》に。

……そうだな。どうせまた一期一会《いちごいちえ》。後悔《こうかい》だけはしないようにしよう。

俺はそう考えて。

「分かったよ。ロミナ」

と、短く返事をした。

会話が一段落した所で、マーガレスが一歩前に出る。

たった半年。幾《いく》ら国王になったとはいえ、以前とそこまで印象は変わらない。

過去にも見せた、イケメンらしい爽《さわ》やかな笑顔のまま、彼《かれ》はゆっくりと口を開いた。

「カズト。済まないが、クエストを依頼《いらい》するにあたり、君の冒険者ギルドでの活動内容を調査させてもらった」

……は？　国王であるあいつが、わざわざ俺を調査した？　って事は、ロミナ達だけじゃなく、国王まで絡《から》んでいるクエストなのか!?

予想外の事に内心戸惑ったものの、よくよく考えれば、その可能性も十分考えられるか。ルッテが頑《かたく》なに、王都に着くまで事情を話そうとしなかったんだ。そこに国王が絡んでいるって話なら、ある意味合点《がてん》がいくしな。

「君はCランクとしても優秀《ゆうしゅう》で、冒険者として問題なく見えるのだが、幾つか気になった点があってね。それを確認《かくにん》させてもらってもよいだろうか？」

「はい。何なりと」

俺が頷《うなず》くと、マーガレスも小さく頷いた後、そのまま本題に入った。

「君の記録を見る限り、すぐにでもBランクを目指せそうだが、何故《なぜ》そうしないんだい？」

「自分は冒険者として生計を立てられていればいいと思っていますんで。より上のクエストの方が収入は良いでしょうが、それだけ危険も増します。ですから、安定して活動できるランク帯を選んでいるだけです」

これは本当の理由だ。ランクが上がるほど、待遇《たいぐう》も難易度も上がる。これは別に悪いことじゃないし、普通の冒険者ならメリットも多い。

だけど、俺は忘れられ師《ロスト・ネーマー》。ロミナ達以外で、長く同じパーティーにいられる事もなかったし、結局ソロでの行動が多いから、上を目指す事によるリスクがより大きくなるんだ。

それに、過去に何度か高ランクの冒険者と組んだことがあったけど、クエスト難易度も高くて色々と大変だったし。結局俺の実力不足でパーティーを追放されてばかりだったから、それなら今のランク帯で活動する方が、実力的にも丁度いいってのが本音だった。

「そうか。ソロでの活動しかしていないようだが、何か理由があってかい？」

「あ、はい。過去にパーティーを組もうと誘《さそ》われ、実力を試《ため》された事はあるのですが。どのパーティーにも『お前には腕《うで》がない』って断られてしまったもので……」

悲しいかな。呪いの効果で、俺のクエスト履歴《りれき》からパーティーでの活動が全部ぶっ飛んでたんだろう。あえて困った振りをして、そんな理由を並べたんだけど。

「あの腕でか？」

それをおかしく感じたのは、俺の実力を垣間見《かいまみ》たルッテだった。

しかし、勿論それも折り込み済み。

「結局パーティーってのは、周りとの連携《れんけい》が大事になるだろ？　その辺、俺はソロばっかりだったから、合わせるのが滅法《めっぽう》下手だったんだよ」

俺はあえて、自身にマイナスになるような事を口走った。パーティーに加入できなかった理由としては妥当《だとう》だからな。

「一年半前から約一年ほど、君が冒険者として活動していなかった期間があるようだが。その時期は、一体何をしていたんだい？」

「あ……」

次に耳にしたマーガレスの質問に、俺はすぐに言葉が返せなかった。

それは間違いなく、ロミナ達とパーティーを組んでいた期間。だからこそ、妙《みょう》に不自然で長い、目立つ空白期間になってしまったんだろう。

直近より前のクエスト達成が一年以上も空けば、流石に怪しまれもするか。

流石に、Cランクの冒険者の履歴を調べてくる奴なんて、いないと思ってたしな……。

「……その時期は丁度、冒険者を続けるか迷っていまして。ですのでクエストは受けず、ひたすら腕だけを磨《みが》いていました」

とりあえず当たり障《さわ》りのない言葉でお茶を濁《にご》してみたけど、ちょっと不自然すぎるか？

気持ちを顔に出さないよう注意を払《はら》いつつ、内心ヒヤヒヤしていたんだけど。

「そうなのか。失礼だが、復帰した理由を聞いても大丈夫かい？」

マーガレスは理由に深くは踏《ふ》み込まず、更《さら》に質問を重ねてくる。

「正直情けない話なんですが。結局、冒険者以外できそうにないなと。それで冒険者稼業《ぼうけんしゃかぎょう》を再開しました」

その言葉に納得したのか。マーガレスは短く「ありがとう」と口にする。

「最後に。君は残念ながら、忘れられ師《ロスト・ネーマー》ではない。それで合っているかい？」

「……はい」

俺は、俺を否定した。少しだけ表情に憂いを見せて。

正直、俺がそうだと言う選択肢もあっただろう。かつての仲間が揃っていたしさ。

でも、言えなかった。

以前のメンバーが誰一人《だれひとり》欠けずに揃っている中で、俺が名乗り出る必要なんて感じられなかったのもあるし。ルッテが力が必要だと言った理由が、未だ分かっていないのもある。

だけど、それ以上に……俺は臆病《おくびょう》なんだよ。

今更、みんなの所に戻《もど》ってどうする。

既《すで》にロミナ達は王宮で平和に暮らしてるし、キュリアだって世界樹の元に戻るはず。

ルッテだって、クエストの話がなければきっと、ロミナ達と一緒《いっしょ》だったろう。

そんな日常に、もう冒険《ぼうけん》なんて必要ないわけだし。

それに俺が居なくたって、誰一人欠ける事なく魔王を倒《たお》して帰ってこられたんだ。

つまり、また大事があったとしても、パーティーを組むのに困る事はない。

しかも全員がLランク。もうSランクですらないんだぜ。だったら尚《なお》の事《こと》、実力不足のCランクなんて要《い》らないだろ。

結局、遅《おそ》かれ早《はや》かれ、またパーティーから離《はな》れる未来しか見えなくって。そんな未来を迎《むか》えた時、また未練がましさで傷つくのが怖《こわ》かったんだ。

だから、今のままでいいのさ。今のままでさ。

俺の答えに、みんなに落胆《らくたん》の色が浮《う》かぶ。それでも、マーガレスは気丈《きじょう》に笑顔を見せた。

「長々と失礼した。ありがとう」

「いえ。これで本題を話してもらえるのでしょうか？」

俺が彼にそう問い返すと。

「流石に気が早すぎだろ」

「そうね」

露骨《ろこつ》に嫌《いや》な顔をしたのは、ミコラとフィリーネだった。

「ルッテを信じられねえわけじゃねえけどさ。今の話を聞いたって、まったく強そうに感じねえんだけど。本当に大丈夫なのかよ？」

「私も同意見よ。パーティー経験もなく連携もダメ。確かにソロのみでCランクの腕前《うでまえ》は、センスがあるかも知れないけれど。今回に限って言うなら、本気でただの足手まといでしかないわ」

心配そうなミコラに、呆《あき》れるフィリーネ。

まあ、確かにこの二人は、実力主義な所があるからな。

とはいえ、またこないだみたいに腕前を見せろって話になると、正直迷う。

あの時はルッテ一人だったからこそ、何とか力をごまかしながら対応できたけど。みんなを前に力を隠しながら戦えと言われたら、正直相当厳しいだろうしな……。

二人の言葉に、ルッテは少しだけ唇《くちびる》を噛《か》む。

「そこは、我《われ》の古龍術《こりゅうじゅつ》を破ったという言葉を信じてくれぬか。もう時間も限られておるし、これ以上前衛探しに時間も掛けてはおれんじゃろ」

「……前衛探し？」

俺は、その言葉に首を傾《かし》げた。

今のパーティー構成の主流は六人。前衛を三人から四人、残りを後衛ってのが主流だ。

聖勇女《せいゆうじょ》パーティーの前衛といえば、聖勇女《せいゆうじょ》ロミナに聖騎士《せいきし》マーガレス。そして武闘家《ぶとうか》のミコラであり、今ここにはその三人が揃っている。

流石に国王となったマーガレスは、パーティーの前衛には立てないかもしれない。

だけど、それならこの国の騎士団《きしだん》や戦士団の中にだって、Ｓランク冒険者に匹敵《ひってき》する奴はいるだろうし、素直《すなお》にSランク冒険者を雇《やと》ったっていいはずだ。Lランクに及《およ》ばなくても、肉薄《にくはく》する奴だっているだろうしさ。

「別に前衛って条件なら、素直に強い前衛を冒険者や騎士団、戦士団から募《つの》ればよいんじゃや？」

「……そんな甘《あま》いもんじゃねえんだよ」

俺の疑問に、何処《どこ》か苛立《いらだ》った声をあげたのはミコラ。

いや、苛立ってはいる。だけど、表情が何処《どこ》か悔しげ。

「お前。魔王と戦ったことなんてないよな？」

「そりゃ……」

「だったら現実を教えてやるよ。いいか？　魔王は俺、マーガレス、ロミナの三人相手にたった一人で渡りあったんだよ。しかもあいつはそんな状況で、後衛三人にまで術を仕掛《しか》けてきやがったんだ。圧倒的《あっとうてき》な力でよ」

その顔を見て、マルベルでのルッテが重なる。

はっきりと分かる。この顔は、自分が実力不足だって思ってる奴の顔……。

「だけど、ルッテは魔王は倒されたって言っていた。だったらそんな存在と戦う必要──」

「あるのよ」

反論しようとした俺の言葉を遮《さえぎ》り、そう否定したのはフィリーネだった。

「クエストの内容はまだ明かせない。けれど、これだけははっきり言わせて貰《もら》うわ。貴方《あなた》が戦うのは、魔王と同じくらいの力を持つ相手。分かる？　たかだかＣランクの貴方《あなた》が、Ｌランクの私達ですら命懸《いのちが》けだった相手と戦う事になるのよ」

苛立《いらだ》ちを強く見せる彼女もまた、ぐっと唇を噛む。

……ったく。そういう事かよ。

噂《うわさ》に聞いたのは、華々《はなばな》しい凱旋《がいせん》だけ。だけどその裏で、こいつらは本当に苦しんだんだ。

死の恐怖《きょうふ》に怯《おび》え。力の無さに震《ふる》え。それでも魔王と戦い抜いた。

だから、同じだけの脅威《きょうい》に挑《いど》むのに、実力不足も感じれば、恐怖もあるって事か。

……でも待てよ。

「敵が強いのは分かった。だけどおかしくないか？　世界は今、魔王を倒して平和に見える。もしそれだけの脅威が迫《せま》ってるなら、魔王の時と同じで、この国だけじゃなく、多くの国で脅威に対する対策が必要になるだろ？　だけどそんな話、噂にも聞こえてこない」

そう。今の平和なこの状況で、そんな驚異《きょうい》と戦う理由が感じられないんだ。

Ｌランクの冒険者を駆《か》り出す程《ほど》の話が、一体何処《どこ》にあるんだ？

「……みんな。もうこの話は止《や》めよう」

俺達《おれたち》の会話を俯《うつむ》きながら聞いていたロミナが、ゆっくりと顔を上げ、寂《さび》しげに笑う。

「みんなが私のために、危険に身を晒す必要なんてないわ」

「ふざけんなよ！　それじゃロミナが！」

「そうじゃ！　お主を見捨てる事などできん！」

「ロミナ！　そうやって良い子ぶるのを止めなさい！　貴女《あなた》だって生きたいでしょ⁉」

「私も、ロミナが死ぬの、嫌」

「……は？　どういう事だ？」

みんなが口々に放つ言葉に、俺は目を見開いた。

ロミナが死ぬ？　何で⁉　どうして⁉

戸惑いの最中《さなか》にある俺に、彼女は申し訳なさそうな顔を向けた後。ソファーから立ち上がり背を向けると、するっと肩からワンピースを下ろし、背中をはだけさせた。

そこにあったのは、ワンピースで隠《かく》れていた、黒く怪しき文様《もんよう》。それは下半身からまるで触手《しょくしゅ》のように伸《の》びている、禍々《まがまが》しさを感じるそれは、彼女の心臓に向かっているように見える。

まだ届いてはいない。だけど、そのまま伸びれば、いずれその先端《せんたん》が心臓のある位置に届くだろうか。

「私が魔王に止《とど》めを刺《さ》した時、魔王は最期《さいご》の力で、私に呪いをかけたの。ゆっくりと、死に至る呪いを」

俺はそれを聞き、言葉が出なかった。

呪い。

俺の住んでた世界でも同じ、決して良い事なんてない、恨《うら》み辛《つら》みの成れの果て。

この世界でも、そういった呪術的《じゆじゆつてき》なものはあるし、解呪の術もあるにはある。

だけど、ロミナの受けた呪いは、そう簡単に消えやしないはずだ。

俺が神ですら解けない呪いの下にあるように、魔王の呪いだって相当なはずだ。それじゃ解呪なんて夢のまた夢。

実際手立てがなかったからこそ、今も彼女は、呪いの中にあるはず……。

愕然《がくぜん》とする俺の前で、彼女は再びワンピースを整えると、改めてこちらに振《ふ》り返った。

「このまま待っていれば、確かに私は死ぬわ。でも、それでも私は、みんなが傷つかない方がいいから」

気丈に微笑む姿は昔と変わらない。この笑顔が、この世から消えるって事……。

仲間達はみんな、その言葉に口惜《くちお》しげな顔をするけど、何も言い返さない。

……未来の見えない現状の中、下手な希望なんて見せられない、って事か。

「……君は、四霊神《しれいしん》を知っているかい？」

真剣な瞳を向けてきたマーガレスに、俺は小さく頷いた。

四霊神《しれいしん》。

世界の何処《どこ》かに存在するという、神に近しい存在だってどこかで聞いたな。

彼らは人智《じんち》を超《こ》える宝神具《アーテイファクト》を護《まも》っていると言われている。

そして、神に近しい彼等は、世界で何が起きようとも、関与《かんよ》しようとはしないらしい。

実際、魔王が世界に現れた時もその姿を現さなかったのは、きっと静観したからだろう。

ただ静かに、世界の行く末を……。

突然《とつぜん》降って湧《わ》いた相手。だけどその存在は噂どころか、御伽噺《おとぎばなし》みたいなもんだ。

実際多くの冒険者が四霊神《しれいしん》を探したけど、未だに出会ったという話は聞かないんだから。

「その内の一人が、呪いを解ける宝神具《アーテイファクト》を持っている。その相手こそ、我々が倒さねばならない相手なんだ」

「相手だって……。そんな御伽噺《おとぎばなし》みたいな話に確証はあるんですか？」

「……我《われ》は知っておる。その宝神具《アーテイファクト》が存在する事も。何より、その相手もな」

「は？　それって――」

「最古龍《さいこりゆう》ディア。我《わ》が師じゃ」

その言葉に、俺《おれ》はまたも驚《おどろ》きを隠せなかった。

以前、ルッテに聞いた事がある。

彼女には古龍術師《こりゆうじゆつし》の師匠《ししよう》がいた。だけど、外の世界に憧《あこが》れた彼女は、師匠に絶縁《ぜつえん》される覚悟《かくご》でこっそりと旅に出たんだって。

その師匠ってのがまさか、四霊神《しれいしん》だったのかよ……。

ん？　待てよ？

「つまりルッテの知り合いって事だよな？　だったら話は早いじゃないか。何とか宝神具《アーティファクト》を借りれるように話をすれば――」

「無駄《むだ》じゃ。四霊神《しれいしん》はたかが一人の人間の為になど動かん。それに、我《われ》は師匠と絶縁してここにおる。今更そんな話、聞く耳も持つまい」

ルッテの情けない程の落ち込みようが痛々しい。

いや、他のみんなもだ。まだロミナは生きてるってのに。何だよ、このお通夜《つや》状態は。

……ま、とはいえ。確かに肩《かた》の荷が重いか。

魔王に匹敵する相手と対峙《たいじ》するんだ。そりゃ気後《きおく》れだってするし、何よりルッテは相手の実力も十分知っているはず。

一度恐怖《きょうふ》を植え付けられた存在と、同じくらいの力を持つ相手に挑む勇気なんて、幾ら世界を救ったからって、当たり前に持てるもんじゃない。

実際俺も、心のどこかでアーシェに貰った力があれば、魔王だって倒せるんじゃないかなんて思ってた。でも、みんながこれだけ苦しんだんだ。きっと俺が挑んだって、余裕《よゆう》で無駄死《むだじ》にしてたに違いない。

そんなレベルの相手と戦うなんて、無謀《むぼう》にも程があるってもんだ。俺も、あいつらもな。

「私も、魔王より共に世界を救った、仲間である聖勇女《せいゆうじょ》を死なせるなど本意ではない。だからこそ力になりたいのは山々。だが、私は国王。誰《だれ》か一人の為に国を離れ、安易に命を掛けることはできないんだ」

マーガレスが、国王らしからぬ悔しさを滲《にじ》ませ、ぎりっと奥歯《おくば》を噛む。

「私、ロミナの呪いの進行、遅《おく》らせてる。だから、一緒に行けない」

キュリアもまた、珍《めずら》しく表情に憂いを浮かべ、目を伏《ふ》せる。

「結局、動けるのは私とミコラ。そしてルッテだけ。だからこそ、私達はより強い仲間を欲《ほっ》したの。理想は、パーティーにいれば仲間が強くなると噂される忘れられ師《ロスト・ネーマー》。それが無理なら、せめてミコラの負担を軽減できる、実力のある前衛をね」

フィリーネは本音を語りながら、力なき俺に憐《あわ》れみの目を向け。

「……情けねえけどよ。俺じゃお前が前衛に立っても、守ってやれるかすら怪《あや》しい。だからこそ、自分自身で俺の脇に立って、仲間を守りながら戦える、俺と同じ……いや。俺より強い奴じゃなきゃ駄目《だめ》なんだ」

ミコラもまた、気持ちが落ち着き、俺を責めた事を反省したのか。あいつらしい不器用な優《やさ》しさを見せ、悔しそうに胸の前で拳《こぶし》を反対の掌《てのひら》にパチンと合わせる。

結局こいつらの理想じゃ、俺どころかSランクほどの実力でも力不足ってことか。

まあ、確かに今本当に必要なのは、仲間に加護を与《あた》えられる忘れられ師《ロスト・ネーマー》かもしれない。

その力があれば、もしかしたら最古龍《さいこりゅう》ディアを倒せるのかもしれない。

……だけど、俺はそれでも、みんなとパーティーを組む決断が下せなかった。

そもそも俺の持つ力があったって、みんなが最古龍《さいこりゅう》ディアと互角《ごかく》以上に渡り合える保証がないってのもある。

でもそれだけじゃない。今のこいつらに、無理矢理《むりやり》戦えなんて言えるはずないだろ。

恐怖を克服《こくふく》しろとか。無謀でも戦えとか。そんな無責任な事を言えやしないさ。

それだけ傷ついた心ってのは、辛《つら》いんだから。

……ま、仕方ない。それなら道は、ひとつだけさ。

「分かった。じゃあこの話はなしだ」

俺の言葉に、再びみんなの視線が集まる。

「ルッテ。悪かったな。力になれなくて」

「ま、待て！　そ、そうじゃ！　今から皆に実力を見せるのじゃ。さすれば──」

「個々の実力で運良く腕を見せられたって、パーティーでの連携が絶望的な俺じゃ意味ないって」

必死に食い下がろうとしたルッテも、俺が口にした偽《いつわ》りの現実に思わず奥歯を噛むと、悔しそうな顔をする。

本音を言えば、これでも約一年は一緒にパーティーを組んだんだ。みんなが強くなっていたとしても、連携くらいならどうにでもできる自信はある。

だけど、ダメなんだ。

一緒に行くって事は、あいつら自身が不安や恐怖をかなぐり捨て、俺に背中を預ける覚悟がなきゃいけない。

だけど、魔王との戦いで心が傷ついたお前等に、それは酷《こく》過ぎるだろ。

こっちはCランクの実力のない相手って思われてるんだ。尚の事さ。

ルッテからまた笑顔《えがお》を奪《うば》っている。その現実が胸に刺さる。

だけど、今はこれでいい。今はな。

俺は肩に下げたリュックを背負い直すと、こんな事を口にしてみた。

「ルッテ。折角《せっかく》だから見送りを頼《たの》めないか？　あ、できれば国王にもお付き合いいただけると嬉《うれ》しいのですが。無礼は承知なのですが、お話しできる機会も滅多《めった》にありませんし、折角ですので」

さっきまでの空気を感じさせず、俺がへらへらと笑うと、マーガレスとルッテは顔を見合わせた後。

「ああ、お供しよう」

彼が代表し、そう応えてくれた。

「ありがとうございます」

頭を下げた後に踵《きびす》を返し、扉に歩み寄った所で振り返った俺は、じっとロミナを見つめると、彼女《かのじょ》に声をかけた。

「ロミナ。折角あなたに逢《あ》えたんだ。最後にひとつだけ言っておくよ」

俺に向けられた、彼女の申し訳なさげな表情。

まったく。そんな顔するなって。

少しの間、もう逢えないかもしれない彼女をしっかりと目に焼き付けた後。俺は、彼女にこう言った。

「死んでもいいなんて強がるな。怖いなら怖いって仲間に言え。泣きたいなら仲間の前でちゃんと泣け。それが仲間との絆《きずな》ってやつだ。その絆を信じていれば、きっと絆の女神様《めがみ》が微笑《ほほえ》んでくれるさ」

そして、パーティーを離れたあの日と同じ、会心の笑《え》みを見せてやったんだ。

勿論《もちろん》、泣きはしなかったけどな。

§　§　§　§　§

「悪かったな。付き合わせて」

「いや。わざわざここまで連れてきておきながら、本当にすまなかったの……」

「気にするなって」

応接間からエントランスに戻り、俺はルッテとマーガレスに向かい合った。

失意ばかりを見せる二人。それだけロミナがみんなに好かれてるのが分かるな。

「ルッテ。別れる前に、少しだけ話をしてもいいか？」

「それは構わんが。何じゃ？」

彼女の返事を聞き、俺は本題に入る。

「ロミナはあとどれくらい持ちそうなんだ？」

「キュリアの力で抑え込んではいるが、持ってあとひと月ほどじゃろう」

「ディアが何処《どこ》にいるのか、目星は付いてるのか」

「無論じゃ。王国の北、ヴェルウェック山にあるフォズ遺跡《いせき》の奥におる」

ヴェルウェック山。寒さの厳しい北の大地に聳《そび》えるあの山か。

フォズ遺跡はその山の中腹にあるんだけど、Sランク冒険者《ぼうけんしゃ》が何人も挑んでは行方《ゆくえ》しれずとなり、誰一人帰って来ないっていう悪夢の遺跡として有名。

今や、よっぽど物好きで命知らずの冒険者以外、近寄りもしない場所なんだけど。確かに、最古龍《さいこりゅう》がいるってなら納得《なっとく》だな。

「あそこまでだと、馬車で二週間以上か」

「早馬車《はやばしゃ》でも約十日。もう仲間を探す猶予《ゆうよ》も、それほど残されておらん……」

「遺跡の中は迷路《めいろ》になっているとか、迷うようなトラップとかはあるのか？」

「多少は複雑じゃが、大した事はない。とはいえ師匠に会う以前に、遺跡の周囲には多くの怪物《かいぶつ》がおる。何より、遺跡のダンジョンを守護するダークドラゴンに勝てる冒険者など、そうおらんじゃろうて……」

「おいおい。そんなのまでいるのかよ……」

　この世界のドラゴンは、ゲームなんかでさくっと倒せるような代物《しろもの》じゃない、幻獣《げんじゅう》でも最強種のひとつだ。しかも、闇《やみ》を扱《あつか》う最上位のダークドラゴンともなれば、例えSランク冒険者だとしても、命が幾つあっても足りゃしない。

　やれやれと呆れた笑みを浮かべていると、マーガレスがはっとして俺の顔を見た。

「カズト。まさか君は……」

「……流石《さすが》は昔っから気の利くマーガレス。察しがいいな。

「ええ。国王相手に大変不躾《ぶしつけ》なお願いなのですが、冒険者ギルドに話をし、早馬《はやば》車《しゃ》を一台用意して頂けませんか？」

「な!?　馬鹿な！　まさかお主、一人で行く気か!?」

　流石にここまで言ったら、ルッテも気づいたか。

　彼女が目を皿のように丸くしているのがおかしくなって、俺はぷっと吹《ふ》き出した。

「おいおい。別に驚く話じゃないって。Cランクの物好きな冒険者が、ちょーっと最古龍《さいこりゅう》ディアってのに会ってみたくなっただけさ」

　またもへらへら笑う俺の両腕《りょううで》を、ルッテが必死の形相で強く掴《つか》む。

「駄目じゃ！　お主一人でどうこうできる相手ではない！　それならば、せめて我々と行くのじゃ！」

「嫌だね。俺は仲間としての実力を疑われてる。そんな状況《じょうきょう》じゃ、お前等だって全力で挑めないだろ。だからちゃんとした仲間を探して、万全《ばんぜん》で挑め」

「ふざけるでない！　聞いておったじゃろ⁉　聖勇女《せいゆうじょ》パーティーの我等ですら苦難極《きわ》める相手なのじゃぞ！」

必死に俺を止めようとする彼女の目に、涙《なみだ》が浮かぶ。

……悪いな。これだけは譲《ゆず》れないんだ。

「ああ。それは聞いた。魔王《まおう》と同じくらいやばい奴《やつ》だってのもな。だけど俺はふざけちゃいないし、お前達の気持ちもよく分かってるさ。魔王に挑んだお前達だからこそ、同等の相手に恐怖を覚えるのも。人数不足のパーティーで挑むからこそ、できる限りの準備をしたいのもな。だから、お前達はそれでいい」

俺は生意気にも自信満々に笑い、大いに語ってやる。

「ただな。俺は聖勇女《せいゆうじょ》パーティーに感謝してるんだ。お前達のお陰《かげ》で世界は平和になったんだから。だからこそ、俺は世界を救ってくれた聖勇女《せいゆうじょ》様を助けたいって、勝手に思っただけさ。それに、強かろうが怖かろうが、挑まなきゃ可能性すら生まれない。知ってるか？　これは万人《ばんにん》共通なんだぜ？」

「じゃが！　Ｃランクのお主がたった一人で──」

「だからいいんじゃないか。俺が先に行って、無駄死にしたってお前達がいる。ダークドラゴンやディアに一矢報《いっしむく》いれば、お前達の未来に繋《つな》がるかもしれない。それに、本当に奇跡《きせき》が起こって、俺が宝神具《アーティファクト》を手に入れて帰って来れば、それはそれで御《おん》の字《じ》。な？　完璧《かんぺき》だろ？」

「カズト……お主は……」

彼女は掴《つか》んだ腕をわなわなと震わせ、俺を見上げたまま唖然《あぜん》とする。

……分かってるよ。無茶《むちゃ》なんて百も承知だって。

だけどな。俺だって、ロミナが死ぬのは嫌なんだよ。お前が諦《あきら》めきれないようにな。

「ま、そういう訳で。お前は何も気にするな。自分達の最善だけを考えろ」

そう声を掛《か》けても、ルッテは悲愴《ひそう》感《かん》ばかり顔に出す。

責任を感じすぎだって。もう少し笑えよ。ったく……。

「……分かった。こちらにて早馬《はやば》車《しゃ》は手配しよう。何時ここを発《た》つ？」

「マーガレス⁉」

俺の決意を汲《く》んだマーガレスの言葉に、ルッテが驚いて彼を見る。

そんな彼女と視線を交《か》わした彼は、首を横に振って諦めろとアピールすると、再びこっちに真剣な目を向けた。

「二日後。雪山を超えなければなりませんし、色々準備をしないといけないんで」

「分かった。王都北部の車庫に朝から待機させておこう。宿は決めているのかい？」

「先程《さきほど》王都に着いたばかりなので、これから適当に。あ、もうひとつ。わがままついでですいませんが、今日から出発までの間、どこか闘技場《とうぎじょう》を貸し切れませんか？　少しでも腕を磨いておきたいんで」

「では、北部の冒険者ギルドの闘技場を押さえておこう。それでいいかい？」

「はい。助かります」

流石は国王の座に収まった男。時に情を割り切ってでも、さらりと適切な答えを返し、俺が向けた笑みに、しっかりと笑みを返してくる。

まあ昔っから、何かと気が利く良い奴だったからな。こいつがロミナ達《たち》の側にいてくれて、本当に良かったよ。

決意を曲げられないと悟《さと》ったのか。ルッテの腕が俺の腕から離れると、そのまま悔しそうに顔を伏せ、唇を噛む。

まったく……。

思わず呆れた笑みを浮かべつつ、俺は彼女の頭をくしゃくしゃっと撫《な》でた。

「……言ったろ。俺はお前の笑顔が見たいだけだ。勿論お前だけじゃない。マーガレス王やロミナ。お前の仲間達の笑顔もな。俺が勝手にそう思って行動するだけ。お前は気に病むなって」

「……巻《ま》き込《こ》んで、すまぬ……」

おいおい。こんな所で泣かれたら目立つだろ。まったく……。

「巻き込んだんじゃない。俺があのおかしなクエストに勝手に首を突《つ》っ込んで、勝手に最《さい》古龍《こりゅう》やら宝神具《アーティファクト》に興味を持った。ただそれだけだ。いいか？　俺はお前にちゃんと希望を見せただろ？　だから、お前はちゃんと、笑っとけ」

俺は少しだけ笑ってみせると、逃《に》げるように二人に背を向ける。

「ルッテ。もしもの時は頼むぜ」

そう言い残した俺は、背を向けたまま手を上げると、返事を待たずにそのまま一人、王宮を後にした。

……さて。ここからは無理無茶無謀《むりむちゃむぼう》の一人旅か。まずは色々と準備をしないとな。

§　§　§　§　§

城を出た俺は、王都北部の冒険者ギルドの近くに宿を取った後、商業地区に足を運んだ。

食料や地図。怪我《けが》を治すヒールストーンに、魔力《マナ》を回復するマナストーン。

雪山を想定した防寒具に、寒冷地でも武器の手入れをできる油。念《ねん》の為《ため》、登山用の装備や、簡易のキャンプセットなんかも購入《こうにゆう》した。

それが済んだら、次は職人地区。

愛刀閃雷《せんらい》を研《と》いでもらう為だけど、こいつは魔術《まじゆつ》や聖術《せいじゆつ》を使う媒体《ばいたい》も兼《か》ねられる、特殊《とくしゆ》な魔導鋼《まどうこう》を使っていて手入れが難しい。だからこそ、本職の鍛冶屋《かじや》に依頼しに来たんだ。

とはいえ、こいつは特注品のような物だから、割高でも腕のいい職人に依頼しないといけないのが玉《たま》に瑕《きず》。

急ぎの依頼にしたから、出来上がるのは明日の昼。だけど、そのせいで支払《しはら》いが結構な額になるのを見積もりで知り、ちょっとげんなりする。

特に、今回はクエストを受けてないから、結局ただ働きだもんな。

まあそれでも、これでロミナを救える可能性が僅《わず》かでも上がるってなら、安いもんか。

そうこうしている内に、とっぷりと日も暮れて、後は宿で寝《ね》るだけ……といきたい所だったけど。俺は夕食を適当に済ませた後、そのまま北部の冒険者ギルドに足を運んだ。

流石は国王勅命《ちょくめい》。既に闘技場は貸し切られていた。

夜でも照明を落とさず明るくしてもらっている為、見た目は日中と何ら変わらない。

とはいえ、マルベルの時は冒険者達《ぼうけんしゃたち》やルッテがいたけど、今この闘技場には俺一人だけ。

今までに経験した事のない静けさ。ちょっと不思議な感じだな。

「さてっと……」

俺は闘技場の真ん中に正座し、姿勢を正し目を閉じると、心を落ち着けようと集中する。

ここに来たのは瞑想《めいそう》の為……だったんだけどな。

普段《ふだん》ならそんな事はないのに。俺は恐怖という雑念に駆られ、思わず身を震わせた。

俺かルッテ達。どちらかが何とかしなきゃロミナが死ぬ。

それは勿論《もちろん》怖《こわ》かったけど、それだけじゃない。

Lランク冒険者ですら恐《おそ》れをなす、魔王に匹敵する相手、最古龍《さいこりゅう》ディア。

名に龍《りゅう》を冠《かん》しているだけで十分に強さを感じるのに、古龍術師《こりゅうじゅつし》でも相当の実力者である
ルッテの師匠。そんな相手がどんな力を持ち、どこまでの強さを持っているのか。想像すらできない得体の知れない恐怖もあった。

しかも、ディアのいるっていうフォズ遺跡からの生還者《せいかんしゃ》は、噂にすら聞いた事もないいんだ。ヤバさ以外感じないだろ。

確かに俺だって、アーシェに授《さず》かった力で強くはなっている。

だけど、それで本当にどうにかできるのか？

奇跡を起こせるのか？　生きて帰ってこられるのか？

思わず口を真一文字に結び、奥歯で必死に不安を噛み殺す。

……ここまで強い不安を感じた時が、過去に一度だけあったな。

パーティーから追放されると知らないまま、ロデムの王宮に入ったあの日。次が魔王との決戦。そう考えていた時だ。

それでもあの時魔王軍に立ち向かえる勇気も持てたのは、魔王の真の強さを知らなかったってのもあるけど、俺の『絆の加護』が役に立つと信じてたし、何たってみんなやアシェがいてくれたから。

ただ、それでも心の奥底《おくそこ》では、常に不安を覚えてたっけ。

自分が死ぬかもしれない事にも。仲間を失うかもしれない事にも。

正直、赤の他人になっているとはいえ、みんなの前でそんな弱気な所は見せられない。

だから、さっきは必死に格好つけてやったけど。

本当は怖い。俺だって怖いさ。

みんなが恐れるほどの相手に挑むのに、仲間もいなけりゃ、ずっと側にいたアシェもいない。結局、挑むのは俺一人だけ。

　くだらない話をして恐怖をごまかしたり、互《たが》いに勇気を奮い立たせる相手すらいない。

それがより不安を掻《か》き立てる。

「……ふぅ」

　重い気持ちを吐《は》き出してやろうとしても、心にある不安は除けず、俺はまた奥歯を噛む。

　情けないくらい弱気の虫が騒《さわ》いだその時。ふと懐《なつ》かしい想《おも》い出が、脳裏《のうり》に甦《よみがえ》った。

　あれはまだ、ロミナが聖勇女《せいゆうじょ》と呼ばれる前。俺があいつらに初めて出会った時の事だ。
とある森の間を通る人気《ひとけ》のない街道脇《かいどうわき》で、俺がアシェと野営をしてた時、突然森の奥《おく》で
爆発音《ばくはつおん》がして、気になって覗《のぞ》きに行ったんだけど。
　そこで、偵察《ていさつ》任務中だったらしい魔王軍の奴らと、クエストの為に森に入っていたロミ
ナ達五人が鉢合《はちあ》わせし、戦闘《せんとう》になっていたんだ。
　偵察隊《ていさつたい》とはいえ魔王軍。しかも人数はあいつらの倍以上。そんな中で奮闘《ふんとう》する彼女達《かのじょたち》に、
俺は手を貸した。といっても、あいつらを囲んでいる敵の後方にいた、弓師《ゆみし》や闇術師《あんじゅつし》に奇《き》
襲《しゅう》をかけ、攪乱《かくらん》してやっただけだけど。
　考えてみれば、当時もみんなかなりの実力だったし、助けなんて要らなかったかもな。

結果、俺も怪我はしたものの、無事彼女達を助ける事ができて、そこから一時的にパーティーを組んで、何とか近隣《きんりん》の街まで戻ってこられたんだけど。

その時突然、ロミナにこのままパーティーに入らないかと誘《さそ》われたんだ。

「あなたに助けられたのは、きっと絆の女神様の思《おぼ》し召《め》しだと思う。だから、その絆を大切にしたくって」

最初は正直首を傾げた。

アーシェを信仰《しんこう》している物珍《ものめずら》しさもそうだったけど。当時みんながAランクの中、俺だけDランク。それなのに、そんな理由だけで俺をパーティーに誘うのかって。

でも、結局俺はそれを受け入れた。

まあ、ランク以上の腕《うで》を買われて、こういう唐突《とうとつ》な誘いを受けた事は度々《たびたび》あったし。パーティーは女子だけだから、きっとうざがられて、すぐ見切られるだろうとも思っててさ。

……ロミナの優しそうな笑顔に惹《ひ》かれたってのは内緒《ないしょ》だぞ。


でも、最初は色々と苦労したよ。

ミコラは何かと俺を稽古《けいこ》の相手にして、しごきまくってきたし。

フィリーネはとにかく冷たく俺をあしらい、何時《いつ》もこっちを小馬鹿にしてばかり。

キュリアは全然話をしてこなくって、こっちから話しても一言二言話して終わり。そのせいで何を考えてるのか、さっぱり分からないし。

ルッテはそんなパーティーに戸惑《とまど》う俺を、よくからかって遊んでたっけな。

そんな、癖《くせ》が強くて、でも何処《どこ》か憎《にく》めないみんなと何とかうまくやりながら、俺は一緒《いっしょ》に旅をしてきたって訳。

そんな中で、ロミナはある意味一番真面目で常識人。そして、絆の女神に対する信仰も厚かった。

だからだろうな。数々の実力ある冒険者ですら抜《ぬ》く事ができなかった聖剣《せいけん》シュレイザードを、彼女はさらっと抜いて見せたんだ。

俺がこの世界に来て、どれだけ世界の人達にアーシェへの信仰心《しんこうしん》を取り戻《もど》させたかなんて分からない。

ただ、聖剣を手にし、聖勇女《せいゆうじょ》と呼ばれるようになった彼女が、絆の女神を信じていたのは大きな転機だった。

魔王の恐怖に晒《さら》されていたからこそ、みんなが彼女とアーシェに祈《いの》りを捧《ささ》げるようになって。アーシェが力を取り戻せる程に存在を知られ、信仰されるようになったのは、本当にロミナのお陰だったと思う。

正直俺、こっちの世界に来る必要なかったんじゃ？　なんて、今でも呆《あき》れるくらいに。

だけど、聖勇女《せいゆうじょ》と呼ばれるようになって、よりみんなの期待を集め、背負うようになった頃《ころ》。あいつも不安になったみたいでさ。

ある日の夜。みんなが宿で寝静《ねしず》まった後、別室だった俺の部屋にこっそりとやって来たロミナが、こんな悩《なや》みを打ち明けてきたんだ。

「私なんかが本当に魔王を倒《たお》せるの？　私なんかが聖剣を持っていていいの？」

偽らざる本音。だから俺も、笑って本音を語ってやった。

「そんな事言ったら、俺みたいな低ランクを連れてるほうが問題だろ」

ってさ。

でもそんな言葉で悩みを解消できるわけじゃない。だから、こうも言ってやったんだ。

「でも、俺はみんなほど腕は立たないけど、それでもできる限りの事をして、ロミナの力になりたいって思ってる。勿論、それはあいつらだって一緒だ。あいつらだって心に不安はあるだろうけど、それでもお前の仲間として、ずっと一緒に戦ってくれてるんだから。いいか？　聖剣に選ばれた事が不安でもいい。魔王を恐れてもいい。でも不安はきっと、お前も俺も、みんなも一緒だ。だから弱気の虫も、辛い気持ちも、俺やみんなに口にしろ。そして、それでも魔王から世界を救いたいって気持ちが諦められないなら、みんなで一緒に踏《ふ》ん張ろうぜ。お前は一人じゃない。俺達みんながついてるんだから」

……今考えると、一番弱かった癖にかなり恥《は》ずかしい事を言ってたな。

だけどそれを聞いて、あいつは涙目《なみだめ》で頷《うなず》き、笑ってくれた。

そして。苛烈《かれつ》になる戦いに苦しみ、時に大切な人を失いながらも。共に、必死に旅をして――あいつは、みんなと一緒に、魔王討伐《まおうとうばつ》を成《な》し遂《と》げたんだ。


想い出に浸《ひた》っていた俺は、ふっと笑う。

「今お前がいたら、俺が泣きついてたかもな」

そう独りごちた、その時。

「泣きつきたい事って、何なの？」

背後からした想い出と同じ声に、俺は目を瞠《みは》った。

思わず立ち上がって身体《からだ》ごと声に向き直ると、そこに立っていたのは、昼間と同じ黒いワンピースに身を包んだロミナ。

「何で、ここに……」

もうとっくに深夜じゃないか……いや、そんな問題じゃない。

あいつは呪《のろ》いに侵《おか》されてるんだ。

王宮から離《はな》れたこんな場所に、簡単に来られるはずないだろ。

あまりの俺の驚愕《きょうがく》っぷりに、彼女がくすりと笑う。

「ずっと王宮にいるのは退屈《たいくつ》だったから、私の魔法《まほう》でこっそり抜け出してきちゃった」

魔法……勇者や聖勇女《せいゆうじょ》だけが使える勇術《ゆうじゅつ》、現霊《バニッシュ》か。

術を行使している間、周囲に気配を悟られなくなり、姿に気づかれる事なく、敵や人を避《さ》けられる特殊な術。

それなら確かに……って、感心してる場合じゃない。

確かに向けてくれてるのは笑顔。だけど、その顔色が悪すぎて、無理してるようにしか見えなかった。

「何やってんだよ！　無茶して呪いが進行したらどうするんだよ⁉」

思わず俺が駆け寄ったのとほぼ同時に。目眩《めまい》を起こしたのか。ロミナがくらりと前に倒れそうになる。

「ロミナ！」

慌《あわ》てて俺が支えてやると、胸に収まった彼女は力なく顔を上げ、無理に笑顔を見せた。

「ごめん……なさい。ちょっと、ふらついた、だけ……だから」

「ちょっとじゃないだろ！」

「……うん。そう、だね。でも、大丈夫《だいじょうぶ》」

何を言おうが、彼女から俺を安心させようとする言葉が止まらない。

そういう強がりな所も変わってないのかよ。

「……ったく」

俺は舌打ちしつつ、ゆっくりと彼女を床《ゆか》に座《すわ》らせてやる。

前屈《まえかが》みに両腕を突くと、俯《うつむ》いたまま冷《ひ》や汗《あせ》を掻き、荒《あら》い呼吸を見せるロミナ。

こんな状態で放っておいたらやばいだけ。

……仕方ない。

『……我が身《み》に宿りし生命《いのち》の精霊《せいれい》よ。その力を彼《か》の者に与えよ』

詠唱《えいしょう》と共に彼女に手を翳《かざ》すと、俺の脇《わき》にふわりと半透明《はんとうめい》な女性──生命《いのち》の精霊ラーフが姿を現した。同時に俺の手が淡《あわ》い光に包まれると、その光がゆっくりとロミナに流《なが》れ込み、その身を覆《おお》い始めた。

精霊術《せいれいじゅつ》、生命活性《ヒーリング》。これで彼女の体力を少しでも回復しようと集中する。

回復を阻害《そがい》するかのように、ロミナの中で蠢《うごめ》く強い呪いの動きが分かる。その抵抗《ていこう》が強くなりすぎないよう、ゆっくりと、身体《からだ》に負担を掛けないよう、慎重《しんちょう》に術を続けた。

本当なら無詠唱で術を使う方が、力がばれずに済む。ルッテとの戦いで氷の精霊王フリザムの力を借りたように。

でも、詠唱をすればより強い力を持つのが、術の基本であり真理。そして、そうしなければいけないって感じるくらい、ロミナを失う恐怖《きょうふ》が強く心に過《よ》ぎったんだ。

暫《しばら》くして、荒かった彼女の呼吸が随分《ずいぶん》と落ち着くと。

「……ありがとう。もう、大丈夫だよ」

彼女が顔を上げ、正面で片膝《かたひざ》を突く俺に笑いかけた。

さっきより顔色はいい。確かに、これなら少しは大丈夫か。

詠唱を止めラーフを解放すると、俺はほっと胸をなでおろす。

「カズトって凄《すご》いのね。精霊術まで使えるの？」

「……たまたまだって」

そりゃ普通驚《ふつうおどろ》くよな。どう見たって武芸者。上位職になろうが、武芸者は魔法なんて使えないんだから。

言い訳が浮《う》かばず、お茶を濁《にご》した俺の言葉を否定することなく、ロミナは「そっか」と短く返事をしただけで、それ以上言及《げんきゅう》してこなかった。

「それで。さっきは何を泣きつこうとしたの？」

「……別に」

「話してくれないの？　昼間あれだけ私に言った癖に」

あの時向けた言葉を思い出させられ、困ったように頬《ほお》を掻き、目を逸《そ》らした俺を見て、彼女が悪戯《いたずら》っぽく微笑むと、それが昔のロミナに重なる。

「身体《からだ》に障《さわ》るだろ。早く帰れ」

「酷いな。私は話がしたいのよ？」

「話し相手ならルッテ達がいるだろ？」

「私はあなたと話したかったの。昼間は全然話せなかったし」

「はぁ……」

調子の狂《くる》う会話に、自然にため息が漏《も》れる。

何なんだよ。それならこっちを王宮に呼びつけりゃいいだけだろ。

「どうやって俺がここにいるのを知ったんだ？」

「ルッテがみんなに内緒で教えてくれたの。あなたが私のために旅に出る準備をしてるって。その時に闘技場を貸し切ったって聞いたんだけど。それで何となく、ここに来たら逢えるかなって」

てへっと恥ずかしそうに笑う彼女。

ったく。俺がここにいなかったら、どうする気だったんだよ。

……いや。多分アーシェに導かれたのかもな。じゃなきゃ、こんな偶然《ぐうぜん》ありえない。

「それにしたって、何で俺《おれ》なんだよ？」

久々に間近に感じる彼女《かのじょ》に気恥《きは》ずかしくなり、ぶっきらぼうにそう尋《たず》ねると、彼女は少しだけ表情に影《かげ》を落とした後。

「あなたが、泣きたいなら泣けって、言ってくれたから」

すっと、聖勇女《せいゆうじょ》らしい凛《りん》とした顔で俺を見た。

「いや、確かにそう言ったけど。俺は仲間に泣けって言ったろ？」

「そうだったかな？　まあでも、私を救おうとしてくれるんだもの。もう仲間だよね？」

仲間……。

突然《とつぜん》彼女からその言葉を聞き、胸が苦しくなった俺は、思わず辛そうな顔をしてしまう。

それに気づいたロミナもまた、表情に憂《うれ》いを浮かべ俯《うつむ》くと、ゆっくりと語りだした。

「私ね。記憶《きおく》がないの」

「記憶が？」

「うん。っていっても、仲間との冒険《ぼうけん》も、魔王との戦いもちゃんと覚えてる。覚えてるけど……ひとつだけ、記憶にない事があるの」

その言葉に、俺はどきりとした。

ちょっと待て。俺のことは記憶から消えてるはずだ。

消えてたら、そもそも一緒に何かした事すら忘れるはずなのに……覚えてるのか？

内心強い戸惑いを覚えながらも、それを必死に抑え込み。

「どんな？」

俺は真実を確認《かくにん》するように、そう問いかけた。

彼女の表情は淋《さび》しげ。だけど、何処《どこ》か幸せそうな顔をする。

「私は、誰かと一緒に旅をしてたの。それが誰だかわからないし、一緒だった仲間はみんな、その人と冒険していた事すらすっかり忘れてた。でも、私は何となく覚えてるの。時に私を励《はげ》ましてくれて。勇気づけてくれて。魔王を倒したら逢いに行かなきゃって思う、大事な人だったって」

誰かといた記憶。それは確かに、俺の中にある記憶と重なる。

「私は、生きてその人に逢いたい。その想いを胸に、必死に魔王と戦ったわ。本当に怖《こわ》かった。何度も死を覚悟《かくご》しそうになった。でも諦めなかった。その人との想い出が、勇気をくれたから」

声を震《ふる》わせ、肩《かた》を震わせながら。彼女はゆっくりと、俺に悲しげな顔を向けてくる。

「でも。やっと魔王を倒したのに、結局私はこの呪いのせいで、その人に逢いに行く夢すら叶《かな》えられなかった。……さっき、仲間を危険に晒すぐらいなら、死んでもいいって口にしたけど。……本当はね。死ぬのは嫌《いや》なの」

ぐっと唇《くちびる》を噛《か》んだ彼女の瞳《ひとみ》から、すっと涙が流れ。同時に本音が溢《あふ》れた。

「私はみんなともっと色々な世界を見たいの。私は一緒に旅をしたはずの、忘れてしまったその人に逢いたいの。逢ってお礼を言って。辛《つら》かった時。苦しかった時。私を勇気づけてくれたのはあなただって。あなたがいたから魔王を倒せたんだって伝えたいの！　そんな沢山《たくさん》の願いを叶えたいの！　……本当は、怖いの。願いが叶えられないのも……死ぬのも……とっても怖いの……」

感極《かんきわ》まり、両手で顔を覆い。聖勇女《せいゆうじょ》である彼女は、その場でただ泣いていた。

それ以上何も言葉にできず。ただ恐怖に身体《からだ》を震わせて。

……確かに、死ぬのは怖いよな。願いが叶わないのは辛いよな。

そう。ルッテも。ミコラも。キュリアもフィリーネも。確かに不安で辛いかもしれない。

だけど。一番辛いのは。一番苦しいのは……ロミナ。お前だよな。

結局、俺が仲間だった事は忘れてた。

だけど、アーシェの加護があるせいなのか。

俺が言った事を覚えてくれて、俺に逢って話したいって、思ってくれてたんだな。

……でも、仲間には戻れない。

俺は忘れられ師《ロスト・ネーマー》。忘れられるのも、思い出されるのも怖い、臆病者《おくびょうもの》だから。

大体、お前達はもう魔王を倒した英雄《えいゆう》だし、今や華《はな》やかな王宮暮らし。そこに冒険者しか能のない、ランクの低い俺なんて要《い》らないし、パーティーだって組む必要もない。

それに何より、俺はこの先の戦いで、生きて帰って来られるかすら分からないんだ。

だからこそ、お前には……いや。お前等には俺の事なんて忘れたまま、幸せになって欲《ほ》しいんだ。

だけど。その為にも、お前に未来はあるべきだよな。

「……勝手に諦めるなって」

俺の声に、ロミナは涙を溢れさせたまま、くしゃくしゃの顔を向けてくる。

「まだお前は生きてる。まだお前には仲間がいる。まだ幾《いく》らだって希望が残ってるんだ。だいたい絆の女神様だって、聖勇女《せいゆうじょ》としてここまで頑張《がんば》ってきたお前を、そう簡単に見捨てるわけないさ。だから、信じて待ってろ。そして呪いが解けたら、今度こそ好きな事をするんだ」

俺は、釣《つ》られて泣きそうになったしかめっ面《つら》を無理矢理《むりやり》笑《え》みに変え、彼女の肩にぽんっと手をやると、しゃがんだまま彼女に背を向ける。

「ほら、乗れ。送っていくから」

「……うん」

震える声のまま返事をした後。少しの間《ま》を置き、彼女《かのじょ》が背中におぶさり、首に手を回してくる。

それを確認すると、俺は彼女を背負ったまま立ち上がり、ゆっくりと闘技場を後にした。

流石に受付嬢《うけつけじょう》に見られたら驚《おどろ》かれるから、俺はロミナにも気づかれないよう、無詠唱で現霊《バニッシュ》を使い、静かに冒険者ギルドの外に出る。

街灯の灯《あか》りはあるけど、深夜は人気《ひとけ》もなく、不気味な暗い街並み。

俺はそんな中を、何も言わずに彼女を背負ったまま城を目指した。

背中に感じる重みに、ロミナの存在を感じ。

背中で震える姿に、彼女の本心を感じて。

「ロミナ。空、見てみろよ」

途中《とちゆう》、やや開けた広場に来た時。肩越《かたご》しにそう声を掛けると、ロミナが力なく空を見上げた。

空には月と満天の星。現代より暗い夜の街だからこそ、その綺麗《きれい》さが際立《きわだ》っている。

「見えるか？　星空が」

「うん」

「……呪いを解いたら、また一緒に見ようぜ」

叶うかも分からない偽《いつわ》りの夢を口にすると、彼女はまた短く「うん」と口にした後。

「信じて、待ってる」

どこか嬉《うれ》しそうな声でそう言うと、再び背中に顔を埋《うず》める。

俺はその約束を胸に仕舞《しま》い、彼女の願いを心に刻むと、また静かに夜道を歩き出した。


あの後少しして、また息苦しさを見せたロミナ。

元々延命のために、呪いを抑える魔方陣《まほうじん》にでもいないといけないんだろう。

一度声を掛けてみたけど、反応はない。結局、泣きつく暇《ひま》もなかったな。

城の側までやってきた俺は現霊《バニッシュ》を使うと、衛兵に気づかれないよう、こっそりと城壁《じょうへき》の内側に入り込み、ロミナを背負ったまま先を急ぐ。

目的地である王宮に近づくと、エントランス付近は少し騒がしくなっていた。

大々的に口にできないロミナの呪いだからな。マーガレスの信頼《しんらい》できる家臣にのみ、捜《そう》索《さく》を手伝わせてるに違《ちが》いない。

俺達《おれたち》に気づかず、すれ違う兵士達を無視し、俺はそのままエントランスに歩いていく。

遠間に見える、ルッテ。ミコラ。キュリア。そこに翼《つばさ》をはためかせ、フィリーネが降り立った。必死の形相でミコラが何かを尋ねると、フィリーネは残念そうに首を振《ふ》り、釣られてみんなが落胆《らくたん》した顔をする。

各々《おのおの》が見せる、腹立たしさと苛立《いらだ》ち、不安が入り交じった表情。

そりゃ、命すら危《あや》うい聖勇女《せいゆうじょ》様がいなくなれば、あんな顔にもなるか。

ロミナ。分かってるのか？

大事な仲間に心配をかけてるんだぞ。少しは反省しろよ。

報告を受けた兵士に対し、マーガレスが新たな指示を出すと、兵士達が去っていく。

そして、彼等が五人だけになった所で、

「届け物だ」

俺は現霊《バニッシュ》を解き、歩み寄りながらあいつらにそう声を掛けた。

「カズト！　貴方《あなた》が何故《なぜ》こんな所に⁉」

「話は後だ。ロミナの症状《しょうじょう》が良くない。何処《どこ》かに寝かせたい」

自分でも分かる。あいつらと同じくらい、歯がゆさで苛立《いらだ》ってるって。

フィリーネに応えた俺が、昼間と雰囲気《ふんいき》が違うのを感じ取ってか。

それとも、意識のないロミナの身を案じたのか。

「……こっちだ」

ミコラが俺を一瞥《いちべつ》し、苦虫を噛むような顔をした後、先導するように王宮に入り、俺達も後に続いた。

「どこで見つけたんだ？」

「貸し切った闘技場。こいつがわざわざ逢《あ》いに来た」

「そうか。だが、どうやって城内に」

「こっそり侵入《しんにゅう》しただけだ」

「そんな事が簡単にできるはず――」

「Cランクの冒険者《ぼうけんしゃ》なんて、誰《だれ》も気にしないってだけだ」

廊下《ろうか》を歩きながら、マーガレスの問いかけに淡々《たんたん》と答えていると。

「……我《われ》のせいか」

後悔《こうかい》を色濃《いろこ》く見せたルッテが、悔《くや》しげにそう口にする。

確かにそうかもしれない。

俺をクエストの為にロミナに会わせたのも。彼女に俺の居場所に関する情報を与《あた》えたのもお前。

……だけどな。

「ロミナが自ら選んだんだ。お前は自分を責めるな」

そう。選んだのはあいつだ。きっと覚悟もあったんだ。

ミコラが二階の奥、突き当たりの扉《とびら》を開けると、部屋の奥に天蓋《てんがい》付きのベッドが見えた。

床には呪いの進行を抑える為の、仰々《ぎょうぎょう》しい魔方陣が描《えが》かれている。

ベッドの側まで着くと、みんなが俺からロミナを下ろし、急ぎベッドに寝かせた。

苦しげな顔で荒い呼吸をし、意識もない。ないはずなのに。

「ありが、とう……。カズ……ト……」

ロミナはさっきまで一言も言われなかった事を、うわ言のように口にする。

こうなったのは、魔王と戦ったから。

こうなっているのは、魔王の呪いが解けないから。

これを何とかするには、魔王《まおう》に抗《あらが》える程《ほど》の力がないとだめ。

これを何とかしないと、ロミナは……。

キュリアが静かにしゃがみこむと。

『ラーフ。力を貸して』

そう言って、生命《いのち》の精霊ラーフを呼び出した。

精霊の力を借り、彼女が魔方陣に精霊術、呪術抵抗《カースレジスト》の力を与えると、魔方陣が淡く、ほんのりと赤い光を帯びる。

きっと、普段からキュリアがこうやってできる限り側にいて、何とか少しでも進行を遅《おく》らせてるんだな。

世界樹を助けながら、聖勇女《せいゆうじょ》も助けてるなんて。キュリア、お前は本当に凄い奴《やつ》だよ。

「馬鹿野郎《ばかやろう》。何でこいつなんかに会いに行ったんだよ」

「本当よ。仲間でも何でもないのに。何を考えてるのよ」

ミコラ。フィリーネ。お前達にわかるもんか。

ロミナは俺を、仲間だって言ってくれたんだ。お前達に認めてすらもらえない男をな。

「……情けない」

確かにそうだ。情けない。

だけどルッテ。お前がじゃない。

俺がだ。

何日和《ひよ》ってるんだよ。何びびってるんだよ。

昔、それでも魔王と戦おうと思っただろ。

今日、最古龍《さいこりゅう》と戦うって決めたんだろ。

何が魔王だ。何が最古龍《さいこりゅう》だ。

力がない？　届かない？　勝てない？　死ぬのが怖い？

……ふざけるな。

みんなが心配そうに彼女を見守る中。俯《うつむ》いたまま、ぎりっと歯ぎしりした俺は、隣《となり》に立つフィリーネに顔を向けた。

突如《とつじょ》向けられた視線に、彼女が「な、何よ？」とたじろぐ。だけどそんなのを気にも留《と》めず。

「借りるぞ」

俺は彼女が手にしていた神魔の魔導書を勝手に奪《うば》い取り、ロミナの前に立った。

「な、何を勝手な事──」

続くはずの言葉が呑《の》み込まれる。きっと、俺が手にした魔導書に魔力《マナ》を込めたから。

浮き上がった魔導書が勝手に開くと、ぱらぱらと捲《めく》られ、あるページで止まる。

『神聖なる絆《きずな》の女神《めがみ》アーシェよ。その優《やさ》しき加護の力にて、我《わ》が生命《いのち》を魔力《マナ》に変えよ』

本来神の名なんて唱える必要のない、フィリーネから得た聖術《せいじゅつ》、命魔転化《めいまてんか》。

だけど俺は、神に祈りながら唱えた。

アーシェ。お前だって、ロミナを助けたいだろ？

ふわりと俺の身体《からだ》を包む光。同時に魔力《マナ》が高まろうとする気配と、生命《いのち》を吸い取られるような、身体《からだ》の怠《だる》さを感じ始める。

わざわざ生命《いのち》を魔力《マナ》に転換《てんかん》するなんて命取り。

だけど、相手は死んでたって魔王。だからこそ、少しでもやれる事をやるんだ。

俺は命魔転化《めいまてんか》を維持《いじ》しながら、新たな術を詠唱し始めた。

『現世を見守りし生命《いのち》の精霊王ラフィーよ。我が生命《いのち》、我が魔力《マナ》を糧《かて》に、彼《か》の者の呪いを打ち祓《はら》え！』

俺は、闘技場《とうぎじょう》で使った生命《いのち》の精霊ラーフじゃなく、生命《いのち》の精霊王ラフィーの力を借り、精霊術、呪術破壊《カースブレイク》を放った。

パーティーを組んでいた当時、既《すで》に万霊術師《ばんれいじゅつし》だったキュリアが生命《いのち》の精霊王の力を使えたからこそ、俺にもその力がある。

勿論《もちろん》呪術破壊《カースブレイク》なんて、とっくにキュリアが試《ため》して駄目《だめ》だったのくらい理解してるさ。

だから命魔転化《めいまてんか》で魔力《マナ》を高め、少しでも、より強い術に変化させる。

きっと、これでも足りない。

きっと、これでも祓《はら》えない。

だけど俺はそれでもロミナに手を翳《かざ》し、全力でその術を向けた。

麗《うるわ》しき女性の姿をした精霊王ラフィーが姿を現し、俺と同じように手を翳《かざ》すと、ロミナを輝《かがや》かしい光が包む。

同時に、闇《やみ》の文様《もんよう》が強い力に抵抗したのか。彼女の身体《からだ》を取り巻くように、激しい闇の稲妻《いなずま》が現れると、術に抵抗するかのように、光を掻き消そうと蠢き出した。

呪術破壊《カースブレイク》の光と、闇の稲妻が触《ふ》れ合った瞬間《しゅんかん》。放電したかのような、バチバチッという嫌な音を立てる。

同時に、術を行使する俺の生命《いのち》と魔力《マナ》が一気に削《けず》られたけど、闇の稲妻は弱まる気配なんて見せない。

……くそっ。これが死んだ奴の力だってのかよ。

まるで嘲笑《あざわら》うかのように、魔王の呪いの稲妻が、時に俺の腕に、頬に、腹に触れ、強い痛みを寄越《よこ》す。

耳障《みみざわ》りな音が、聞くことが叶わなかった魔王の高笑いにも聞こえ始める。

生命力が奪われ。魔力《マナ》が減っていき。痛みが走り。汗が流れ。身体《からだ》が重くなっていく。

だけど、俺は術を止めなかった。

何故かって？

俺は決めたんだ。ロミナを助ける為《ため》に、抗《あらが》ってやるってな。

魔王！　お前に食《く》らいつけなくて、最古龍《さいこりゅう》ディアなんて倒せるか！

俺が起こすのは奇跡《きせき》だ！　俺が見せるのは可能性だ！

魔王だろうが、最古龍《さいこりゅう》だろうが。

俺は奇跡でも何でも起こして、絶対にお前達《たち》を倒し、ロミナの呪いを解いてやる！

今はできなくても。今は力は無くっても。少しでも、意地でも食《く》らいついてやる！

魔王！　最古龍《さいこりゅう》！　覚えておけ！

これが忘れられ師《ロスト・ネーマー》の力だ！

俺はこの力で、絶対にロミナを救ってみせる！

「うおぉぉぉぉぉぉぉっ‼」

俺の手から放たれた彼女を包む光がより強くなり、少しずつ闇の稲妻を押さえ込《こ》もうとする。けど、同時により強い痛みが身体《からだ》に走る。

それがなんだ！

ロミナはもっと辛いんだ！

この程度で弱音なんて吐けるか！

こんな所でくたばってられるか！

限界が近づくのも構わず、俺は歯を食いしばり、全力で術を向け続けていると。

「……これ以上、ダメ。カズト、死んじゃう」

突然《とつぜん》。術を遮《さえぎ》るように、俺の腕を掴《つか》んだのはキュリアだった。

『ラフィー。帰って』

彼女の言葉に従い、傍《かたわ》らにいたラフィーはふっと姿を消し、俺の手から光が放たれなくなる。

ロミナを包んでいた光も、抵抗していた闇の稲妻も消え。手の上で浮いていた魔導書がぱたりと閉じると、そのまま手から零《こぼ》れて床に落ち。俺もまた、がくりとその場に座り込み、両腕《りょううで》を床に突《つ》いた。

息が苦しい。身体《からだ》が痛い。

無理矢理《むりやり》術を駆使《くし》し続けたせいか。頭もガンガンと痛む。

止めどなく流れる冷や汗。悔しさと共に、目から流れる何か。

このまま続けていたら、確かに死んでいた。

だけど、そこまでの事をしても、呪いのひとつ解けやしない。

……魔王ってのは、本当に強かったんだな。

そりゃ、みんながトラウマを持つ訳だ。

ロミナが魔王を倒せたのも、やっぱり聖勇女《せいゆうじょ》だったからなんだな。

……ったく。これじゃきっと、数日動くのが辛そうだ。
まあ、どうせ十日は早馬車《はやばしや》の旅。それだけありゃ、回復もできるだろ。
目から溢れる悔しさをそのままに、床に顔を向けたまま力なく笑う。
まだ魔王にも届かず、最古龍《さいこりゆう》にも届かないであろう、自分の力のなさに。
だけど俺は、勝手に約束したんだ。勝手に決意したんだ。
だから止まるもんか。俺は、生きてるかぎり足掻《あが》いてみせる。
そして……絶対あいつに、未来を見せてやるんだ。
「お前……何者なんだよ?」
驚きと戸惑いの入り交じったミコラの声。
それに応えず、俺はふらつきながらも立ち上がる。
動く度《たび》に身体《からだ》が痛むけど丁度いい。お陰《かげ》で意識を失わなくって済みそうだ。
道着の袖《そで》で涙《なみだ》を拭《ぬぐ》い、ぐっと歯を食いしばると顔を上げる。
みんなして面食らった顔しやがって。ま、いいさ。俺には関係ない。
俺はそのままくるりと踵《きびす》を返すと、一人無言のまま、扉に向かって歩き出す。
「待ちなさい!　ミコラの質問に答えなさいよ!」
フィリーネの叫《さけ》びにも振り返らず。俺は扉を開けると、こう言い残した。

「俺は……お前達に呆れられた、力もなけりゃ腕もない……だけど。世界一諦《あきら》めの悪い、Cランクの冒険者だ」

そう。

もう、諦めるもんか。もう、止まるもんか。

それだけを強く決意して、俺は一人、部屋を出て行った。

§　§　§　§　§

あの後、ふらふらのまま宿に戻った俺は、着替《きが》える事すらせずベッドに横になると、死んだように眠《ねむ》った。

痛みもあったはずなのに、それすら忘れる程、一瞬《いっしゅん》で眠りについたんだろう。

翌日、目を覚ました時には、横になった後の記憶がさっぱりなかった。

窓の外。カーテンの隙間《すきま》から入る光。もう昼過ぎか。随分と寝《ね》てたんだな。

ゆっくり身を起こすと、昨日の術の反動か。頭痛はないものの、身体《からだ》に強い痛みが走る。

だけど、こんなのロミナの苦しみに比べたら、大したもんじゃない。まだ動けるさ。

軽く風呂《ふろ》に浸《つ》かった後、新しい道着と袴《はかま》に着替える。

今日は閃雷《せんらい》を回収して、明日の荷造りをすれば後は自由。少し訓練でもするか。それとも、最後かもしれない王都ロデムをぶらぶらと楽しむか。

そんな事を考えつつ、最低限の手荷物だけをリュックに詰《つ》めると、重い身体《からだ》に鞭打《むちう》ち部屋を出たんだけど。

階段を下りた宿の一階。食堂も兼《か》ねたフロアに顔を出した時、俺はある人影《ひとかげ》に気づいた。

宿屋の食堂は、一般客《いっぱんきゃく》も利用できるとはいえ、主な利用者は宿泊客《しゅくはくきゃく》。

しかも昼過ぎともなれば、既に街に出掛《でか》けたり、宿をチェックアウトした客がほとんどで、この時間はそれほど客なんていない。

だからこそ、食堂にいる客は自然に目につくんだけど。

ふと視界の端《はし》。カウンターの一番奥《おく》に座っている、鮮《あざ》やかな赤いローブを纏《まと》い、フードを被《かぶ》った冒険者が目に留まった。

顔は見えないけど、あまりに目立ちすぎる客。

あれはまさか……。

俺はちょっとだけ迷うと、宿の受付でそいつを見ながらひそひそと話す宿主の夫婦《ふうふ》に、

「出掛けてきます」とだけ声を掛《か》け、気づかぬ振りをして宿を出た。

……ったく。

俺は身体《からだ》の痛みがあるにも関わらず、用事もないのに王都北部のあまり人気《ひとけ》のない、倉庫街に足を向ける。

あんな趣味《しゅみ》の悪い目立つ色のローブを着る奴を、俺は一人しか知らない。

予想通り、そいつは俺の後を付けてくると。

『何で、逃《に》げるの？』

誰もいない倉庫の裏手に入った所で、彼女は狙《ねら》い済ましたように、淡々とした口調で、俺の耳元に声を掛けてきた。

精霊術、風の囁き《ウインドウィスパー》。

風の精霊シルフの力で、特定の相手にだけ声を届けられる術だ。

っていうか、この距離《きより》なんだし、直接言えばいいだろって……。

俺は足を止めると頭を掻《か》き、諦めて彼女に振り返る。

「あんたみたいな有名人と、あんな所で話せないだろ」

「カズト。やっぱり、口が悪い」

「は？　あのなぁ……」

困った顔をした俺の前に立ち、ゆっくりとフードを取ると現れた、独特の長い耳と琥珀《こはく》色《いろ》の髪《かみ》。無愛想な、だけど美少女と言っていい整った顔立ちに、勿論《もちろん》俺《おれ》は見覚えがある。

「だったら敬語で話した方がいいか？　キュリア」

「ううん。堅苦《かたくる》しいの、嫌」

相変わらず表情の読めない真顔のまま、彼女はじっとこちらを見つめてくる。

昔っから、何かを見透《みす》かしてそうなキュリアの澄《す》んだ瞳が、ほんの少しだけ苦手だ。

「で、何であそこにいた？　誰にも宿の場所なんか話してないのに」

「シルフに聞いた。シルフは、何時《いつ》でも見てる」

「まじかよ？　まったく。精霊術ってのは本当に便利だな」

「うん。だからカズトも、ロミナを救えた」

「は？　俺が⁉」

こっちの驚きを意に介《かい》さず、キュリアが小さく頷《うなず》く。

「カズトの術で、ロミナの命、少し、長らえた」

「……どういう事だ？」

「闇の文様《もんよう》、少し小さくなった」

「……本当か？」

「うん。ほんの、少しだけ。だけど、一週間は持つ」

「一週間、か……」

……やれやれ。命懸《いのちが》けで駆使した術で、たったそれだけしか延命できないのかよ。

そんな酷《ひど》い現実を耳にして、俺は思わず笑ってしまう。

確かにたった一週間。

だけどそれは、俺の力でほんの僅《わず》かでも、魔王に食らいつけたって証拠《しょうこ》。

それならもしかしたら、最古龍《さいこりゅう》にだって食らいつけるかもしれない。

ここまで絶望しかなかったのに。真《ま》っ暗闇《くらやみ》の中、ほんのりと光る蝋燭《ろうそく》のように、僅かな希望が見えたんだ。

たったそれだけ。

それで最古龍《さいこりゅう》を倒《たお》せるなんて言ったら、間違《まちが》いなく鼻で笑われるレベル。

でも、今はそれで十分だ。その僅かな可能性があれば、俺は希望と共に前に進める。

「で？　話はそれだけか」

俺がぶっきらぼうに返すと。

「急に笑うの、きもい」

キュリアはそう言いながら、少しだけ微笑《ほほえ》んだ。

……ほんと。笑うと本当に可愛《かわい》いんだけどな。勿体《もったい》ない。

それじゃなくても、謎《なぞ》めいた神秘的な美少女ではあるんだけどさ。

「カズト、ありがと。ロミナを、助けようとしてくれて」

「こっちこそ。あの時止めてくれなかったら、俺は死んでいたかもしれないし」

「うん。あれは無茶《むちゃ》。もうしちゃだめ」

いつもの真顔に戻《もど》ったキュリアが、じっと俺を見つめてくる。

その瞳は、何となく俺を心配してくれている気もする。……気のせいかもしれないけど。

「分かったよ。それよりお前は早くロミナの所に戻れ。あいつに何かあったらいけないだろ」

「うん。最後に、ロミナから伝言」

「伝言？」

「うん。『夜空がよく見える場所、探しておいて』、だって」

「……ああ。任せろって伝えておいてくれ」

「分かった。それじゃ」

名残《なごり》を惜《お》しむ素振《そぶ》りも見せず、彼女はフードを被《かぶ》り直すと、踵《きびす》を返し歩き出す。

その背中が倉庫の影に消えるのを確認すると、俺は大きく息を吐《は》いた。

キュリアが相手で良かったよ。ミコラやフィリーネだったら、昨日の事を色々追及《ついきゅう》して

くるのが目に見えてたしな。

そういう意味じゃ、彼女は正直者だけど、余計な詮索《せんさく》はしないから助かるんだ。

……とはいえ久々だな。あいつとちゃんと話をしたのは。

これだけ話したのは、彼女の母親である万霊《ばんれい》の巫女《みこ》フィネットが、その命と引き換《か》えに、魔王軍に傷つけられた世界樹を救った時以来か。

俺は彼女との想《おも》い出に浸《ひた》りながら、倉庫街をゆっくりと歩き出した。


キュリアの母親も、偉大《いだい》な万霊術師《ばんれいじゅつし》だった。

何時もあんな調子のキュリアだったし、フィネットが死んでも、みんなの前では淡々としてたけど。

その日の夜。気分転換に泊《と》まっていた家の外に出た時。彼女が一人、家の裏手で声を殺して泣いてる所に鉢合《はちあ》わせしたんだ。

それまではきっと、あいつもみんなに気を遣《つか》って、気丈《きじょう》に振る舞《ま》い哀《かな》しむのを我慢《がまん》してたんだろう。

「私、お母様を、助けられなかった！　私が、弱かったから！　私が……弱かったから……」

あの時ばかりは、流石《さすが》のあいつも、感情的な言葉や涙を隠《かく》さなかったな。

俺は、そんな彼女を慰《なぐさ》めながら、こんな事を言ったっけ。

「いいか。悔しかったら、お前もフィネットのようになれ。あの人は何時でも笑顔《えがお》を見せ、みんなの為に世界樹を救い、お前やみんなに沢山泣いて貰《もら》えた。それだけ頼《たよ》られて、愛された素敵《すてき》な人だったんだ。お前もいつか、あの人みたいに頼られて、愛されて、笑顔を向けられるようになれ。そうすりゃフィネットも、お前の成長した姿に笑ってくれるさ」

その時に口にした言葉が、役に立ったかは分からない。

だけど、あの時まだ精霊術師《せいれいじゅつし》だったキュリアは、母の背中を追うように、万霊術師《ばんれいじゅつし》となる儀式《ぎしき》に挑《いど》み、見事にそれを乗り越《こ》え強くなり。同時に何処《どこ》か少しだけ、雰囲気が柔《やわ》らかくなったんだ。今みたいにな。

……あれで？　なんて言うなよ？


俺は重い身体《からだ》をごまかしながら、職人地区に向かうと閃雷《せんらい》を受け取った。

刀身を見ても刃《は》こぼれはなし。これなら十分戦えるだろ。

謝礼を払《はら》い店を出た後、俺は迷った末に術医の家を訪ね、聖術《せいじゅつ》による治療《ちりょう》を受けた。

術師が治療に使う聖術《せいじゅつ》は、フィリーネも使える物。だから俺も使えなくはないんだけど。

昨日の今日で術を重ねる程の魔力《マナ》も残ってないし、身体《からだ》の負担にもなりそうだったからさ。
結局、この日はこれ以上の事ができる体力もなかったから、外で軽く夕食を済ませると
そのまま宿に戻り、明日の支度《したく》を済ませ、早々にベッドに潜《もぐ》り込んだ。

ついに明日は出発の日。
聖勇女《せいゆうじょ》を救うべく、奇跡を起こす旅の始まり。
魔王討伐《まおうとうばつ》に同行できなかった俺が、たった一人で魔王に匹敵《ひってき》する奴を相手にするのか。
まったく。何の因果だって感じだな。
とはいえ、ロミナ達だって必死に魔王に挑んだんだ。
俺もあいつの……いや。あいつらのためにも、やれる事はやってやるさ。
高まる緊張感《きんちょう》に、あまり眠れないかと思っていたけれど。
まだ昨日の疲《つか》れを引き摺《ず》っていたせいか。
俺は瞼《まぶた》を閉じた瞬間。いともあっさり、微睡《まどろ》みの世界に飲まれていったんだ。

第三章　不安を拭う旅路

旅立ちの朝。

この日も、俺の不安なんて関係ないといわんばかりの、空気の読めない快晴だった。

少し伸《の》びた後《うし》ろ髪を紐《ひも》で束ね。道着と袴に身を包み、腰紐《こしひも》で愛刀を佩《は》くと、旅の荷物を纏めた大きめのバックパックを背負う。

準備万端《ばんたん》。だけど、心に緊張が走る。

「ふぅ……」

大きく、深く息を吐き。不安を吐き捨てて、決意だけを残す。

閃雷《相棒》をほんの少しだけ鞘《さや》から抜《ぬ》くと素早《すばや》く戻し、鞘と鍔《つば》がぶつかるカチンッという澄んだ音で迷いを断《た》ち切り、静かに心を整えると。

「……よし」

俺は部屋を後にすべく、ドアに手を掛けようと手を伸ばしたんだけど。

コンコンコン

wasurerareshi no
eiyuutan

取っ手を掴《つか》もうとした瞬間、突然ドアがノックされた。

誰だ？　ここを知ってるのはキュリアだけのはず。だけど、あいつが今日も俺《おれ》に用事があるなんて事はないだろ。

って事は、宿屋の主人……いや。チェックアウトの時間なんてまだまだ先。出て行けなんて催促《さいそく》される訳ないし、余程《よほど》の理由でもなきゃ部屋にまで来やしない。

だとしたら一体……。

突然のことに戸惑《とまど》っていると。

「カズト。まだおるんじゃろ？」

ノックした相手が、ドア越《ご》しに声を掛けてきた。

……キュリアの奴。居場所を教えたのかよ。

ため息を吐《つ》きながらドアを開けると、そこにはローブの上から地味なフード付きコートを羽織り、目立たないようにしていたであろうルッテが、フードを取り笑顔で立っていた。

凱旋《がいせん》した王都じゃこいつらは有名人。昨日のキュリアといい、姿を隠してないと、街中《まちなか》を歩くのもままならないんだろう……って、今はそんなのどうでもいい。

「おお。丁度出る所じゃったか。間に合って良かったわい。入るぞ」

彼女は笑顔のまま、ずけずけと部屋に入ると、ドアを閉め俺に向き直る。

「何だよ。わざわざ見送りか？　そんなのいいから、お前は早く仲間探しを進めろよ」

「おーおー。随分《ずいぶん》と冷たいのう。我《われ》とお主の仲じゃろ？」

「仲も何も、クエストの話で絡《から》んだだけだ。しかもそのクエストは断った。それ以上の関係なんてないだろ？」

　小馬鹿にした態度に少し腹が立ち、少し言葉がきつくなる。だけどルッテは、それに機《き》嫌《げん》を悪くする事なく、余裕《よゆう》の笑《え》みを浮《う》かべている。

「何を言っておる。大ありじゃぞ」

「何でだよ」

「ロミナを助けたいと想う仲間じゃろう？」

　俺はその言葉を聞き、言葉を失った。

　確かに同じ想いはある。だけど、俺は一人で旅に出るんだ。

　もうお前達とは関係ない。仲間でも何でもないはずだろ。

　何とも言えない顔をした俺に、彼女はふっと真剣《しんけん》な顔をすると、背中に背負っていた布に包まれた大きな何かを下ろし、両手で俺の前に差し出した。

「ロミナからじゃ。預かれ」

「……これは？」

「いいから開けてみぃ。外に出る時は隠すんじゃぞ」

俺は扱《あつか》いに困りつつも、その布に包まれた何かを預かる。

そこまで重くはないけど、この長さは間違いなく武器。

ロミナからの武器……って、まさか⁉

預かった包みをテーブルに乗せ、ゆっくりと布を広げていくと、現れたのは豪華《ごうか》な装飾《そうしょく》の施《ほどこ》された鞘に収まる、白銀色《しろがねいろ》の聖剣《せいけん》、シュレイザードだった。

ロミナはこの剣《けん》を抜き、聖勇女《せいゆうじょ》として認められ、世界を救う為に戦った。そんな彼女の愛剣が、何でここに……。

「『重いかもしれないけど、私も付いて行きたいから』だそうじゃ。じゃから持っていけ」

「……ははっ。確かに重いな」

呆《あき》れ笑いを見せながら、俺は目を細め、じっとそれを見つめる。

武芸者の俺じゃ振るえやしない、伝説にも謳《うた》われた、世界を救う聖剣。

ロミナがいてくれている、か。確かにそんな気がするな。

「それと、これはキュリアからじゃ」

ルッテが聖剣の脇《わき》にことりと置いたのは、彼女《かのじょ》が普段《ふだん》から身につけている付与具《エンチャンター》の腕輪《うでわ》、精霊《せいれい》の心。

精霊との繋《つな》がりを強くし、より強力な精霊術を放てるようになる代物《しろもの》だ。

「あいつも『ちゃんとカズトが返しに来て』なんて言っておったわ。珍《めずら》しい事もあるもんじゃて」

優しげな口調で笑うルッテに、俺も釣《つ》られて笑う。

確かに、そんな事を言うなんて、あいつらしくないな。

……いや、前言撤回《てっかい》。

キュリアも口に出さないだけで、優しい奴だったからな。きっとあいつなりに、無事に帰って来いって言いたかったんだろ。

あの夜、キュリアが呪《のろ》いの進行を抑えるために力を借りていたのは、生命《いのち》の精霊ラーフ。

俺の全力の術にはあれだけ抵抗《ていこう》したし、きっと今のロミナを延命するのに、より強い力は意味がないって事なんだろう。

だったら、遠慮《えんりょ》なく使わせてもらうか。

「ルッテ。わざわざありがとな」

俺が腕輪を左腕《ひだりうで》に通し、聖剣に布を巻きつつ礼を言うと。

「礼には及《およ》ばん。共に旅する身。少しは強くなってもらわねば、我《われ》も楽ができんしのう」

そう言って、彼女は「はっはっはっ！」と豪快《ごうかい》に笑う。

「……は？」

……俺の耳が腐《くさ》ったわけじゃないよな？

思わず動きを止め顔を向けると、ルッテが楽しげに話し出す。

「聞こえんかったか？　仕方ない。はっきり言ってやるかのう。カズト。我《われ》も連れて行け」

「……はぁっ⁉」

思わず驚愕《きょうがく》すると、彼女は真剣な顔に戻り、こっちをじっと見た。

「我《われ》もロミナを救う。じゃから連れて行けと言うた」

「馬鹿野郎！　駄目に決まってるだろ！」

「何故じゃ？　我《われ》はLランクの実力者じゃし、最古龍《さいこりゅう》ディアへの道案内もできる。勿論《もちろん》雇《やと》えなどとは言わん。よもや破格の待遇《たいぐう》じゃぞ？」

「そういう話じゃないだろ！　お前は最強のLランクパーティーの一人だろ！　ミコラやフィリーネと行けよ！　戦力分散なんて愚《ぐ》の骨頂だろ⁉」

「ほほう。つまり、戦力が分散しなければ良いのじゃな？」

「……は？」

待て。俺はまた何かを聞き違《ちが》えたか？

予想だにしない言葉の数々に、唖然《あぜん》とする俺の顔がよっぽど面白《おもしろ》かったのか。にやりとしたルッテが「入るがよい」と、ドアの向こうに声を掛けると。

ゆっくりとドアを開け入ってきたのは、これまたルッテとお揃《そろ》いの地味なコートを羽織った二人組だった。

ドアを閉めると、二人はゆっくりとフードを取る。

「……ミコラ。フィリーネ」

「よ、よう」

「……ごきげんよう」

二人はどこか気まずそうな顔で、こっちをちらっと見た後、視線を逸《そ》らす。

「……どういう事だよ」

「どうもこうもない。これが我等の考えた、ロミナを救う最善じゃよ」

ルッテの真剣な顔に嘘《うそ》はない気はする。

だけど二人は違う。これが最善だというのなら、もっとちゃんとした顔をするはずだ。

ルッテ。

フィリーネ。

ミコラ。

キュリアの精霊の心。

そして、ロミナの聖剣シュレイザード。

人として。想いとして。かつての仲間全員がここにいる。

それってつまり……。

俺はがしがしと黒髪《くろかみ》を掻くと。

「……ロミナか」

そう言って、ため息を吐《つ》いた。

「そうじゃ。お主が無茶した後、暫《しば》くして彼奴《あやつ》が目を覚ました。そこでお主の力でほんの僅かじゃが、命が長らえた話を聞かせたんじゃ」

「そうしたら、あの子がふざけた事を言ってきたのよ。『カズトに力を貸して』って」

「正直乗り気じゃねーけど、あいつの頼《たの》みだしさ。しゃーないから、わざわざ俺達《おれたち》が力を貸しに来てやったんだよ」

フィリーネとミコラのどこか棘《とげ》のある言葉に、俺は二人を一瞥《いちべつ》すると、視線を逸らして真顔で再び聖剣を布に戻し始める。

……かつての仲間だ。性格も知っているし、裏にある本音も何となくわかってる。

だけど……俺は苛《いら》ついた。

「……帰れ」

心の内をごまかせず、俺は怒気《どき》を孕《はら》んだ声で、静かに呟《つぶや》く。

「俺は認めない。お前等がLランクで凄《すご》かろうが。俺よりどんなに強かろうが。命を失いかけてるロミナが言った言葉を、ふざけた事なんていう奴《やつ》を。ロミナの為じゃなく、わざわざ俺の為なんて、恩着せがましい事を言う奴を」

聖剣を布に戻し終えた俺は、それをバックパックと背中の間に収め固定すると、二人を睨《にら》みつけた。

「いいか。俺はCランクだと馬鹿にされようと、弱いと笑われようと構わない。だけど、あの夜命懸けで俺に逢《あ》いに来てくれたロミナは、俺を仲間だって言ってくれたんだ。そんな仲間を侮辱《ぶじょく》し、仲間の願いに中途半端《ちゅうとはんぱ》な気持ちで応えようとする奴らと、共に戦う気になんてなれるか。お前達はとっとと帰れ。そして、さっさと理想の冒険者《ぼうけんしゃ》を見つけて、ロミナを助けに行けってんだ」

腹立たしさを隠さずそう言い放ち、俺が部屋を出ようとすると。

「……まったく。カズト。待つのじゃ」

ルッテがため息と共に、困ったような声で俺を呼び止めた。

「ミコラ。フィリーネ。ごまかすでない。お主らもとっくにカズトを認めておるじゃろ。じゃから本音で話せ。でなければ、この話は本気でなしじゃ」

咎《とが》めるように口にされたルッテの言葉に、耳を垂らしシュンッとしたミコラは視線を落とすと、申し訳なさそうな顔で「ごめん……」と短く謝《あやま》ってきた。

「俺は確かにお前の腕《うで》を疑ってた。Cランクだし、見た目に強そうにないし。何よりパーティーの連携《れんけい》が苦手だって言ってたしさ」

彼女はそこまで言うと顔を上げ、俺に真剣な眼差《まなざ》しを向けてくる。

「だけどあの時、必死にロミナを助けようとするお前に、俺は驚《おどろ》かされたんだ。お前の力でロミナがほんの少しだけ長生きできるって聞いた時、すげー嬉《うれ》しかったんだ。そして、お前となら口ミナを救えるんじゃないかって、本気で思ったんだ！　だから……頼む、カズト！　俺を連れて行ってくれ！　一緒《いっしょ》にロミナを助けてくれ！」

悔《くや》し涙を滲《にじ》ませながら、ミコラが必死に頭を下げる。

……まったく。

お前は昔っからすぐ人を小馬鹿にする。だけど、本気で仲間を真《ま》っ直《す》ぐに想う、熱い奴だったよな。

本気でロミナを助けたいからこそ、すぐには俺の実力を信用できなかったんだろうし、生半可な相手で妥協《だきょう》なんてできなかったんだろ。

「……ごめんなさい。さっきの発言も、この間貴方《あなた》をちゃんと知ろうともせず、傷つけてしまった事も謝るわ」

視線を逸らしていたフィリーネもまた、少しだけ唇《くちびる》を噛《か》んだ後、俺に申し訳なさげな目を向けてきた。

「ルッテには悪いけれど、正直私も、最初に会った時の貴方《あなた》が、私達の力になれるなんて思えなかった。確かに貴方《あなた》は、一度は彼女を負かしたかもしれない。でも、それがたまたま偶然《ぐうぜん》だった可能性だってある訳でしょ」

「まったく。我《われ》も信用されておらんかったとは……」

「ルッテ。貴方《あなた》が最初から、全てを話さなかったから悪いんでしょ」

茶々を入れたルッテに、フィリーネが呆れ声と共に白い目を向けたんだけど。俺は彼女の言葉に思わず首を傾《かし》げた。

ん？　全てって何だ？

ルッテが知ってる事なんて、俺の武芸者としての実力と、一人で最古龍《さいこりゅう》ディアに挑もうとしてたくらいのもんじゃないのか？

「ルッテ。どういう事だ？」

思わずそう問いかけると、ルッテはやれやれと呆れた仕草を見せた。

「これでも最古龍《さいこりゅう》の弟子《でし》じゃぞ。我《わ》が目を欺《あざむ》けると思うたか？」

……はっ？　嘘だろ⁉

「おお。気づいておったぞ。武芸者のお主が、よもや我が古龍術《こりゅうじゅつ》に抗《あらが》う為、精霊術や聖術《せいじゅつ》を重ねて使うとはのう。流石に度肝《どぎも》を抜かれたわ」

まじかよ……。

あの後さっぱり追及してこなかったから、てっきり気づかれてないって思ってたのに……。

「お主が何故《なぜ》その才能に目覚めたかなど、とやかくは聞かん。じゃが、あの時のお主はきっと、腕前《うでまえ》を知られたくなかったからこそごまかしたんじゃろ。じゃからこそ、我《われ》もお主の秘《ひ》めたる実力は伏《ふ》せ、それでもどうにかフィリーネ達を説得し、仲間に引き入れようとしたんじゃが……。そこまで甘《あま》くはなかったわい」

「……気にするなって。気を遣ってくれてありがとな」

俺の言葉の柔らかさに安堵《あんど》したのか。ルッテは小さく笑みを返す。

「そういうわけで、私もミコラと同じで、貴方《あなた》の腕を信じられなかったわ。だけどあの日の夜、貴方《あなた》が必死にロミナの呪いを解こうとした時、本当に驚かされたの。勿論《もちろん》、貴方《あなた》が聖術《せいじゅつ》と精霊術を駆使したのにも驚いたけれど。赤の他人である貴方《あなた》が、命懸けでロミナに術を掛け、助けようとした事にね」

そう言うとフィリーネは、真剣な瞳《ひとみ》を俺に向けた。

昔と同じ、本音を語る時に見せる誠実な瞳で。

「……はっきり言わせてもらうわ。私は、あの勇気を見たからこそ貴方《あなた》を認め、ロミナの願いを聞き届けたの。キュリアですらできなかった、闇《やみ》の文様《もんよう》を後退させた貴方《あなた》となら、もしかしたら本当に奇跡《きせき》を起こせるかもしれないと思ってね。ただ、初めて会った時に、あれだけ酷い事を言ったでしょう？　それなのに、急に掌《てのひら》を返すのもどうかと思って……。ごめんなさい」

すっと頭を下げるフィリーネ。

まあこいつも素直《すなお》じゃないだけで、根が悪い奴じゃないのは知ってたからな。そんな事だろうと思ったよ。

「改めて頼む。どうか我等と共に、ディアに挑んではくれぬか」

ルッテもまた凛《りん》とした顔でそう言うと、頭を下げてくる。

……まったく。

本当にお前等って奴は、どこか癖《くせ》があって。素直じゃなくて。だけど、本当に仲間想いの良い奴らだよ。だからこそ、あんな風に別れられたんだしな。

思わず顔が綻《ほころ》ぶ。みんなが誰一人《だれひとり》変わっていなかった事に。

変わったのなんて、俺がいるかいないかくらいなもんだ。

「頭を上げてくれ。Lランクのお前等に頭を下げられるとか、むず痒《がゆ》くって仕方ない」

俺の言葉に、三人が頭を上げる。

「一応確認《かくにん》させてくれ。お前達《たち》は俺がまともな前衛かなんて、動きも実力も一切《いっさい》見てないだろ。それでも信じられるのか？」

「そんなの構わねえって！　腕が足りなきゃ十日もあれば、俺が鍛《きた》え上げてやるからさ！」

ピンッと耳を立てたミコラが急に元気を取り戻すと、ふさふさの腕に力こぶを作って、前のめりにアピールしてくる。

「ルッテを驚かせた武芸者の技があって、ロミナに向けた術もある。聖勇女《せいゆうじょ》や魔術剣士《まじゅつけんし》のように、前衛も後衛も任せられる時点で疑うつもりはないわ。ただ、ミコラに教わるのは止《や》めなさい。この子は何時も手加減できなくって、戦士団でも鬼《おに》教官って呼ばれてるわよ」

「あれはあいつらの根性《こんじょう》がないだけだって！」

「誰《だれ》かに物を教えるんじゃぞ。お前はもう少し頭を使い、手加減もせい」

「えー!?　面倒《めんどう》くせえ。いいじゃん。実戦でドーンバーンってやって鍛《きた》えりゃよー」

呆れ笑いを浮かべるフィリーネ達に対して愚痴《ぐち》ったミコラは、ルッテの言葉にもどこ吹《ふ》く風《かぜ》。両腕《りょううで》を頭の後ろに回し、あいつらしい本当に面倒臭《めんどうくさ》そうな反応を見せた。

その能天気さに、部屋の空気が一気に和《なご》む。

ほんとお前らしいな、ミコラ。

だけど、それだけじゃ連れて行けない。

「もうひとつ。お前等は恐《おそ》ろしく強い魔王《まおう》と戦って、言いようのない恐怖《きょうふ》を経験しただろ。そんな奴に匹敵する最古龍《さいこりゅう》に挑むのは怖《こわ》くないのか？　無理をしたって、実力を発揮できずに終わるだけ――」

「あーもう！　長ったらしーなー！　怖いに決まってるだろ！」

俺の会話に割《わ》り込《こ》んで面倒くさそうに肯定《こうてい》したミコラは、昔と同じ、勇気ある顔を向けてくる。

「だけど、俺はロミナを助けたいんだよ。そしてCランクのお前に希望を見たんだよ。大体ランクの低いお前が覚悟《かくご》してるってのに、こっちがびびってるなんて癪《しゃく》じゃん」

……ったく。

ミコラ。それはただの負けず嫌《ぎら》いだろ。

「貴方《あなた》は確かに凄いわ。だけど私達だってLランク。恐れがあっても挑まなければならない戦いを知っているの。だから連れて行きなさい。私もあの子を助けたいんだから」

フィリーネが何かを決意した時のこの表情。昔と変わらないな。

パーティーメンバーが不安になった時、ロミナは優《やさ》しさを見せるけど、お前は憎《にく》まれ役《やく》になってでも発破を掛けるタイプだったもんな。

「カズトよ。よもや忘れてはおらんじゃろうが……。お主、我《われ》に告白したであろう？」

「……はぁっ⁉」

ルッテ！　何言ってんだ⁉

「欲《ほ》しいのは我《われ》の笑顔じゃと言うたじゃろうに」

「あ、あのなぁ！　あれはお前が辛気《しんき》臭《くさ》い顔してたからそう言っただけで、告白でもなんでもないからな！　か、勝手に勘違《かんちが》いするなって！」

「そうじゃったのか。我《われ》は信じておったのに。残念じゃのう……」

お、おい、お前。本気で残念そうな顔するなよ……。

予想外過ぎるリアクションに困り、頬《ほお》を掻いていると、彼女はふっと笑った後、態度を改め凛とした表情を俺に向けてくる。

「ま、冗談《じょうだん》はこれくらいにするが。お主は我《われ》を笑顔にする責務がある。そしてそれは、ロミナを助けてこそ成せるもの。我《われ》もできる限り力を貸す。じゃから、また希望を見せてはくれぬか？」

……まったく。また人をからかいやがって……。

お前は覚えてないだろうけどな。昔っからこうやって、散々いじられてる身にもなれってんだ。

……まあでも、あの時Ｃランクだって奇跡を起こせると豪語《ごうご》して、励《はげ》ましたのは俺だしな。だから、意地でも何とかしてやるさ。

「分かった。ちなみに、お前達はパーティーを組んでいるのか？」

「ああ。とはいえ、ロミナとキュリアは動けねえし、ルールに抵触《ていしょく》するといけねえから、俺達三人だけだけどな」

やっぱり、そこは徹底《てってい》しているか。

これは、彼女達《かのじょたち》が冒険者ギルドに加入しているからこそ、必要な措置《そち》だ。

というのも、冒険者ギルドでは正規冒険者同士でパーティーを組む場合に、一部の人間を冒険《ぼうけん》に参加させず、評価ポイントだけを稼《かせ》ぐ不正ができないよう、一定期間冒険を共にできない場合に、その人がパーティーから抜けていないといけないルールがある。

そしてこれは、Ｌランクの聖勇女《せいゆうじょ》パーティーであろうと、特例は認められないんだ。

「そうか。悪いんだけど、俺はお前達のパーティーに加わらずにいたいんだけど、構わないか？」

「どういう事じゃ？　お主は正規冒険者じゃろ。パーティーを組んで困る事などないのではないか？」

俺の申し出に、ルッテが疑問を呈《てい》するのも無理はない。

パーティーに入っていれば、メンバーに効果のある術やアイテムの効果を受けられるし、それこそが絶対的なメリット。普通《ふつう》に考えれば、入らない理由なんてない。

だけど俺は、あえてこんな理由を語る。

「前に俺が連携が苦手って言ったのは、術を使えるからこそ確立できた、一人での戦い方があるからなんだ。下手にパーティーに加わって、みんなに行動を合わせるって事になると、俺自身のスタイルが崩《くず》れて色々やりにくくなるし、判断が遅《おく》れて足を引っ張る可能性もある。だから、余計な事を考えなくて済むよう、このまま一人でいさせてほしいんだ」

忘れられ師《ロスト・ネーマー》である事を隠すための、嘘交じりの提案。

多少強引《ごういん》かとも思ったけど、二職持ちのような実力を見せたからこそ、あえてこれで何とかならないかと踏《ふ》んだんだ。

受け入られてもらえるか不安を持ったけど、三人は互《たが》いに一度顔を見合わせると。

「私は別に構わないわ」

「俺もいいいぜ。いざとなったら、ちゃんとこっちが合わせてやるよ」

「二人が良いなら何も言わん。お主が望むようにせい」

そう言って、三人とも笑みを返してきた。

「ありがとう。じゃあ決まりだ。ルッテ。ミコラ。フィリーネ。これからよろしくな」

「こちらこそ」

「ああ！　よろしくな！」

「うむ。よろしく頼むぞ」

俺は三人が提案を受け入れ、共に旅立ってくれる事に、本当に感謝した。

本音を言えば、本当は一人で心細かったしな。

先にあるのは苦難の道。だけど、もう一度だけこの仲間と旅ができる喜びを感じながら、俺も笑い返してやる。

絶対にロミナも、こいつらも死なせない。そんな決意を新たにして。

この日。俺達はついに、新たな旅立ちを迎《むか》えたんだ。

§　§　§　§　§

宿を出た俺達は、予定通り北部の冒険者ギルドに向かい、マーガレスが手配してくれた早馬車《はやばしや》に荷物を積《つ》み込むと、一路ヴェルウェック山に向け進み始めた。

信頼《しんらい》できる御者《ぎよしや》も用意してくれたお陰《かげ》で、俺達は操縦をその人に任せ、馬車の中でゆったりと座席に座《すわ》っている。

「そういや、少しみんなの話を聞かせて貰ってもいいか？」

落ち着いた頃合《ころあ》いを見計らい、俺は向かいに座るミコラとフィリーネを見ながら声をかけたんだけど。返ってきた反応は、残念ながら望んだものじゃなかった。

「あら？　これでも聖勇女《せいゆうじよ》パーティーとして有名なのだけれど。改めて私達の自己紹介《しようかい》が必要なのかしら？」

「そうだよなー。俺やルッテだって、超有名人《ちようゆうめい》だぜ」

いや、そりゃ知ってるよ。

だけどそうじゃないだろ？　っていうか、そこは昔と違うのか？

俺が露骨《ろこつ》に呆れたのを見て、隣《となり》に座るルッテが何かを察したんだろう。

「我等の冒険者としての実力についてじゃろ」

彼女はそれを、的確に言葉にしてくれた。

「何だよ。そんなの実戦でぽんぽーんって見せりゃいいんじゃねえか。カズトの腕前だって、口で言われるのと見るのとじゃ、全然印象違うかもしれねえし」

「確かに、ミコラの言う事も一理あるけれど。知識として知っているか否《いな》かでは、考え方も行動も変わるわ。特に、今回の相手は強さの次元が違う。咄嗟《とっさ》の判断ひとつが、命に関わる事も十分考えられるし、理解しておくに越したことはないわね」

「あ、そっか……。確かに、そうだな」

流石。普段から戦いをコントロールするフィリーネ。ちゃんと気づいてくれたか。

とはいえ、彼女自身もミコラ同様、改めて最古龍《さいこりゅう》ディアの強さを思い出したのか。変に緊張しだしたけど。

「……それならば、その前に話さねばならぬ事があるな」

何かを言い淀《よど》んでいたルッテが、静かにそう口にする。

「最古龍《さいこりゅう》ディアについてか？」

俺の推測を耳にして、彼女は少し驚いた後、感心したような顔を見せた。

「ほんに、お主のCランク詐欺《さぎ》も酷《ひど》いもんじゃ」

「たまただよ。たまたま」

と、冗談っぽく返したけれど。伊達《だて》に一年、当時Sランクまで上り詰《つ》めた彼女達と、共に旅をしてきた訳じゃないからな。

女五人。その実力は折り紙付き。

だけど彼女達がこのランクまで上り詰められたのは、裏打ちされた技術があっただけじゃない。分かってて挑む戦いには綿密な計画も立て、みんなで意見交換《こうかん》をしてきたからこその結果だ。

そんなパーティーにいられたからこそ、俺もまた戦いに備えるって考えも身に付いたし、ソロで安定してやっていけるだけの経験も積めたんだ。本当に感謝してるよ。

「やっぱりディアって、本気で強いのか？」

恐る恐るといった感じでミコラが尋《たず》ねると、ルッテは小さなため息を漏《も》らす。

「ミコラ。覚えておるか？　初めてお主がパーティーに加わる話になった時、挑みかかって来た日の事を」

「……ちっ。忘れるもんかよ」

ルッテの問いに、ミコラが唇を噛んだ。

以前ミコラから聞いた事がある。

それは、俺がまだロミナ達と出会う前。ロミナ達と出会った時、妙《みょう》に上から目線のルッテの生意気な態度が気に入らなくて、ミコラが喧嘩《けんか》を吹っかけ挑みかかったらしいんだけど、結果は惨敗《ざんぱい》。本人曰《いわ》く、まったく手も足も出なかったらしい。

「古龍術《こりゅうじゅつ》は、確かにドラゴンを呼び起こす。そして、我《われ》は龍《りゅう》の血を引く亜神族《あじんぞく》。術により、同時に身体《からだ》にドラゴンの力を宿す事ができるからこそ、あの時お主を圧倒《あっとう》できたんじゃ。今ではミコラも強うなったし、勝負しても勝てるかは分からんがな」

「それじゃ、最古龍《さいこりゅう》にもいけるのか？」

褒《ほ》められたせいか。少し自信を取り戻《もど》したミコラだったけど、希望を打ち砕《くだ》くように、ルッテは首を横に振《ふ》った。

「師匠《ししょう》もまた、種族で言うならば亜《あ》神族《じんぞく》。じゃが、それはドラゴンではなく、より神に近しい。その古龍術《こりゅうじゅつ》すら規格外じゃ」

「どういう事だよ？」

「我《われ》が得意とする炎の幻龍《フレイム・ドラゴニア》。あれは一体のフレイムドラゴンを召喚《しょうかん》し、その力をその身に宿せる術じゃが、我《われ》はドラゴンを一体しか召喚できぬ。じゃが師匠は、同時に複数のドラゴンを召喚できるのじゃ。無論、より本物のドラゴンに近い、強力な奴をの」

ミコラの問いに答えた彼女の一言に、俺は衝撃《しょうげき》を覚えた。

あの時ルッテと戦った時だって、相当な強さを感じたってのに。あれより強い奴を同時に複数宿せるって、どれだけ強いんだよ⁉

フィリーネも同じ感想だったのか。俺と同じく目を瞠《みは》ったんだけど。

「複数宿せたら強いのか？」

一人、理解できてない奴がいた。

「無論じゃ。お主とやりあった当時の我《われ》が、数人掛《が》かりで襲《おそ》ってくる、とでも言えば分かるか？」

「うわぁ。それはやべえな……」

流石《さすが》にその危険さに気づいたミコラが、げっという顔をする。

「しかも、我《われ》は正直体術が苦手。じゃからこそ、召喚したドラゴンを戦いに駆《か》り出すが、師匠はそもそも龍武術《りゅうぶじゅつ》の使い手でもある」

「龍武術《りゅうぶじゅつ》って、確か亜《あ》神族《じんぞく》でもほとんど誰も身につけられないっていう、伝説のあれか？」

噂《うわさ》にしか聞かない武術を耳にし、俺が思わず聞き返すと、ルッテはこくりと頷《うなず》いた。

「そうじゃ。龍の力を身に纏《まと》い繰《く》り出される技の数々。その力強さは、魔王と十分肩《かた》を並べられるじゃろうな」

「それじゃ、生半可な術なんて……」

フィリーネが愕然《がくぜん》とすると、ルッテは何も言わず、苦虫を噛み潰《つぶ》したような顔で頷く。

「は、はは……。そんな奴に、勝てるのかよ？」

改めて突《つ》きつけられた現実に、流石のミコラもやばいと感じたのか。どうすりゃいいのかと諦《あきら》め顔になる。

まあ、魔王に匹敵《ひってき》するだけの相手の力を改めて実感したんだ。そんな顔にもなるか。

だけど、これで終わりだと思うなよ？

「で。お前から見て付け入る隙《すき》はあるか？」

「正直微妙《びみょう》じゃ。単純な頭数は上。じゃが、ドラゴンを複数呼び出されれば、数の利などない。しかも相手は最古龍《さいこりゅう》とドラゴン。我々四人だけで付け入れるとは思えん」

「そうか。ちなみにルッテは龍武術《りゅうぶじゅつ》を見た事はあるのか？」

「あるにはある。我《われ》は身につけられんかったがの。昔、同じ術を使い熟《こな》すダークドラゴンが、その力でSランク冒険者を、瞬《また》く間《ま》に殺したのを見ておるからな」

話す程《ほど》に、馬車の車内を包む重い空気。だけど、それでも俺は尋ね続けた。

「主にどんな動きの武術だ？　何ができて、何ができない？」

「武術というよりは魔法《まほう》じゃ。時に肉体硬化《にくたいこうか》。時に拳脚《けんきゃく》への属性付与《ぞくせいふよ》。術を変えれば肉体《にくたい》風化《ふうか》で、より素早《すばや》く動く事もできるわ」

流石にうんざりし始めたルッテが、少しだけ嫌《いや》そうな顔をする。

きっとこの絶望的な空気の中で、これ以上話すもんじゃないって思ってるんだろう。

だけどな。聞いてりゃいい事もあるんだよ。

俺にとっても、お前等にとってもな。

「術を変えるって事は、同時に複数の龍武術《りゅうぶじゅつ》は重ねられない。合ってるか?」

「それは当たり前……じゃが……」

ルッテも、フィリーネも。ミコラまで俺《おれ》の顔を見て茫然《ぼうぜん》としたけど、そうなって貰《もら》わなきゃ困るぜ。だって俺が、

「そうか。じゃ、そこは前哨戦《ぜんしょうせん》で確認でもするか」

なんて言いつつ、したり顔をしてたんだから。

三人が顔を見合わせ、何と言っていいか分からない顔をする。

ははっ。驚いてるな。

ま、そりゃ仕方ない。ここまで質問攻《ぜ》めにしてくるような奴、お前等の記憶《きおく》にはないだろうからな。

……俺は以前から、パーティーで一番弱かったからこそ貪欲《どんよく》だった。

何ができればパーティーを活《い》かせるか。何ができればパーティーの役に立つか。

少しでもみんなの役に立ちたくて、あの頃《ころ》も必死にみんなを質問攻めにしていたんだぜ。

足がかりになりそうな情報。それを手に入れた優越感《ゆうえつかん》は口にせず、あえて、

「あ……俺もしかして。的外れな事を聞いたか?」

なんてきょどってやると。

「……いえ。面白い所に目を付けたわね」

そう言って、フィリーネが平然を装《よそお》い、

「ほ、本当に役に立つのか？」

なんて、ミコラが戸惑《とまど》った反応を見せ、

「まあ、何事もきっかけにはなるじゃろ」

と、ルッテは少し楽しげな顔を見せる。

こんな反応も昔のまま。

俺のこういったしつこさも、昔はよく感謝されたんだぜ。

ま、慣れるまではみんな、やっぱりこんな反応だったけど。

こうしてその日から、早馬車《はやばしゃ》での移動中は、俺の仲間に対する質問攻めが繰り返された。

龍武術《りゅうぶじゅつ》に古龍術《こりゅうじゅつ》。ダークドラゴンにディア。ルッテ達の今の実力や、得意な技や術まで。

俺は聞けるだけ聞いた。その先にある戦いで勝つ為《ため》に。

§　§　§　§　§

早馬車《はやばしゃ》に乗って数日。

その日の宿泊《しゅくはく》は、温泉街マレイだった。

魔王がいなくなり、街道《かいどう》も随分《ずいぶん》と安全になったからか、元々長閑《のどか》だったこの街も、ここ半年で一躍《いちやく》人気の観光地になった。

昔一度来た時は、もっと静かな街だったんだけど。こうやって都会化は進むのかもな。

夕方。街の車庫に馬車を預け、宿を探す事になったんだけど。そこは女性陣《じょせいじん》の一存で、この街一番の温泉宿に決まった。

「あそこは疲労《ひろう》回復に良いんだってよ」

「あら？　私は美容に良いって聞いたのだけれど」

こんな感じで、元々ミコラもフィリーネも乗り気ではあったんだけど。

「何なら胸にも良いそうじゃな」

というルッテの一言が決め手になったのは、それを聞いた二人が目の色を変えたのですぐわかった。

まあ確かに、ロミナやキュリアと比較《ひかく》すると、三人ともあまり凹凸《おうとつ》はないとは思っていたけど。命を危険に晒《さら》したくないし、流石にそれは黙《だま》っておいた。

流石に俺も男だし、部屋はあいつらと別室。

今回はパーティーも別だから、俺の宿の支払《しはら》いは自分でする気だったんだけど。

マーガレスより旅の資金の援助《えんじょ》があったからと、頑《かたく》なに譲《ゆず》らなかったフィリーネとルッテに根負けして、結局支払いは任せる事にした。

だけど、何で選んだのがこの宿でも最上級の、温泉付きの部屋なんだよ。

この先、そうそうこんな贅沢《ぜいたく》すらできないって思ったのか。

はたまた、最古龍《さいこりゅう》ディアとの戦いへの不安を、湯船で忘れたいとでも思ったのか。

まあどっちにしても、最近少し減っていたみんなの笑顔《えがお》を見られて、ちょっと安心したものの。それにしたって、流石に奮発し過ぎだろって……。


夕食をみんなと一緒に宿の食堂で済ませた後、俺は一人で自室に篭《こも》り、備え付けの机に向かい、紙にひたすら羽根ペンを走らせていた。

書き出しているのは、ここ数日で仲間から引き出した、情報の数々。

こうやって紙に適当に書き出しては戦いのヒントを探し、何が優位で何が不利か。何か役に立つ情報やアイデアがないか。色々と模索《もさく》してるんだ。

この書き癖は、以前みんなとパーティーを組んでいた時にもやっていたんだけど。元を正せば現代世界にいた時から、こんな事をしていたりする。

……物心付く頃には既《すで》に両親と死に別れていて、向こうでの大半を孤児院《こじいん》で過ごしてきた俺は、決して明るくもなく、孤児院や学校でも一人で部屋や席で静かに過ごす、言ってしまえば陰《いん》キャ寄りの奴だった。

そんな俺にとって、部屋に備え付けられたゲーム機で遊ぶのが趣味《しゅみ》だったんだけど。特に好きだったのが、いわゆる『死にゲー』と呼ばれる、高難度のアクションゲームだった。判断を誤ればあっさりと死ぬ緊張感《きんちょうかん》もそうだったんだけど、一見すればクリアできないんじゃないかっていうボスを、自力で攻略《こうりゃく》するのが好きでハマっていたんだ。

どうやったら、この攻撃《こうげき》が避《さ》けられるか。

どうやったら、ここに反撃《はんげき》が入れられるか。

自分で徹底的《てっていてき》に考え腕を磨《みが》いて、何とかボスを倒《たお》そうって必死になった結果。今と同じように色々情報を書き出して、情報を整理し攻略を進めるようになったんだ。

でも、こっちの世界は本気で辛《つら》くて大変だったな。

当たり前だけど死ねないし、時にリアルに人を殺さなきゃならない。

当時の俺はこれが本当に衝撃的《しょうげきてき》で、本気でこの世界に来た事を後悔《こうかい》した。

今思い返すと、随分と考えなしでアーシェに力を貸す選択《せんたく》をしたって思うけど。そりゃ、ゲームやラノベでしかファンタジー世界を知らなかったしさ。こっちに来て初めて、現実となったファンタジー世界の厳しさに、本気で恐怖したもんだ。

唯一《ゆいいつ》の救いは、この世界で絆《きずな》の女神《めがみ》の加護の下にある人間や種族は、死んだ後に死体が残らないって事。

死んだ後にふっと光になって消えるんだ。善人、悪人問わずに。

動物や幻獣《げんじゅう》、魔人《まじん》や魔族《まぞく》、ゴーレムなどの怪物《かいぶつ》。そういったものの死体が残るのはちょっと不思議だったけど、その理由は定かじゃない。もしかしたら、アーシェが大事な人達を失った哀《かな》しみを、少しでも和《やわ》らげようとしてあげているのかもしれないな。

でも、死んで目をむいたり、無残に斬《き》られたりした死体を見続けなくて済むのが、これほど有《あ》り難《がた》いとは思ってなかったけど、結局死体が残ろうが消えようが、時に人を、時に人じゃないものを倒さなきゃいけない。倒されちゃいけないっていう緊張感と恐怖は、ずっと付いて回ってて。

必然的に、現代世界ではあまり身近に感じなかった事――やっぱり死ぬのは怖いって事を、より強く思うようになってってさ。

だからこそ、俺はこの世界で自分が死なないよう、必死に多くの事を煮詰《につ》めていったんだ。知識を。技術を。練度を。経験を。

確かにアシェが一緒にいてくれたし、与《あた》えられた力もあったけど。とにかく生き残らないと成長できないし、強くならなきゃ旅もできなかった。

だから今でもこうやって、事前に戦術などを考えておける時には、これを癖づけている。

これをしていると、不安に押《お》し潰されそうな自分を奮い立たせられるってのもあるけど、俺は生きてやるんだって、強く思えるから。


……ただ。今回ばかりは、こうやって情報を書き出す程に、ため息ばかりが漏れた。

そもそも、相手は魔王に匹敵する最古龍《さいこりゅう》に、Sランクでも倒せるか怪《あや》しいダークドラゴンだろ？

こんなの、高難度クエストどころの騒《さわ》ぎじゃない二連戦だ。

一応初日みたいに、ちょっとした気づきは幾《いく》つかあった。だけど、結局相手が強すぎると、それを利用して穴を突く事自体が困難すぎて、作戦以前の問題になる。

補助系の術も多彩《たさい》な聖術《せいじゅつ》と魔術《まじゅつ》。これらを両方駆使《くし》できる聖魔術師《せいまじゅつし》フィリーネの実力を加味しても、力の差を埋《う》められるかすら怪しいしな……。

最悪パーティーを組んで、俺の『絆の加護』で支援《しえん》する手も考えたけど、未《いま》だに踏ん切りがつかなかった。

結局、『絆の加護』の欠点のせいで、ミコラの前衛としての負担が増すのは、この先の戦いで致命傷《ちめいしょう》になりかねないって思ったのもある。

だけどもうひとつ。

情けない話。あいつらの記憶が戻った時、あいつらに幻滅《げんめつ》され、呆《あき》れられるんじゃないかって不安が、どうしても拭《ぬぐ》えなくってさ。

みんなが記憶のせいで精神的に乱れて、連携もへったくれもなくなる可能性だってあるだろ。

だから結局、改めてパーティーを組むのが良策なのか、答えが出せなかったんだ。

相手が強大すぎると、どれだけの力があれば戦えるかって計算もできないし、どこまで無理をし、どこまで我慢《がまん》すべきかの線引きも難しい。

ったく。マジでどうするんだよ。

せめて前哨戦となるダークドラゴンとの戦いくらい、疲弊《ひへい》は避けたいんだけど……。

それでも何か書いていればアイデアも出るはず。そう信じて、あれから数時間。ひたすら紙にメモを書き連ね、何か突破口《とっぱこう》がないか考えこんでいると、突然《とつぜん》急な眠気《ねむけ》と共に、大きな欠伸《あくび》が出た。

時計を見ると、気づけばもう深夜。

そういや最近、ずっとこの事ばっかり考えすぎて、正直あまり寝《ね》られてないんだよな。

だけど、それでも俺は、やら……な……。

……はっ⁉

かくんと自分の頭が揺《ゆ》れ、思わず現実に返ったけど、時《とき》すでに遅《おそ》し。

頭と共に動いた腕《うで》に押され、インクの瓶《びん》がゴトンという鈍《にぶ》い音をたて倒れると、書き留めていたメモの大半が、真っ黒なインクに染まっていった。

「……最悪……」

片手を額に当て、自分自身を嫌悪《けんお》しても、こればかりは元に戻らない。

とはいえ、すぐにこれを片付ける気にもなれなくって。

「……温泉にでも入るか」

俺は独りごちると道着と袴《はかま》を脱《ぬ》ぎ、腰にタオル一枚巻いた姿で、部屋の外のテラスにある温泉に浸《つ》かった。

夜は思った以上に静か過ぎて、気が紛《まぎ》れるような物音もなく、そのせいで色々と余計な事を思《おも》い浮《う》かべてしまう。

……決意しても。覚悟しても。拭えない不安。溢《あふ》れ出す恐怖。

闘技場《とうぎじょう》でロミナに逢《あ》ってなかったら。みんなが付いて来てくれてなかったら。

とっくに絶望していたか、不安に押しつぶされてたかもしれないな。

あれだけの覚悟をしたはずなのに。やっぱり、俺は弱いって事か……。

北に進むにつれ、少しずつ外の空気が冷えてきて、決戦の足音が近づくのを痛感させられる。まったく。お陰で眠気まで覚めるって。

温泉に浸かっておきながら、逆上《のぼ》せる事もできない自分が嫌になって、頭ごと丸々湯船に沈《しず》めた後、勢いよく温泉を出て、新しいタオルで身体《からだ》を軽く拭《ふ》く。

そしてそのままタオルを腰《こし》に巻くと、頭に別の乾《かわ》いたタオルを乗せ、早々に部屋に戻った。

くしゃくしゃと頭を乾かしながらも、ぼんやりと戦いの事ばかり考えていたせいだろう。

俺は、ある音にまったく気づけなかった。

「カズト。いないの？　入るわよ」

突然耳に届いたのは、聴《き》き覚えのある声。

まさかフィリーネか⁉

ドキッとした時には遅かった。

ドアが開き、姿を現したパジャマ姿のフィリーネは、タオル一丁の俺と目が合うと、動きを止め、暫《しばら》く固まった後。

「ば、ばか！　いるならちゃんとノックに応えて！　早く服を着なさい！」

一気に顔を赤く染め、珍《めずら》しく狼狽《うろた》えながら、バタンと勢いよくドアを閉めた。

一応下半身を確認する。

……うん。見られては、いないよな？

ったく。今日はどこまでついてないんだか。

ため息を漏らし頭を掻《か》いた俺は、いそいそと身体《からだ》を拭き、急ぎ道着と袴を着たんだ。


「悪かったな。入っていいぞ」

手早く身なりだけ整えるとドアを開け、外で待ちぼうけを食っていたフィリーネに声をかけると、すぐさまキッチンに戻り、ケトルでお湯を沸《わ》かし始める。

炎術石《えんじゅつせき》を使ったコンロ。これが俺のいた世界のコンロと使い勝手が同じで、本当に助かるんだよな。

フィリーネは何も言わず、ゆっくりと部屋に入ってくると、俺を見ながらもじもじと白い翼《つばさ》の先をいじっている。

「ん？　どうした？」

彼女《かのじょ》は俺の声にはっとすると、顔を赤くしたまま、じっとこっちを見た後。

「あ、その。結構、いい身体つきをしているのね」

なんて言いつつ、恥《は》ずかしそうに視線を逸《そ》らす。

「一応これでも前衛だからな。そこのソファーにでも座っててくれ」

「え、ええ」

ローテーブルを挟《はさ》み、向かい合わせになっているソファーを指差すと、彼女は部屋を見回しながらゆっくりそこに腰を掛けた。

「紅茶でいいか？」

「ええ。それにしても、机が随分と荒《あ》れてるわね」

「ああ、それか。さっきインクの瓶を間違《まちが》って倒しちゃってさ」

「まったく、ドジなんだから。……最近あまり寝られていないの？」

「え？」

ティーポットに茶葉を準備していた俺は、予想外の彼女の言葉に、思わず振り返る。

フィリーネが見せていたのは、少し心配そうな表情。

「最近馬車でも眠《ねむ》そうだし。今日だってもうこんな時間なのに、まだ起きてるじゃない」

「おいおい。こんな時間に訪ねてきた奴《やつ》が、人の事を言えるのか？」

ごまかすように呆れ笑いを見せると、釣《つ》られて笑った彼女もまた「確かにそうね」と呟《つぶや》いた。

「で。何か用事でもあったのか?」

「……いいえ、と言いたい所だけど。私も寝付《ねつ》けなくて、話し相手を探してたのよ」

「ルッテとミコラは?」

「温泉を上がってひとしきり喋《しゃべ》ったら、さっさとベッドに入って爆睡《ばくすい》よ。まったく。羨《うらや》ましいくらい、神経が図太いわよね」

「確かにな」

お湯が沸いたのを確認《かくにん》し、ティーカップに紅茶を注ぎ終えると、俺も彼女の向かいのソファーに腰掛《こしか》けつつ、それをテーブルに差し出した。

「ありがとう」

「あ、いや」

……なんだ? 表情もそうだけど、普段《ふだん》より物腰《ものごし》が柔《やわ》らかい気がする。

彼女はパーティーの中でも、少し大人びた美人って感じなんだけど、何時《いつ》もはツンツンしてる事が多いから、こういう笑《え》みを中々見せないんだ。

普段は後ろに括《くく》って魔導帽《まどうぼう》に隠《かく》してる金髪《きんぱつ》も、今は肩に垂らされてて随分と印象が違《ちが》う。

温泉の熱が残ってるのか。少し上気した肌《はだ》も、やけに艶《つや》っぽいし……。

「……私に、何か付いてる？」

「あ？　い、いや。特に」

かけられた声にはっとした俺は、彼女に見惚《みと》れていたのに気づき、慌《あわ》ててごまかすように紅茶を口にしたんだけど。目が泳いだのにめざとく気づいたフィリーネは、何かを察したのか。ふふっと嬉《うれ》しそうに笑うと。

「確かに普段はこんな感じじゃないものね。意外でしょ」

そう悪戯《いたずら》っぽく口にする。

……ほんと、よく見てるよ。

まあ、この洞察力《どうさつりょく》がなきゃ、聖魔術師《せいまじゅつし》として仲間の支援から攻撃、回復まで一手に担《にな》えてないよな。

紅茶を口にした後、ことりとティーカップをテーブルに戻した彼女は、普段なら絶対見せない優《やさ》しげな表情で、こんな質問をしてきた。

「ねえ。貴方《あなた》は何故《なぜ》、ロミナを救いたいの？」

「仲間だからじゃダメか？」

「それは後付けよね？　ルッテに聞いたわよ。初めて私達《たち》に会った直後には、既に一人で戦う決意をしていたって」

……そこまで話してるのかよ。

ふぅっとため息を吐《つ》き、頭を掻いた俺は、正直答えに迷う。

共に戦った仲間だから。それは偽《いつわ》らざる本音だ。

だけど、その記憶がこいつにない以上、口にできるわけもないし……。

俺が何も言えず、困った顔をしていると。

「言い難《にく》いなら話さなくていいわ。質問を変えましょう」

彼女は凛《りん》とした表情で、じっと俺の目を見た。

「貴方《あなた》は、一人で最古龍《さいこりゅう》に挑《いど》もうと決意したけれど、勝算はあったの？」

「いや。Ｃランクだしな」

「その言葉は聞き飽《あ》きたわ。私達は見たのよ。私でもほとんど見た事がない、複数の職の力を使いこなす貴方《あなた》を。だからもう、それを言い訳にはしないで」

「悪い。まあそれでも、勝算なんてないのは変わらないさ」

「じゃあ、それでも戦うと決意したのは何故？」

質問の意図は分からない。だけど、真剣《しんけん》に見つめてくる彼女が、質問とは別の何かを求めているような気がしてならなかった。

……なら、真面目に話すか。

「……馬鹿げた話をするから笑うなよ」

「ええ」

「動かなきゃ、可能性がないからさ」

「可能性がない？　たったそれだけ？」

「そうだ。どんなに強かろうと、ロミナを助けるには最古龍《さいこりゅう》と戦わなきゃいけない。それしか道がないから、俺は可能性を求めただけさ」

「危険だって分かっているでしょう？」

「ああ。だけど、ロミナを死なせたくないだろ？」

「でも、赤の他人じゃない」

「赤の他人でも助けたいと思えなきゃ、冒険者《ぼうけんしゃ》なんてやってられない。だろ？」

俺にとってのかつての仲間は、あいつらからすれば赤の他人、か……。

互いの温度差に、本心を変な言い訳でごまかし、寂《さび》しげに笑う。

そんな俺をじっと見ていた彼女は、少し不安そうな顔で俯《うつむ》いた。

「……もし。私がロミナと同じ状況《じょうきょう》だったとしても、助けてくれたのかしら？」

「ん？　どういう意味だ？」

「……言葉の綾《あや》よ。貴方《あなた》はロミナの為。ひいては私達が生き残る為、必死に戦いの活路を見出《みいだ》そうとしてくれているんでしょう？」

「まあ、そうだな」

「でもね。私は今でも不安なのよ。出会った矢先に貴方《あなた》を傷つけたし、冗談《じょうだん》交じりに一緒《いっしょ》に旅をすると告げて怒《おこ》られた。そんな相手を、貴方《あなた》は仲間だなんて思ってくれていないんじゃないかって。戦いで迷う訳にはいかないし、互いに信じなければいけない。それなのに、ね……」

……まだ、あの日の事を後悔してるのか。

まったく。昔っからそうだ。素直《すなお》に話してくれりゃ、不安にもならなかっただろうに。

まあ、お前らしいけどな。

「フィリーネ。お前、案外小心者なんだな」

俺がふっと笑うと、彼女が上目遣《うわめづか》いに視線だけを向けてくる。

「いいか？　もし、お前やルッテ、ミコラが死んだら、ロミナが悲しむだろ？　あいつをそんな気持ちにさせられるかよ。それに前にも言ったろ。俺は別に、Ｃランクだからって馬鹿にされるのは構わないって。無理に信じろなんて言わない。だけど、俺がそんな事を根に持ってるなら、鼻っからここに連れてきやしないさ。俺はロミナを助けたいっていうお前を、本当に仲間だって思ってるよ」

当たり前だ。

俺にとって、お前は大事な仲間。だからこそ、絶対に見捨てたりするもんかよ。

秘《ひ》めたる想《おも》いは口にはせず、笑みを返した俺は、紅茶を口に運ぶ。

俺の言葉が望んだものだったのか。

安堵《あんど》し微笑《ほほえ》んだフィリーネもまた、同じく紅茶を口にする。

「不思議ね」

「ん？　何がだ？」

「貴方《あなた》とは、この前知り合ったばかりなのに。まるで、ずっと側にいてくれたんじゃないかって思えるのよ。おかしいわよね？」

「そういや、ルッテもそんな事を言ってたな。でも考えてみろよ。もし俺が昔から一緒だったら、必死にパーティーにしがみついてたぞ。そうすりゃ俺も、今頃《いまごろ》はLランクの有名人だったしさ」

冗談交じりに過去を否定するこの瞬間《しゅんかん》は、正直胸にくる。

……でも。何も覚えていないけど、側にいた気がするって感じてくれていただけで嬉しくなるとか。

まったく。俺もまだまだだな。

「貴方《あなた》にそんな欲なんてないでしょ？　Bランクにも上がろうとしない癖《くせ》に」

彼女は呆れ笑いを見せた後、目を細めはにかみつつ、じっとこっちを見つめてくる。

「ねえ。戦いが終わったら、私達のパーティーに入らない？」

「は？　止《や》めとけよ。女子の中に男一人とか持たないし、お前等の評判が下がるだけだろ」

「評判なんて気にしないし、きっとロミナも喜ぶと思うけれど。大体ルッテと貴方《あなた》なんて、もう十分息が合ってるじゃない」

「なしなし。俺がいる事でお前等に変な噂が立つのも、俺が他の男に変に妬《ねた》まれるのも嫌なんだよ」

俺は心から溢れそうになる気持ちを、一気に紅茶と共に飲み干す。

正直嬉しかった。昔、たまに二人きりになった時、今のように優しく話しかけてくれた彼女が、そこにいたから。

そして、フィリーネが語ってくれた未来は、俺の心の奥底《おくそこ》にある憧《あこが》れだったたから。

「それより、紅茶を飲んだらそろそろ戻れよ。あいつらだって、お前が部屋にいないって気づいたら、心配するだろうしな」

「あら。よく寝られるように、今日は一緒に寝てあげようと思ったのに」

「ふ、ふざけるな！」

な、何言ってるんだこいつは⁉

思わず顔を真っ赤にし狼狽《うろた》える俺に、あいつは優しく微笑んでくる。

「ふざけてなんていないわよ。それとも私、そんなに魅力《みりょく》がないのかしら？」

「あるからダメだって言ってるんだ！　さっさと帰れ！」

本気でそういう態度は止《や》めろって。昔っからこういう冗談は苦手なんだよ。ったく……。

冗談だって分かってるのに、恥ずかし過ぎてフィリーネの顔が見られず。俺は顔を真っ赤にして、自分の空のティーカップだけを持ち、逃《に》げるようにキッチンに移る。

「仕方ないわね。振られちゃったから戻るわ。また明日ね」

「もうちゃんと寝ろよ。夜更《よふ》かしは肌に悪いぞ」

「ご忠告、感謝するわ。それじゃ、おやすみなさい」

「ああ。おやすみ」

結局、彼女が部屋を出るまで、俺はあいつに顔を向けられなかった。

頼《たの》むから、明日は普段通りでいてくれよ。

そんな事を思いつつ、一人になったことにほっとした俺は、彼女のティーカップを片付けた後、改めて汚《よご》れた机の上を見た。

黒く広がったインクが書いた文字に重なって、読めないどころか見えもしない。

今回は諦めて捨て……ん？　待てよ。

黒いインクが広がって、重なって、見えない？

ふっと俺の頭にアイデアが閃《ひらめ》く。これもまた、役に立つかは分からない。だけど攻略ってのは、こういうアイデアの積み重ね。

ついてないと思ったけれど、これはフィリーネのお陰《かげ》かもな。

勝手にそんな事を思う自分に少し呆れつつ、俺は一人で静かに机を掃除《そうじ》し始めた。

§　§　§　§　§

温泉街を堪能《たんのう》して、さらに数日。

俺達《おれたち》は最後の経由地、フリドの村へとやって来た。

この辺りまで来ると、ヴェルウェック山は目と鼻の先。それもあって、もう辺りは既に雪景色。

そんな中、ここまでの道中、敵らしい敵に遭遇《そうぐう》する事なく走り抜《ぬ》けられたのは、この時期にしては珍しく、穏《おだ》やかな晴れが続いたのもあったけど、やはり早馬車《はやばしゃ》に乗っていたからというのは大きかった。

普通《ふつう》の馬車より倍は早いし、その速度に追いついてこられる相手なんてまずいないしな。

「結局ウォーミングアップもできなかったなー」

なんてミコラは残念そうにしてたけど、余計な戦いなんてない方がいいんだ。

これから決戦なんだからな。

流石にこの辺りまで来ると、宿でもみんなの表情が少し硬《かた》く、口数も少なくなる。

俺も例外じゃなかったけど、かといって鬱々《うつうつ》としてもいられない。だからできる限り話をして、みんなをリラックスさせようとした。

ルッテやフィリーネはそれでも覚悟《かくご》が決まっていたのか、そこまで心配もいらなかったんだけど。一番の問題は、最も楽観的だと思っていたミコラだったんだ。


普段なら翌朝に稽古《けいこ》をするけれど、明日は遺跡《いせき》まで着けば、そのままぶっつけ本番の戦いが始まる。

そのため、俺とミコラは夕食を済ませた後、村の冒険者ギルドの闘技場を貸し切って、稽古をする事にした。

流石に村の規模が小さいため、魔術耐性《まじゅつたいせい》の付与《ふよ》もない、こぢんまりした闘技場。

とはいえ、雪ばかりの外と違い、しっかりと暖房《だんぼう》が入った暖かいこの場所は、稽古にはうってつけだ。

防寒着を脱ぎ、普段の格好をした俺とミコラは、素手《すで》のまま闘技場の中央で構える。

「いっくぜー！」

「おう！」

返事をするや否《いな》や、ミコラが勢いよく俺に殴《なぐ》りかかって来た。

テンポ良く右、左と拳《こぶし》を繰り出したのを、俺がパンパンと掌《てのひら》で受け、流れで繰り出す腹を狙《ねら》った後ろ回し蹴《げ》りを、片手で往《い》なす。

稽古での戦いは、基本的にミコラに殴らせていた。

これは、今回一緒に旅をした初日から変わらない。というか、あいつの記憶にない、以前パーティーを組んでいた時から同じだ。

ミコラは武闘家《ぶとうか》で、俺は武芸者。ナックルと刀という組み合わせは、どうにも稽古に不向きってのもあるものの、躱《かわ》すという点では軽装である二つの職業は共通しているし、俺もまた、ミコラから武闘家の力を得ているからな。

だから素手の方が合わせやすいし、あいつにとっても稽古になるだけじゃなく、ストレスも発散できるだろうって思っての事だった。

「お前と真剣にやり合いたいのになー」

なんて言いつつ、初日は拳蹴《けんしゅう》のみの手加減を見せてくれていたんだけど、あまりに俺がしっかり受けるもんで、三日目にはもう、合間に技を交ぜ始めてきやがった。

しかも。

「カズト、やるじゃん！　うっはー！　気持ちいいー!!」

なんて嬉しそうに口にしながら、本気を出して来やがったからタチが悪い。

まあそれでも、気持ちよく打たせても、受け損《そこ》ないはしない。

実際昔はよく、受け損《そこ》なって痛い目をみたからな……。

でも、稽古して分かったけど、こいつもやっぱりこの半年で、随分と強くなっていた。キレも力も段違《だんちが》い。だからこそ、俺だって必死に受けていたんだけど。今日に限っていえば、正直そんな成長を感じない、あいつらしくない動きだった。

普段以上に、本気で当てにこようとしているのは分かってる。

正面より素早《すばや》く連続蹴りを繰《く》り出す幻連脚《げんれんきゃく》。

一撃必殺《いちげき》を狙い、顎《あご》を目掛《めが》けて放ってきた、闘気を込《こ》めた掌打《しょうだ》、波動衝《はどうしょう》。

宙《ま》を舞い、頭を狙った踵《かかと》落としを繰り出した後、すぐさま反対の足で頭を挟むように蹴《け》り上げる狼牙蹴《ろうがしゅう》。

実戦さながらに、ミコラは様々な技を繰り出して来たんだけど……悪いがそれじゃ、当たらない。

「くそっ！　くそっ！」

普段だったら楽しそうに稽古をする奴なのに、今日に限っては焦《あせ》ってばかりで動きが硬く、普段の身のこなしすらできてない。

「こんのおっ!!」

仕舞《しま》いには、あいつの得意技《とくい》であり必殺技《ひっさつ》のひとつ、素早く左右に身体《からだ》を転進させながら、両腕《りょううで》、両脚《りょうあし》で連続して技を繰り出す連転乱舞《れんてんらんぶ》まで繰り出して来たけれど。残念ながら、俺《おれ》はその全てを受け、往なし、躱《かわ》すと、隙《すき》を戒《いまし》めるように、軸足《じくあし》を払《はら》った。

今まで俺に反撃された事のなかったミコラは、完全に虚《きょ》を突《つ》かれたのか。綺麗《きれい》に宙を舞うと、背中から勢いよく倒れ、痛みに顔を顰《しか》める。

「いってぇ。何しやがる！」

片膝《かたひざ》を立て、両腕で上半身だけ起こし抗議《こうぎ》する彼女だけど。

……ダメなんだよ。そんなんじゃ。

「今日はここまでだ」

「ふざけんなよ！　俺はまだやれる！」

「嘘《うそ》つけ。脚が震《ふる》えてるだろ」

その言葉にはっとし、彼女が視線を向けた先で、確かに脚が震えていた。

そりゃ確かに飛ばしていたとはいえ、こいつはLランク。スタミナが切れ、膝《ひざ》が笑っている訳じゃない。悪いがそれも分かってる。

ミコラもその理由に気づいているんだろう。猫耳《ねこみみ》を倒し、体育座《ずわ》りの格好になると。

「くそっ」

悔《くや》しそうに、膝に顔を埋《うず》めた。

脚の震えは止まらない。……いや。肩《かた》までも震わせてる。

まあ、もう敵は、目と鼻の先だからな。

「やっぱり、怖《こわ》いか？」

俺はあいつの隣《となり》であぐらを掻くと、横目で彼女を見る。

目も合わせず、ただ身を震わせていたミコラだったけど。

「怖いに、決まってるだろ……」

絞《しぼ》り出すように、震えた声でそう言った。

「俺、魔王《まおう》と戦う前にこう思ってたんだ。絶対俺達ならやれる。魔王なんて余裕《よゆう》だって。だけど、いざ魔王と戦い始めた時、普段の俺じゃない事に気づいた。今までならもっと動ける。もっと強く殴れる。そう思ってたのに、それができなかった。マーガレス以外のみんなもそうだった。普段と何処《どこ》か違うって混乱して、迷っててさ。それでも何とか必死に戦ったんだ」

　ぎりっという歯ぎしりが耳に聞こえる。

　そこにあったのは、恐怖《きょうふ》か。それとも、悔しさか。

「最後は俺達が連れてた幻獣アシェが、ロミナの祈《いの》りで絆の女神アーシェになって。神様の力を受けて、ロミナが何とか魔王を倒した。だけどあの時、何度も魔王が狂気《きょうき》の笑みを浮かべ、殺意全開で向けて来た攻撃を避《さ》けきれなくって、身体《からだ》のあちこちを斬られてよ。最後の方なんて、魔王が俺達に放った強力な焔《ほのお》の術を誰一人《だれひとり》避けきれなくって、これを食《く》らってそのまま焼け死ぬのかって絶望までした。あの時はアシェの力だったのか。変なオーラに護《まも》られてよ。結局俺達全員、魔王の焔《ほのお》で火傷《やけど》ひとつ負わなかった。けどよ。あの時、俺は本気で死ぬって思って……すげえ、怖かったんだ」

　ミコラが膝にもたれたまま、ゆっくりこっちに顔を向ける。それは、今まで見た事のない、彼女らしからぬ弱気な顔。

「最古龍《さいこりゅう》ディアが、魔王と同じくらい強いってルッテから聞いた日から、俺はずっと何処《どこ》かで怯《おび》えてた。戦う必要なしに、ロミナの呪《のろ》いが解ける手段が出てこないか。そう願ってばかりいた。情けないけどよ。お前に付いていくって決めた日、あれだけ粋《いき》がったのに……俺は、ロミナが死ぬのも怖いけど……自分が死ぬかもしれないのも、やっぱり怖いんだよ。……くそっ」

そこまで言うと、ミコラはまた膝に顔を埋《うず》めた。

……やっぱりそうか。

俺がパーティーを抜ける前。俺は戦いの最中、気づかれないように、みんなに様々な『絆の加護』を与え、そのお陰で彼女達《かのじょたち》は飛躍的《ひやくてき》に強くなった。

そう。俺がそうやって陰ながら力になって来たからこそ、俺がいなくなって、その力がない現実に戸惑《とまど》ったんだよな。

普通に円満に離《はな》れたパーティーはともかく、俺を追放したプライド高いパーティーは、大体どこも同じような結末を迎《むか》えたって聞いた。

お前達と同じ戸惑いを見せて、それでも現実を受け入れられず。結局、無理な冒険《ぼうけん》を続けようとして。あるパーティーは仲間内でいがみ合い。またあるパーティーは、酷《ひど》い負傷者を出し、最後にはパーティーを解散し、冒険者を辞《や》めた奴もいるって聞く。

噂話《うわさばなし》ですら聞こえた戸惑い。実際にそれを経験したパーティーの奴らの戸惑いは、相当なものだったに違いない。

それでも魔王を相手に踏《ふ》み止《とど》まれたのは、確かに俺が与えた『奇跡《きせき》の神壁《しんへき》』や、アーシェの力もあっただろう。だけどそれ以上に、勇気あるお前達だったからだ。

……もし俺がパーティー追放を受け入れなかったら、恐怖させずに済んだんだろうか？

そんな後悔が心に過《よ》ぎるけど、今更《いまさら》か。

ただ、あの時俺のせいで、魔王との決戦でみんなにそんな怖い思いをさせて。そして今もまた、その恐怖を背負わせたまま、最古龍《さいこりゅう》ディアと戦わせようとしてる。

……それは、流石《さすが》に可哀想《かわいそう》過ぎるよな。

俺は口惜《くちお》しさに歯ぎしりしそうになるのを堪《こら》え、ミコラの頭を優しく撫《な》でた後。

「……残ってもいいぞ」

そう言葉をかけた。

それを聞いて、ミコラがはっと驚《おどろ》いた顔をする。

そりゃそうだろう。ここまで来たのにこんな言葉をかけられたんだから。

だけど、世の中には仕方のない事だってある。

「俺は、怖い物から逃げるのは正しいと思ってる。だから、残ってもいいぞ」

「だけど……ロミナが……」

「……別に。他のメンバーでやるだけだ。希望が潰《つい》える訳じゃないし、ロミナもみんなも、誰《だれ》もお前を責めやしないさ」

俺はすっと立ち上がり、闘技場の隅《すみ》に置いていた刀を腰に佩《は》く。

そしてまたゆっくりと中央に戻《もど》ると、迷いを断《た》ち切るべく、一心不乱に刀を振《ふ》るった。

動きに合わせ、刀が風を切る音がする。時に踏み込み袈裟《けさぎ》斬り。時に下がって薙《な》ぎ払い。

演武を舞うように、俺はただ静かに刀を振る。

「……カズトは、怖くないのか？」

ぽつりと届く声に。

「……怖いな」

刀を振るのを止めず、ぽつりと返す。

「じゃあ何で逃げないんだよ。ロミナなんて、赤の他人だろ？」

「……そうかもな」

「じゃあ、何でさ」

答えを求める声に。

「……死ぬより怖くて、嫌《いや》な事があるからだ」

刀をゆっくりと鞘《さや》に戻すと、俺は座ったままの彼女に向き直り、そう答えた。

俺を見つめ返すあいつの瞳《ひとみ》に、まだ力はない。

そんな目をするなよ……なんて、言えないな。

「あの日の夜、呪いに挑んで魔王は本当にやばいって思ったし、魔王と同じくらい強いっていう最古龍《さいこりゅう》ディアに恐《おそ》れも抱《だ》いたさ。だけどそれ以上に、俺はロミナが死ぬのは嫌なんだよ」

「何でだよ？」

「……似てるんだ。昔、パーティーに誘《さそ》ってくれた奴にさ」

嘘だ。

似てるんじゃない。そいつがロミナだったんだから。

「そのパーティーはみんな凄《すご》く強くってさ。俺なんて大した実力もなかったから、結局パーティーは組まなかった。だけど、彼女の言葉が嬉しくて、はんの少しの間、一緒に旅をしようって決めたんだ」

嘘だ。

俺はパーティーに入って、一緒に旅をした。

最初は戸惑った、絆《きずな》を大切にしたいからって言葉。あれは本当に嬉しかったな。

「冒険は辛《つら》くて、厳しくて。だけど最高に楽しくて、幸せだった。気づけばほんの少しが、結構な時間になっていた。だけどある日。ついにパーティーのみんなが、俺を置いてくって言い出した」

「それは、お前が弱かったからか？」

「それもあった。だけどそれだけじゃなかった。あいつらは凄い危険な相手と戦う決意をしてたんだけど。ロミナに似たそいつは、その時こう言ったのさ。『みんなの心が挫《くじ》けそうになった時、あなたがいる世界を護りたいって思えるように。あなたがいる場所に、生きて帰りたいって思えるように』って。きっと俺を残し、俺のいる世界を護るって気持ちを持つことで、勇気を振り絞ろうとしたんだろうな」

そう。

あいつは。いや、お前達は決意してくれたんだよな。

俺を死なせないため。そして、世界を救うために。

「結局、彼女達とはそこで別れ、みんなはその敵を相手にする為《ため》、旅立って行った」

「それで？　そいつらはどうなったんだ？」

「風の噂《うわさ》じゃ、その敵を倒《たお》して元気にしてるって聞いた」

「風の噂？　じゃあ、お前の元に戻って来なかったのか？」

「……ふっ」

……戻れるはずなんてないさ。

そんな約束、みんな忘れてる。お前みたいにな。

「別に。戻って来なかった事なんてどうでもいいんだ。あいつらが元気にやってるなら。だけどロミナに逢った時、何故かパーティーに誘ってくれたあいつが重なっちゃってさ。ロミナが死んだらあいつも死ぬ。そう思ったんだ。俺はあいつに生きててほしい。あいつが死ぬ方がよっぽど怖い。だから、俺はロミナにあいつを重ね、助けたくなった。……ただ、それだけさ」

目尻《めじり》に込み上げるものを堪《こら》え、少しだけ天を仰いだけれど。結局天井《てんじょう》がぼやけるのが嫌で、それを道着の袖《そで》で拭《ぬぐ》う。

……まったく。何を感傷的になってるんだか。

「……カズトって、強いんだな」

どこかしんみりした声で、ミコラがそう言ってくれたけど。

「そんな事ないさ」

そう。そんな事ないんだ。

俺だって今でも怖い。ただ、お前達がいてくれるから、強がれてるだけ。

「いや、本当に強いよ。俺が同じ立場だったら、きっと赤の他人相手に、一人でそんな事をしようなんて思えなかった。これでも魔王から世界を救った、聖勇女《せいゆうじょ》パーティーの一員だってのに」

彼女はゆっくり立ち上がると、じっと俺を見つめてくる。

そこにあるのは昔たまに見せた、何かを本気で為そうとする時に見せる、真剣な顔。

「……俺、やっぱりロミナが死ぬのは嫌だよ」

ミコラは歯を食いしばり、下ろしたままの拳をぎゅっと強く握《にぎ》る。

「でも、怖いんだろ?」

「怖いさ。でも赤の他人のお前がロミナと戦うってのに、俺が逃げるのはやっぱり癪《しゃく》だから。だけど……それでもまだ、怖くて身体《からだ》が震えるんだ。だから……」

不安と戦う必死な瞳で、ミコラが叫《さけ》ぶ。

「カズト。一度でいい。お前の本気の技を見せてくれ! 共に戦ったらきっと勝てる。そう思いたいんだ! だから、頼む!」

……ふっ。そう来たか。

確かに、俺がこいつに見せたのなんて、後衛の術か受けるだけの体術だけ。

武芸者としての腕《うで》なんて、まともに見せてなかったもんな。

「……そうだな。せめて俺に背中を預けたいって、思わせてやらないとな」

にやりと笑った俺は、ミコラとの距離《きょり》を詰《つ》めると、太刀《たち》が届くか否かの間合いで立ち止まり、柄《つか》に手を掛《か》け居合いの構えを取った。

それが予想外だったんだろうな。びくっとしたミコラの顔が、一瞬《いっしゅん》で青ざめる。

「カ、カズト⁉　じょ、冗談──」

「動くなよ」

怯えた声を、静かな声で制すると、彼女は本気を感じたのか。目を見開いたまま直立不動になる。

……さて。折角《せっかく》だ。半年前の俺じゃできなかった秘奥義《ひおうぎ》、見せてやるよ。

「いくぜ」

目を閉じて、集中する。

俺の斬《き》る心に、お前がいるはずはない。

だからお前は、斬られない！

俺は素早く閃雷《せんらい》を抜刀《ばっとう》すると、ミコラに触《ふ》れるギリギリを横薙《よこな》ぎし、目にも留《と》まらぬ早業《はやわざ》で、そのまま鞘に戻す。

カチンと鞘と鍔《つば》が触れ合う音がした、その瞬間。

突然《とつぜん》、ズバン！　という音が背後からして、彼女は驚き振り返った。

「こ、これ……」

ミコラが目を丸くし見つめた先にあるのは、闘技場《とうぎじょう》の壁に刻まれた、横一直線の深い刀《かたな》傷《きず》。

勿論《もちろん》それは、俺が真空刃《しんくうは》で刻んだものだ。

「お、俺……斬られてない……よな？」

斬られないと付かないはずの傷を見て、あいつは恐る恐る、自身の身体《からだ》を確認する。

斬る訳ないだろ。大事な仲間をさ。

抜刀術秘奥義、心斬《しんざん》・表《おもて》。

心を無にし、斬らないと思った物だけを斬らない技だ。

仲間との戦いで飛び道具を放つのは、同士討《どうしう》ちの危険もある。だからこそ会得《えとく》した秘奥義。といっても、結構集中力や精神力もいるから、そう多用はできないけどな。

ちなみに、実はこの心斬《しんざん》。そもそも武芸者の技にはない。

『絆の力』があるからこそできる、自力で編み出したオリジナルなんだ。ま、抜刀術らしいだろ？

「俺は弱いから、お前に応えられるかは分からない。だけど、お前よりも諦《あきら》めが悪いからな。それでも良けりゃ、一緒に行こうぜ」

そう告げてくるりと身を翻《ひるがえ》し、闘技場の外に向け歩き出すと、俺の背後からふっと笑い声が聞こえてくる。

「ったく。Cランクの癖にそういう所だけ一丁前だよな。仕方ねーから、俺がきっちりサポートしてやるよ」

小走りで俺に並んだミコラが、両腕を頭の後ろに回し、にかっと笑ってくる。

俺も応えるように笑ってやると、

「ああ。期待してるよ」

そう言ってまた、優しく頭を撫でてやる

「おいおい。少し背が低いからって、子供扱《あつか》いするなよ。これでもレディなんだからな」

「レディっていうなら、もう少し淑《しと》やかになれよ」

「やーだね！　俺は暴れるのが性に合ってるんだよ」

くすぐったそうに、だけど何処《どこ》か嬉しそうに受け入れたミコラは、猫耳をぴんっと立てながら、一緒に歩いていく。

もうそこに不安そうな顔はなくって、俺は内心ほっとした。

大丈夫《だいじょうぶ》。お前の事も絶対護ってやるからさ。

だから、この先にあるロミナの未来を繋《つな》げるために。

やってやろうぜ。弱気でも。怖くても。

第四章　闇の龍

翌朝。

俺達は、宿の一階でテーブルを囲み、共に食事を取った。

目の前にあるのは、温かなスープとパンにサラダという、質素な朝食。

「やっぱ寒い土地でのスープって、たまらないよなぁ」

「そうじゃな。身体《からだ》の芯《しん》まで温まりおるし、格別じゃわい」

それを、本当に美味《おい》しそうに口にするミコラに、ルッテも大きく頷《うなず》く。

「野菜の甘《あま》みと塩気が合わさって、本当に美味しいわね」

「そうだな。パンとの相性《あいしょう》も最高だな」

フィリーネの感想に相槌《あいづち》を打ちつつ、俺がパンをスープを浸《ひた》して放《ほう》り込むと。

「お主、それは流石にはしたないじゃろ」

ルッテが渋《しぶ》い顔で、そう苦言を呈《てい》してくる。

「お。めっちゃ美味《うま》そうな食べ方じゃん。俺もやってみよーっと」

wasurerareshi no
eiyuutan

呆《あき》れる彼女《かのじょ》とは対照的に、ミコラが面白《おもしろ》げに真似《まね》をして食べてみると。

「うわっ。これもいけるじゃん！」

耳をピンッとたて、至福の表情でひたひたのパンを頬張《ほおば》っている。

「まったく。ミコラ。カズトの真似なんて、はしたないから止《や》めておきなさい」

「おいおい。酷い言い草だな。こういう美味い食べ方もありなんだよ」

「そうかもしれないけれど、王宮での食事でそんな事をしたら、みんなから白い目で見られるわよ」

フィリーネのその言葉を聞いて、俺はふとある事を思い出す。

「そういやフィリーネは宮廷魔術師《きゅうていまじゅつし》だから王宮住まいか。やっぱりLランクって凄いよな」

「そんな事ないわよ。元々呪いで動けないロミナと一緒に居たくて、マーガレスの厚意《こうい》で住まわせて貰《もら》っているだけ。流石に何もしないのは嫌だから、一応宮廷魔術師として後進の指導にあたってはいるけれど。まあでも、王宮は中々住み心地《ごこち》も良いし、このまま生活させてもらうのも悪くないかもしれないわね」

「確かにあそこは飯もうまいし、強い奴《やつ》も多いし。ほんと最高だぜ。そうだ！　カズト。戻ったらお前も一緒に住もうぜ」

「それはいいわね。どう？　いい話だと思うけれど」

るけど。

　ミコラは目をキラキラさせ、フィリーネも片肘《かたひじ》を突きながら、期待の眼差《まなざ》しを向けてく
　……ったく。何を期待してるんだよ。

「お前等簡単に言うなって。大体俺にそういう生活は似合わないんだよ。Cランクとして、だらだら冒険してるほうが性に合ってるし、パス」

「なんだよー。つまんねーなー」

「ほんと、面白くないわね」

　俺の返事に不平不満を口にする二人。

　だけどそれを聞き、代わりに嬉々《きき》とした表情を見せたのはルッテだった。

「ならば、我《われ》と何処《どこ》か旅にでも出るか？　共に世界を見て回るのも乙《おつ》なもんじゃぞ？」

「それもパス。有名人と一緒だと色々目立つし、それも面倒《めんどう》なんだよ」

「まったく。つれないのう」

「ははっ。悪いな」

　朝からこうやって、互《たが》いに笑顔《えがお》で話しているけれど、当面こんな和《なご》やかな日常は過ごせそうにないしな。下手に気負ってるよりよっぽど良いだろ。

　こうして、決戦前の最後の朝餐《ちょうさん》を終えた俺達は、そのまま一度別れ、各々《おのおの》の部屋で旅の

準備を始めた。

……勿論、最後にする気はないけどな。

§　§　§　§　§

結局、その日も天気は晴れ。

宿屋の主人の話じゃ、一週間以上晴れが続いているらしいけど、こんなのはここ何十年となかったんだとか。

まあ、そのお陰というべきか。俺達の目的地であるフォズ遺跡までの道中は、雪もかなり少なく、早馬車《はやばしゃ》で移動することができたんだけど。俺達が移動を始めてすぐ。

「……これは間違《まちが》いなく、師匠《ししょう》の仕業《しわざ》じゃ」

馬車の中で、ルッテは少し緊張《きんちょう》した表情を見せながらそう口にした。

「ちょっと待て。ってことは何か？　俺達が来るのを知ってやがるってのか？」

「じゃろうな」

「でも、私達《たち》が王都を出て十日。幾《いく》らなんでも早過ぎよ」

「……あの遺跡は特殊《とくしゅ》じゃ。あそこを動かずとも、師匠なら世界について知る事もできる」

「そ、そう言ったってよー。俺達の事をピンポイントに知るなんて、流石に無理じゃねえのか？」

「きっと、ロミナの受けし呪いじゃな。あれは魔王の残した強大な力。それを監視《かんし》している内に、我等の動きに気づいたのやもしれん」

おいおい。王都ロデムからここまで、それなりに離れているはずなのに。そこまでの事ができるとか、どれだけ凄いんだよ。お陰で、馬車の空気が一気に悪くなったじゃないか。

……まあ、愚痴《ぐち》ったって仕方ない。遅《おそ》かれ早《はや》かれ、緊張感は必要だしな。

「さて。じゃあ、敵のやばさも分かった事だし。そろそろちゃんとこの先の話でもするか」

三人が緊張感ありありの顔を向けるのを見て、俺は一人だけにやりとすると、今日の作戦について話して聞かせた。

俺の話に耳を傾《かたむ》けながら、時に驚き。時に神妙《しんみょう》な顔をした三人だったけど。

「ま。俺は別に構わないぜ」

「貴方《あなた》が私達の為に考えてくれたのでしょう。指示に従うわ」

迷わずそう応えてくれたミコラやフィリーネに対し。

「ふっ。我等と共に戦ってもおらんのに、もうリーダー面とは」

少し小馬鹿にしたような口調で、ルッテが悪戯《いたずら》っぽく笑う。

「お主。連携《れんけい》はてんで駄目と言っておきながら、ようこれだけ作戦を思いつくのう。あの言葉も嘘じゃったのか？」

「あのなあ。俺がCランクなのも、ソロばかりだったのも本当だって。だから連携に自信がないんだよ」

「どうじゃか。しかし、今の作戦は我等の立ち位置の話しかしておらんが。お主はどうする気じゃ？」

ルッテが突如《とつじょ》、凛《りん》とした表情でじっと俺を見る。

確かに。俺が話したのは作戦と、それに合わせた三人への行動指針だけ。扱いとしては別パーティーの俺の話はあえてしていない。

それでも俺を信じ、何も言わずに受け入れたミコラとフィリーネも中々に凄いけど、しっかりそこを突くルッテも流石だよ。

「……俺は俺なりに、自由にやれるだけの事をする。勿論、必要に応じて指示もするけど、いいか？」

曖昧《あいまい》な言い回しだったけど、それを聞いたルッテは優《やさ》しく笑う。

「構わん。お主に付いて行くと決めた日から、我《われ》はお主を信じておるわ」

「俺も。カズトを信じてるぞ」

「ま。信じてあげるわ。だから、私達を勝たせなさい」

「ああ。勝って、ロミナを助けよう」

釣《つ》られて笑顔を向けてきた彼女達に笑い返すと、俺は視線を馬車の外に向けながら、改めて決意したんだ。

こいつらを護りきり、宝神具《アーティファクト》を手に入れて、絶対ロミナを助けてやるんだって。


移動を始めて数時間。

日が南天を指す前に、俺達は無事フォズ遺跡に辿《たど》り着いた。

御者《ぎょしゃ》には、離れていても音で合図を送れる音の水晶《すいしょう》を手渡《てわた》し、これが鳴ったら迎えに来て欲《ほ》しい事、一週間音信不通の場合には、王都に戻りその旨《むね》を国王達に伝える事を指示し、一度フリドの村に戻ってもらった。

ここまで来るような物好きな野盗《やとう》はなかなかいないだろうけど、早馬車《はやばしゃ》に何かあったらいけないしな。

早馬車《はやばしゃ》が離れたのを見送った俺達は、ゆっくりとフォズ遺跡へと足を踏み入れた。

以前歴史の教科書で見た、ギリシャ神殿《しんでん》の写真を思い出させるような、彫刻《ちょうこく》で装飾《そうしょく》された倒れた柱。今にも崩《くず》れそうな石造りの建物も、何処《どこ》か神秘さと儚《はかな》さを感じさせる。

けど同時に、足元や周囲にちょこちょこと見える、炎《ほのお》が何かを焦《こ》がしたような痕《あと》。中の人が消えても人型を残す、凍《こお》りついた氷像など。その惨劇《さんげき》の痕《あと》が、まるで冒険者《ぼうけんしゃ》の墓場のようにも感じられ、ここにある危険を、まざまざと見せつけられた気にもなる。

溶《と》けかかった雪が残る遺跡の中、ルッテが先導し歩いていく。

普段《ふだん》なら、もっと寒さが厳しいはずなんだけど。ここが極寒《ごっかん》の地と言われたら信じられない程《ほど》の、柔《やわ》らかな陽射《ひざ》しと暖かさがそこにはあった。

お陰《かげ》で余計な荷物は早馬車《はやばしゃ》に残し、身軽に動けるのは救いだったけどな。

「普段であれば、氷の巨人《アイスゴーレム》やワイバーンの姿もあろうに……」

独りごちるルッテの言う通り、視界にはそれらしき怪物《かいぶつ》は一切《いっさい》ない。

まるで人気《ひとけ》のない朝の観光地を歩いているかのように、俺達の足音だけがする。

……つまり、やはり最古龍《さいこりゅう》ディアは、俺達《おれたち》を誘っているって事か。

遺跡を歩いて暫《しばら》く。高台の上、階段を上った先に見える崩れた神殿《しんでん》を目指し、階段を上り始めたルッテに続く。

階段を上り切った先にあった神殿跡《あと》は、先程《さきほど》までと打って変わり、何者にも荒《あ》らされておらず、戦場になったような痕《あと》もなかった。

「何でここだけこんな綺麗なんだ？」

ミコラが素直《すなお》な感想を漏《も》らすと。

「本来ここは遺跡本来の力により、巨大《きょだい》な結界が張られておる。そのせいで普段《ふだん》神殿や階段は見えぬし、結界に触れれば知らぬ果てに飛ばされるのじゃ」

そこまで言うと、ルッテが振り返る。

「ここからダンジョンに入る。よいか？」

「……ええ」

「あったり前だ。引き返す気なんてねーからな」

真剣《しんけん》な顔を向ける彼女に、フィリーネとミコラが緊張した顔で応えたけど、俺はすぐには応えられなかった。

ルッテにも、緊張と決意は浮《う》かんでいる。

だけど俺にはその瞳が、何処《どこ》か切なげに見えたから。

……お前。本当は、師匠と戦いたくないいんだろ。

「……カズト。びびってるのか？」

ミコラの言葉にはっとした俺は、思わず「はんっ」と鼻で笑う。

「ふざけるなって。Cランクの冒険者がよくこんな所に来られたなって、感慨深《かんがいぶか》くなってただけさ」

「あら、そうなの。まあ、ほとんど私達のお陰よね。感謝してもらわないと」

「おいおい。ここまで案内してくれたルッテには感謝してるけど、お前なんて高い温泉宿に泊《と》まって楽しんでただけだろ？」

「あら。随分酷《ずいぶんひど》い言い草ね。否定はしないけれど」

「へっへー。どやされてやんの」

「ミコラ。お前も変わらないからな」

「何言ってんだよ。俺はここから大活躍《だいかつやく》するんだからな。楽しみにしとけよ！」

ふっ。さっきまで緊張してたくせに。

ま、とはいえ。確かにここに来られたのは、本当に頼《たよ》りになるお前等のお陰だよ。

「ほんまに騒《さわ》がしいのう」

俺達のやり取りに、ルッテは肩を竦《すく》めた後、くるりと背を向け神殿へと入って行った。

石壁《いしかべ》や石柱、敷石《しきいし》ばかりが目につく神殿。一部崩れた天井の隙間《すきま》から、所々射《さ》し込む陽の光のお陰で、薄暗《うすぐら》さだけで済んでいる建物の中を進んでいると、ルッテが歩みを止めた。

じっと足場を見ると、こつこつと敷石を順番に叩《たた》く。

凹《くぼ》んだり光ったりといった反応はない。けど、それに構うことなく幾つかの敷石を叩いていると。突然、ゴゴゴゴ……という低い音と共に、彼女の前の床《ゆか》がスライドし、そこに地下に入る階段が見え始めた。

完全に床が開いたのを見届けたルッテは、古龍術《こりゅうじゅつ》のひとつ、灯火《ライトフレア》で自身の側に灯《あか》り代わりに炎を浮かべると、ゆっくりと階段を下り始め、俺達もそのまま後に続く。

階段もまた、外の遺跡《いせき》同様に傷もなく、劣化《れっか》をほとんど感じさせない。

「ここも荒れてはいないんだな」

「Sランクの冒険者であろうとも、敵がおれば上の遺跡を見て回るのが精一杯《せいいっぱい》じゃろ。人がここに入る事など、ここ千年でも指折り数える程しかなかろうて」

「そういや、ダークドラゴンの姿がなかったな」

「普段なら地上で待ち構え、冒険者を迎え撃《う》つはずじゃが。……此度《こたび》は、違《ちが》うようじゃな」

何か思い当たる節があるのか。何処《どこ》か重みのある声で語ったルッテと共に、階段を下り続けていると、岩壁の通路に辿《たど》り着く。

見た目には一本道。しかし灯《あか》りもなく真っ暗……だったんだけど。

　ボッ　ボッ　ボッ　ボッ

突然《とつぜん》壁《かべ》に掛けられた松明《たいまつ》が、手前から奥《おく》に順番に灯《とも》っていく。

まるで、俺達を導こうとするように。

「歓迎《かんげい》でもされてるのか？」

思わず首を傾《かし》げるミコラ。

そりゃそうだ。普通《ふつう》、追い払いたい冒険者の為に、松明なんて灯すはずないからな。

「我《われ》はダンジョンを知っておるからのう。面倒事が嫌《きら》いなんじゃろうて」

「ま、有《あ》り難《がた》いじゃないか。こっちは少しでも時間が惜《お》しいしな」

「そうね。案内があるならさっさと行きましょ」

「そうじゃな」

俺達は、そのまま松明の灯《あか》りの案内に従い、ダンジョンを迷うことなく進んで行く。

途中《とちゅう》に幾つか扉《とびら》もあったけど、ルッテが足を止めなかったし、それらはすべて無視した。

きっと財宝やら罠《わな》やら、色々とあるのかもしれないけれど。今は正直、そんな物への探究心なんて湧《わ》きもしないしな。

そして、地下を歩いてどれくらい経《た》ったか。道を遮《さえぎ》るように、大きな両開きの扉が見えてきた。

今までの扉と違い、凝《こ》った装飾が施《ほどこ》されている。

……間違いなく、この先に何かあるな。

扉の前で歩みを止めた俺達は、互いに向かい合う。

「よいか。ここから先、遅かれ早かれダークドラゴンとの戦いになる。覚悟《かくご》はよいか？」

「ああ。何時《いつ》でもいいぜ」

「私も大丈夫よ。カズト。貴方《あなた》は？」

「言うまでもないさ。みんな、いざとなったら、まずは作戦通りに」

その言葉にみんなが頷いたのを見て、こっちも頷き返すと、俺《おれ》はゆっくりと手を掛け、両扉を押《お》し開けた。

ゆっくりと開いた扉の先の眩《まぶ》しさに、俺達は思わず腕で目を庇《かば》う。

少しして、光に慣れた目に映ったのは、広い空間だった。

部屋、というには少々広すぎる。それこそ闘技場くらいはあるんじゃないだろうか。

壁にはまるで彫刻のように刻まれた壁画《へきが》がびっしりと広がり、歴史を感じさせるような物々しさが溢《あふ》れている。

そして、遠く向かいには出口となる同じような扉があり、部屋の中央に誰かがいた。

ルッテ同様、ボロボロの漆黒《しっこく》のローブを身にまとった、端正《たんせい》な顔立ちの青年。

髪《かみ》は俺と同じ黒髪《くろかみ》。左右の耳の上辺りから伸《の》びる、枝のような角。

殺意も闘気も何も感じない、まるで空気のような男は。

「お帰りなさいませ。ルティアーナお嬢様《じょうさま》」

そう言って、まるで執事《しつじ》のように、深々と頭を下げた。

ルティアーナ？

聞き慣れない名前に、俺達は思わずルッテを見たけど、それがさも当たり前のように、彼女は真剣な顔で、じっとその男を見つめている。

「久しぶりじゃのう。ディネル」

「まだたった数年。瞬《まばた》きほどの時間にございます」

「はっ。そうじゃったな」

亜神族《あじんぞく》が長命なのは知っている。だからこそ、人の世界に染まったルッテと、最古龍《さいこりゆう》と共にあるディネルと呼ばれた男の認識《にんしき》の違いがあるんだろう。

姿形といい、この会話といい。こいつが間違いなく、ダークドラゴンか。

自然と警戒《けいかい》し、片手を柄《つか》に添《そ》えそうになった所で、脇《わき》に立つルッテが俺を制するように手を伸ばす。

「師匠……いや。母上に会いに来た。道を譲《ゆず》れぬか？」

……母上？　ちょっと待て。ルッテが、最古龍《さいこりゆう》ディアの娘《むすめ》!?

予想外の言葉に、俺はフィリーネやミコラと顔を見合わせてしまう。だけど、ルッテはそれを意に介《かい》す事なく、じっとディネルを見つめ続けている。

互いに視線を交《か》わし、少しの間沈黙《ちんもく》していた二人だったけど、先に大きくため息を吐《つ》いたのはディネルだった。

「ディア様からの命《めい》にございます。『冒険者を簡単に通してはならぬ』と」

「……避《さ》けられぬか？」

「既《すで》にお嬢様も冒険者。そちらの皆様《みなさま》もです。但《ただ》し……お嬢様のみこちらに戻られ、二度と外の世界に関わらないとお約束いただけるのであれば、お嬢様だけをすぐ中にお通しできますが」

……酷い条件だな。

つまりルッテは会おうと思えばすぐに師匠……いや、母親であるディアに会える。それは同時に、冒険者でなくなる未来を受け入れる事になり。外の世界と関わらない以上、ロミナを助けられないって事になる。

そんな条件。ルッテが受け入れるかといえば……。

「……交渉《こうしょう》、決裂《けつれつ》じゃな」

……まあ、こうなるよな。

「左様ですか。ではお嬢様も、皆々様《みなみなさま》も、ご覚悟を」

そう口にした瞬間《しゅんかん》。俺の全身にぶわっと鳥肌《とりはだ》が立った。

ディネルから一気に高まったのは殺気じゃない。言うなれば闘気。

同時に、あいつはうっすらと青白いオーラに包まれた。

「うっはぁ。こりゃやべえな」

緊張した声を上げながらも、ミコラが自然とルッテの前まで歩き出し、俺もまたあいつの脇に並び立つ。

これだけ闘気を強く感じりゃ、充分《じゅうぶん》やばさしか感じない。

だけど、ダークドラゴンであるはずのあいつは、本来の姿になろうとはしなかった。

「変化《へんげ》せぬのか？」

「殺すのは簡単にございます。が、私《わたくし》も鬼《おに》ではございません。ディア様の命《めい》は、皆様を通さぬ事だけ。お嬢様……いえ。ルティアーナ様に免《めん》じ、素直に諦め帰っていただければ、命まで奪《うば》いはしませんが」

ルッテに平然とそう返したディネルは、余程《よほど》自信があるのか。随分《ずいぶん》と涼《すず》しげな顔をしている。これは手加減なんて期待できないか。

……さて。あいつの知り合いとはいえ、迷ってもいられないな。ロミナを助けるには、こいつを倒さないと始まらないんだから。

俺とミコラは自然と身構え、フィリーネも翼《つばさ》をばさっと広げると、羽ばたき宙に舞《ま》う。

と、その直後。

『聖なる力よ。我《わ》が身《み》、我が仲間に屈強《くっきょう》なる力をもたらし、その盾《たて》となれ！』

俺とフィリーネが、同時に同じ聖術《せいじゅつ》、聖壁《せいへき》の加護を詠唱《えいしょう》すると、俺達全員の身体《からだ》がふわりと淡《あわ》いオーラに包まれた。

パーティーメンバー全員の物理、術双方《そうほう》への防御力《ぼうぎょりょく》を高める補助系の術だけど、これはパーティー内にしか効果がないからな。

俺は自分自身に、フィリーネは向こうのパーティーに術を掛け、互いの防御力を高める。

正直な所、俺に対しては個人向けの聖術《せいじゅつ》、聖壁《せいへき》の護《まも》りで事足りるんだけど、これは俺とフィリーネの息が合っているかの確認《かくにん》を兼《か》ねてる。だから、今回はこれでいい。

「行くぜ！　先手必勝！」

恐怖《きょうふ》を払《はら》うように、拳《こぶし》に付けた天雷《てんらい》のナックルを握りしめたミコラは、勢いよくディネルに飛び掛かると、いきなり奴の目の前で前宙を見せ、鋭《するど》い浴《あ》びせ蹴《げ》りを放つ。

それを両腕《りょううで》を頭上でクロスし受け止めたディネルは、そのまま宙に浮いたミコラを蹴《け》り上げようとした。

「おっと！」

勢いよく身を捻《ひね》り、空中で蹴りを躱《かわ》したミコラは、猫《ねこ》のような身のこなしで素早《すばや》く着地すると、間髪入《かんはつい》れずに拳や蹴りを振《ふ》るう。だけど、ディネルは表情を変える事なく、それらを綺麗《きれい》に受け、捌《さば》いていく。

とはいえ、素早さに勝ったのはミコラ。

ディネルは一部の拳蹴《けんしゅう》を捌ききれず、何発か被弾《ひだん》する。

だけど、痛みすら感じていないのか。食《く》らっても平然としているディネルの表情が示す通り。

「くそっ！　かってー!!」

ミコラから返ってきた反応は、やっぱり芳《かんば》しくない。

ルッテから聞いていたけど、これが龍武術《りゅうぶじゅつ》、肉体硬化《こうか》の力か。予想通り、奴は相当に頑《がん》強《きょう》になってるな。

「どうしましたか？　まだこちらは本気を出しておりませんが」

「うっせー！　これでも食《く》らえ！」

拳撃《けんげき》を出すと見せかけて、繰《く》り出された幻連脚《げんれんきゃく》。

フェイントが効いたのか。彼女はパパンッと小気味良く、奴の身体《からだ》に数発蹴りを当て、相手を下がらせた。

「波動衝《はどうしょう》!!」

一気呵成《いっきかせい》と言わんばかりに、ミコラは拳に闘気を纏《まと》わせると、勢いよくディネルに突進《とっしん》し、あいつの顔面目掛《めが》け、掌打《しょうだ》を叩き込《こ》もうとする。

だけど、それはディネルの腕に弾《はじ》かれ、カウンター気味に繰り出された蹴りを食らって
……いや。ミコラは咄嗟《とっさ》に、大きく後ろに蜻蛉返《とんぼがえ》りしてそれを避けた。

その隙《すき》を狙《ねら》い、宙を舞う彼女に拳を振りかざすディネル。

あんな露骨《ろこつ》な隙、狙いたくなるよな。だけど何時も・・・通り、その隙は俺が埋める！

瞬間。俺は前傾《ぜんけい》姿勢で一気に踏《ふ》み込み、宙を舞うミコラを潜《くぐ》ると、全力でディネルに横《よこ》薙《な》ぎの抜刀を見せた。

俺の気配を感じ取ったのか。咄嗟《とっさ》に両腕を前にして刃を止めた奴が、弾けるように後方に滑《すべ》る。強い衝撃《しょうげき》と反動。流石《さすが》に腕を斬り裂《さ》くには至らないか。

と同時に。

『炎龍《えんりゅう》よ。奴を焼き尽《つ》くせ！』

『我が内なる炎の魔力《マナ》よ！　業火《ごうか》となり彼《か》の者に襲《おそ》い掛かれ！』

ルッテの古龍術《こりゅうじゅつ》、炎の幻龍《フレイム・ドラゴニア》で呼び出されたフレイムドラゴンの吐いた火球《かきゅう》と、フィリーネの上位魔術《まじゅつ》、業火《ごうか》の流星《りゅうせい》が同時に奴に向け放たれると、滑る勢いを殺そうとするディネルに直撃《ちょくげき》し、奴は炎に包まれた。

「よっしゃぁっ！」

着地したミコラが思わずガッツポーズする。

しかし、俺は気を抜《ぬ》かず、じっとその炎を見つめ続けた。

「ほほう。中々の腕前《うでまえ》ですな」

涼しげな声と共に、彼は炎から姿を現すと、表情を崩さず、こちらに向け歩いて来る。

多少ローブが焦げた形跡《けいせき》があるものの、身体《からだ》に焼けた跡《あと》なんかは一切ない。

俺が抜刀したはずの跡も、ローブこそ斬り裂かれていたものの、肝心《かんじん》の腕は青白いオーラを帯びているだけで、まったくの無傷。

「おいおい。二人がかりですら効かねえのかよ⁉」

ミコラが思わず驚愕《きょうがく》するのも仕方ない。

俺だって内心驚《おどろ》いてるんだ。こりゃかなり厄介《やっかい》だな。

「では、そろそろこちらから──」

「嫌《いや》だね！」

言葉が終わるのを待たず、俺はまたも一気に踏み込むと、奴に斬りかかった。

何か技を見せるのではなく、間髪入れず、ただ素早く斬りかかっては体《たい》を変え、隙を突《つ》くべく、極《きわ》めてシンプルに刀を振るう。

確かに技を繰り出すのは強さにも繋がる。だけど、隙を作るのもまた技なんだ。

あえてミコラには戦いに参加させない。突然後衛を狙われちゃ堪《たま》らないからな。だから、一人は守りに回っておく。これも事前に指示した通りだ。

ルッテの話通りなら、この龍武術《りゅうぶじゅつ》は頑強にはなるけど、素早さを犠牲《ぎせい》にするはず。その情報通り、相手は腕《うで》や脚で俺の刀を受け続けるけど、受け漏らしは無視し、そのまま身体《からだ》で受けていた。

奴は合間に無理矢理《むりやり》反撃《はんげき》を見せるけど、これは十分俺でも避け切れる。

勿論、俺の斬撃は通らないけど、あいつも疾《はや》さには付いてこれていない。

ビンゴ！　なら後は、信じるだけだ！

俺は刀を振るう疾《はや》さを上げ、より素早く。より鋭く。より激しく。より覇気《はき》を強くした連斬を見せる。

「むっ⁉」

涼しげだったディネルの顔が少し歪《ゆが》み、その目が俺の刀をよりしっかり追い、少しでも多く受けようとする。

流石に圧が変われば、その硬《かた》さを抜く裏があるのか。そんな疑念も生じるだろ？

知ってるぜ。さっきまでちらちらと俺の仲間を見つつ牽制《けんせい》していたのをな。

ルッテ達の炎をも止める肉体硬化《にくたいこうか》。俺の刀だって、やすやすと通るとは思っちゃいない。

だからまずは騙《だま》して、お前の視線を奪う。

きっかけは圧。惑《まど》わすは殺《さつ》だ！

俺はまず、閃雷《相棒》に力をくれてやる。

『風の精霊《せいれい》シルフよ。我が刀に宿りて、その刃《やいば》を研《と》ぎ澄《す》ませ！』

高らかに叫《さけ》んだのは、風の精霊術《せいれいじゅつ》、風斬《エアブレード》。

刀に風を宿し、振るう度に風の斬撃を繰り出せる術だ。

魔力《マナ》の消費を抑《おさ》える為《ため》、風の精霊王の力はまだ借りない。

だけどキュリアが託《たく》してくれた、精霊の腕輪《この》心の力があるからな。

ここからの斬撃、甘くはないぜ！

風斬《エアブレード》を閃雷《せんらい》に付与《ふよ》すると、俺の刀技《とうぎ》は更《さら》に加速し、同時に刀の軌道《きどう》に合わせ、ディネルを風の斬撃が襲う。

これでもまだ、肉体硬化《にくたいこうか》に及《およ》ばない。だけど、あいつの鋭い視線は、俺に釘付《くぎづ》けになっていく。

そうだ。俺を見ろ！　俺だけを見ろ！

ディネルは防戦一方になってるけど、未《いま》だ傷らしい傷は与《あた》えられない。

だけど、風ってのは厄介だろ？

風が強くなるほど邪魔《じゃま》に感じ、目を背《そむ》け、逸《そ》らしたくなる。

これはドラゴンだって一緒《いっしょ》だ。お前だって、その目で俺達を見てるんだからな。

俺は手数での優位をいいことに、斬《き》れぬ相手を斬りまくる。奴を風の斬撃に巻き込みながら。

剣《けん》撃を受け切れない事が増え、風の斬撃も混じって流石に嫌になったのか。ディネルの表情が、苦虫を噛《か》んだように歪《ゆが》む。

「いつまで、そのような曲芸をするおつもりで」

「疾《はや》さに付いてこられないんだろ？　お前が倒《たお》れるまでだ！」

俺の煽《あお》りに、心底うざそうな顔をしたディネルは、

「身の程を知れ！」

初めて感情をむき出しにすると、俺が刀を当てようとした瞬間。カウンター気味に、俺を刀ごと強く弾《はじ》き飛ばした。

空中で蜻蛉《とんぼ》返《がえ》りし、床に着地したけど威力《いりょく》で滑る。

低い姿勢で踏みとどまった俺に、奴はその場ではっきりとした苛立《いらだ》ちを見せた。

「たかだか人間が、大した力もなく粋《いき》がるな！　本当の疾《はや》さと力とは、こういう物だ！」

身体《からだ》を纏うオーラの色が、ゆっくりと緑に変わる。

来た。ルッテから聞いていたあいつの新たな龍武術《りゅうぶじゅつ》、肉体風化《にくたいふうか》。

その視線は逸れる事なく、俺にだけ向けられている。

今、間違いなくあいつは俺しか見ていない。

まずはここが勝負所！

俺は風の精霊王シルフィーネの力を借り、無詠唱で疾風《エアスピード》を発動した。

術を付与した相手のスピードがより早くなる、強化系の魔法《まほう》。これで、より加速できるはず。

「おぉぉぉぉっ！」

雄叫《おたけ》びと共に見せる、奴の踏み込みは確かに疾《はや》い。

だけど、俺も負けじと一気に踏み込み、相対《あいたい》した。

お前にも見せてやるよ。本当の疾《はや》さってやつを！

あいつは一瞬《いっしゅん》で俺の前に踏み込んでくると、腕の鋭い爪《つめ》をぎゅんっと伸ばして、斬りかかってくる。

普段なら避けるけど、ここは前！

俺はあえて、より深く奴の懐《ふところ》に踏み込んで爪を避けると、咄嗟《とっさ》に背中向きに相手に体《たい》を預け。刹那《せつな》、勢いよく相手の脇に流れるように、一気に身を翻《ひるがえ》した。

武闘家《ぶとうか》や武芸者の体術のひとつ、流転《るてん》。

相手の前に出る力に身を任せるように、くるりと素早く背後に回り込む回避技《かいひ》だ。

結構この技に自信があったんだけど、ディネルは全力で繰り出した流転《るてん》をあっさりと見切り、同時に身を捻って、鬼の形相で爪を振るってくる。

こりゃ確かに疾《はや》い。流石に術で加速していない俺じゃ避けきれないか。

だけど、それじゃ遅いんだよ！

俺の肩《かた》に奴の爪が刺《さ》さり、道着が裂かれ、皮膚《ひふ》と肉を深く抉《えぐ》りかけた瞬間。

「ぐはっ!!」

突然襲《とつぜんおそ》った衝撃に、ディネルは俺から引き離《はな》されるように吹《ふ》き飛ばされた。

いや。飛ばされそうになった奴の身体《からだ》は、次々に放たれる連撃に遮《さえぎ》られ、奴をそのまま拳蹴《けんしゅう》の嵐《あらし》が襲う。

「食らえっ！　連転乱舞《れんてんらんぶ》!!」

「ぐっ！　げふっ！　がっ！　だっ！」

ミコラの怒《いか》りにも似た叫びが、ディネルの呻《うめ》き声を生み、稽古《けいこ》の比じゃない疾《はや》さを見せる彼女の技が、天雷《てんらい》のナックルから迸《ほとばし》る電撃《でんげき》と共に、あいつに一気にダメージを与えていく。

勢いをそのままに、ミコラが俺からディネルを引き離し、一気に押し込むのを見届けると、俺は思わず膝《ひざ》を突いた。

「つっ……」

道着を裂き、袖《そで》を赤く染め、腕を流れる鮮血《せんけつ》。

傷はそこまで深くなかったとはいえ、流石に強い痛みを感じる。

それにさっきの連斬《れんざん》。基本《きほん》技とはいえ、あれだけ隙なく繰り出し続けたのも、結構身体《からだ》に堪《こた》えるな。

俺が顔を歪《ゆが》め、無意識に肩を押さえたのがよっぽど痛々しかったのか。

「カズト！」

フィリーネが悲痛な表情を見せながら、翼を広げ滑空《かっくう》し、急ぎ俺の側に飛来すると、血の噴《ふ》き出した肩に手を当て、無詠唱で聖術《せいじゅつ》、生命回復《せいめいかいふく》を掛《か》けてくれた。

「まったく！　無茶《むちゃ》をして！」

「仕方ないだろ。撒《ま》き餌なんてのは、これくらいがいいんだよ」

そう。撒《ま》き餌はちゃんと、食って貰《もら》ってなんぼだからな。

正直、傷が浅くて済んだのは、聖壁《せいへき》の加護《かご》もあったけど、ミコラが作戦通りにドンピシャで飛び込んでくれたから。

あのタイミングだからこそ、ディネルに避けさせる暇《ひま》を与えずに済んだんだ。

やっぱりうちの最強の前衛は頼りになるぜ。

「吹っ飛べぇぇぇぇっ!!」

「ぐほっ!!」

叫びと共に、ミコラが派手にディネルの腹を蹴り飛ばすと、奴《やつ》はそのまま勢いよく壁に激突《げきとつ》した。

ヒビが入って一気に崩れた壁。粉塵《ふんじん》が煙《けむり》のように舞い、あいつの姿がかき消される。

「どうだ！　俺達だって、疾《はや》さじゃ負けねーよ！」

片腕《かたうで》を腰《こし》に当て、自慢《じまん》げにポーズを取るミコラ。

ほんと。あいつだからこそ、この疾《はや》さを使いこなしたって感じだな。

俺は最初から、この展開を狙っていた。

確かに龍武術《りゅうぶじゅつ》は、術の効果は恐《おそ》ろしく高いけど、重ねて効果を出せないし、別の術に切り替《か》えるのも、即座《そくざ》にはできないとルッテから聞いていた。

であれば、最も効率よくダメージを取れるとしたら、ディネルが脆《もろ》くなる肉体風化《にくたいふうか》を使う時が狙い目《め》。だけど、奴も簡単にそんな術を出しはしないのは分かっていたし、あいつの疾《はや》さを凌駕《りょうが》するには準備もいる。

だから、俺達は気づかれないようにミコラを強化し、肉体風化を使用するあいつに対し、彼女《かのじょ》を使ったカウンターを目論《もくろ》んだんだ。

まず、俺が一の矢となり、あいつにプレッシャーを与え、奴の目を引きつけつつ、気づかれないようにミコラを強化する。

風斬《エアブレード》をわざわざ詠唱したのは、牽制やプレッシャーも理由にあったけど、何よりフィリーネがより効果の高い魔術、攻撃《こうげき》強化を気づかれないように詠唱し、ミコラに掛ける為。

俺ですらほとんど気づけない、完璧《かんぺき》に合わせたフィリーネのセンスには脱帽《だつぼう》だったぜ。

俺が無詠唱で唱えた疾風《エアスピード》も、勿論《もちろん》ミコラに向けたもの。

これで、最強の二の矢の出来上がりだ。

後は、俺がディネルを苛立《いらだ》たせて肉体風化を使わせ、疾《はや》さで競《きそ》うように見せかけ、奴の目を俺にくぎ付けにして、背後からミコラに仕掛《しか》けさせたって訳。

とはいえ、闘気を強く放てば、先に奴に気づかれ避けられる。

だからこそ、当てるまでは気配を消せって事前に伝えておいたけど。あの状況《じょうきょう》下で、怒りに身を任せずそれをやってのけたのは、あいつの戦闘《せんとう》センスと、仲間を信じて迷いなく実行する、その決断力があってこそ。

やっぱり本当に、こいつらは最高で最強のLランクだぜ。

「助かったぜフィリーネ。ドンピシャの詠唱だ」

「当たり前よ。貴方《あなた》が身体《からだ》を張ってくれたんだもの。無駄《むだ》になんてできるわけないわ」

「じゃが、あれで終《しま》いにはなるまい」

俺達の脇に立ったルッテは、未だ真剣な顔。

「ああ。だけど、多少なりともダメージは取ったからな。先手としては上出来だ」

肩の傷が一通り癒《い》えた所で、俺も立ち上がり身構える。

ゆっくりと粉塵《ふんじん》が消えていくと、壁にめり込んだディネルが見えてくる。

と、突然《とつぜん》。

「……ふっふっふっ。はっはっはっ。はぁっはっはっはっはっ!!」

壁にめり込んでいたディネルが、高笑いと共に、瓦礫《がれき》を物ともせず立ち上がった。

顔に、腕に、腹に、脚に、ミコラに打ち込まれた痛々しい痣《あざ》がある。口の中を切ったのか。端《はし》から血も流れている。

そんなボロボロの奴の口角が、ニヤリと上がった。

「人間にもここまでの者達《たち》がいるとは。流石はルティアーナ様が目を掛けた者。では、私《わたくし》も本気で参りましょう。闇《やみ》の龍《りゅう》の力。とくとご覧あれ」

そうディネルが口にした直後。先程まで感じていた気配とは違う、禍々《まがまが》しい覇気があいつの身体《からだ》から溢れ、部屋が震《ふる》え出す。

「で、出るのか⁉」

ミコラが愕然《がくぜん》としてるけど、これだけ露骨なヤバさを感じたらそうもなるか。

……さて。ここからが本番。

「ミコラ。下がれ」

俺は、予定通りに前に出る。炎の幻龍《フレイム・ドラゴニア》により実体化した、フレイムドラゴンを引き連れたルッテと共に。

「本当に、大丈夫《だいじょうぶ》なのか？」

怪《あや》しげな闇が流《なが》れ込んでいくディネルから目が離せず、動けずにいるミコラに並ぶと、俺は肩をポンッと叩いてやった。

「今更《いまさら》疑うとか。よっぽどだろ？」

「……ふっ。そうだよな。俺とフィリーネは休んでるから、後は頼《たの》むぜ」

「任せるがよい」

俺とルッテを信じ、ミコラはたったったったっと後ろに駆《か》け出していく。

早馬《はやば》車《しゃ》の中で、ミコラとフィリーネに出した指示は、とにかく離れて見守れってだけ。

代わりにルッテには既に、以前温泉宿で閃《ひらめ》いた策をこっそりと授《さず》けておいた。

当時その策を聞き、驚きと戸惑《とまど》いしか見せなかった彼女は、今も煮《に》え切らない表情を見せている。

そりゃそうだ。俺はルッテに彼女の役割しか伝えていないからな。

だからこそ、こんな顔にもなるかって思ってたんだけど。

「カズト。ひとつ、頼みがある」

ぽつりと、彼女が呟《つぶや》いた。

ディネルを包んだ闇が大きくなり、それが少しずつ巨大なドラゴンの姿に変わっていく。

その光景を見ながら、彼女は歯がゆそうな顔でこう言った。

「ディネルを、殺さんでくれぬか？」

それを聞いて、俺は思わず目を瞠《みは》った。

おいおい、何言ってんだ。相手は、Ｓランクすら歯が立たないダークドラゴンだぞ。

しかも俺達の敵じゃないか。そんな状況で手加減しろなんて、流石にあり得ないだろ。

俺は、そんな様々な感情を呑《の》み込むと、ふっと笑う。

……お前にとって、あいつは一緒に育った、家族みたいなものか。

これであいつを殺して、お前に泣かれちゃ堪《たま》らないな。

「いいか。迷われても困るから、はっきり言っておく。俺は仲間を誰《だれ》も死なせたくないから、あいつを殺す気でいく。だからお前も作戦通りに頼む。ま、相手はダークドラゴン。そう簡単にくたばりゃしないだろ」

俺はそう言うと、目の前に現れた巨大な闇の化身《けしん》、ダークドラゴンから目を逸らし、ルッテに視線だけを向け、にやりと笑う。

目があった彼女もまた、言葉の意味を察したのだろう。

「まったく。人の話を聞いておるのか？」

そんな小言と共に一瞬ふっと笑うと、共に視線をダークドラゴンに戻《もど》した。

『ルティアーナ様。仲間達の死に、絶望していただきますよ』

完全に実体化したダークドラゴンが、空気を震わす声でそう語った後。ダンジョンを揺《ゆ》るがす程《ほど》の大声で吠《ほ》える。

ったく。うるさいんだよ。少しは大人しくしとけって。

「ゆくぞ！　炎龍《えんりゅう》！」

ルッテの指示で、ふわりと巨大な翼で舞い上がり、赤きドラゴンが俺達の前に立つ。

ダークドラゴン対フレイムドラゴン。

その開幕は、互《たが》いの口から放たれた、属性を帯びた弾《たま》の撃ち合いだった。

禍々しい、何者も吸《す》い込みそうな闇の弾と、何者も燃やし尽くしそうな炎《ほのお》の弾。

連続して吐かれた互いの弾は、空中で次々に激突すると、互いを相殺《そうさい》するように爆発《ばくはつ》し、部屋の空気を激しく揺らす。

『ほう。ルティアーナ様も成長なされましたな』

「ふん。お世辞は終わってからじゃ」

ルッテの言葉と共に、フレイムドラゴンが奴に向け炎のブレスを放つと、ダークドラゴンも負けじと、闇のブレスを放ってくる。

互いのブレスがまたも空中でぶつかり合うと、吐き続けられるブレスは拮抗《きっこう》したまま、その場で壁のように広がり始めた。

炎は激しくめらめらと燃え、闇もまた禍々しい霧《きり》となり、衝突《しょうとつ》しながらより高く、より広がりながら、相手の領域を奪おうとせめぎ合う。

そんな中、聞き覚えのある激しく嫌な音が、俺の耳に届く。

この音……ロミナの呪《のろ》いを解こうとした時に聞いた、黒き稲妻《いなずま》の放つ音と同じか。

奴の放つ闇は、勿論ただの暗闇《くらやみ》じゃない。

ダークドラゴンの別名は、カースドラゴン。

その名が示すように、奴の闇には魔王《まおう》の呪いと同じ、触《ふ》れれば相手を心から苦しめる、恐ろしい力がある。

呪いの闇が、少しずつダークドラゴンのいる方にも流れ込み、奴を包むように広がっていくと、あいつの姿が完全に闇に沈《しず》む。フレイムドラゴンが吐き続ける炎もまた、高く猛々《たけだけ》しく燃《も》え盛《さか》り、侵食《しんしょく》しようとする闇を遮《さえぎ》り続けているけど……。

『さて。ルティアーナ様のお力で、どこまで持ち堪《こた》えられますかな？』

闇の中、余裕綽々《よゆうしゃくしゃく》といった感じのダークドラゴン。

その言葉が示す通り、ルッテの額には既に汗《あせ》が滲《にじ》み、炎で闇を止めるのに精一杯だ。

召喚《しょうかん》されたドラゴンと、本物のドラゴン。その力は圧倒的《あっとうてき》に後者の方が上だって、以前ルッテから聞いた。それが今、この状況を生んでいるんだろう。

それでも、本物のダークドラゴンが生み出した闇を、何とか古龍術《こりゅうじゅつ》で止めている彼女は、相当奮闘《ふんとう》している。

と、突如炎《とつじょほのお》の壁を貫《つらぬ》き、闇の槍《やり》がフレイムドラゴンに襲いかかった。

ちっ！　直撃はやばい！

咄嗟《とっさ》に俺は床を蹴ると、フレイムドラゴンの背を利用して一気に跳躍《ちょうやく》し、空中で素早く抜刀《ばっとう》して、全力の真空刃《しんくうは》を放つ。

その衝撃波《しょうげきは》は、闇の槍に直撃すると、互いに相殺するように弾け飛んだ。

ふぅ、危なかった。

　っていうか、あいつ、炎の壁すら撃ち抜く力があるのかよ。炎のお陰《かげ》で威力が落ちたから止められたけど、このままじゃジリ貧《ひん》。やっぱり、短期決戦じゃないとやばそうだな。

　くるりと空中で前宙した俺は、フレイムドラゴンの頭の上に器用に着地する。

『人間風情《ふぜい》が中々やりますね』

「そりゃどうも」

『折角《せっかく》です。貴方《あなた》もルティアーナ様ごと、闇に飲まれてみませんか？』

　奴の言葉と共に、闇の壁の圧が高まり、炎の壁がじわじわとこちらに押し戻されるのが見える。

「カズト！　どうするのじゃ！」

　冷《ひ》や汗を流した、ルッテの表情が歪《ゆが》む。

　ダークドラゴンは、この闇の壁の中で、より力が増すと聞いている。

　だから、この壁を生み出すのも、それをルッテが食い止めるのも予想通りの展開だし、こうやって押され始めるのも想定通り。

　後はもう俺次第《おれしだい》。どうなるかは分からないけどな。

「折角だ。ちょっと遊びに行ってくるわ」

「はっ⁉　何を言うておる⁉」

ルッテの驚愕の叫びと、俺が飛び出すのは同時だった。

正直、あまりやりたくはない。

そのアイデアは、結局ただの賭《か》け。だけど、勝つならこれしかない！

天を舞った俺、はそのまま覚悟だけを決め、上空から闇の壁に飛び込んだ。

「カズト!!」

「何やってんだ!!」

フィリーネとミコラが思わず叫び。

『自ら我が闇の内に入るとは。能無しにも程がある』

ダークドラゴンもまた、俺を馬鹿にするように呆《あき》れた声を上げる。

そうだな。自ら呪いの闇に飛び込むなんて無茶。一応、精霊術でも呪いに抵抗《ていこう》はできるし、聖術《せいじゅつ》にも浄化《じょうか》の術はあるけど、この持続する呪いの中じゃジリ貧だ。

ま、だからこそ、俺は精霊術も聖術《せいじゅつ》も使わず、闇に飛び込んだんだけどな。

闇に潜った瞬間。一気に襲う痛みと苦しみ。

身体《からだ》が傷ついているんじゃない。心に直接、きやがるか。

『はっはっはっはっ！　無知とは怖《こわ》い。これだから人など無能。そのまま、闇に心を潰《つぶ》され死になさい！』

奴の言葉を聞きながら、俺《おれ》はそのまま闇に溶《と》け、沈む。

「カ、カズト⁉」

ルッテが俺の名を叫び。

「お、おい。まさかだよな⁉」

「カズト！　返事なさい‼」

ミコラとフィリーネも涙声《なみだごえ》で、必死に俺に声を掛ける。

だけど、今は返事なんてできない。

『はっはっはっ。無駄ですよ。この闇の中で、生き残れる人間などおりません。事実、既にもう彼《か》の者の気配はございません。この闇が消えれば、残るは心の死んだ身体《からだ》のみ』

俺の仲間達の絶望を喜ぶかのような、ダークドラゴンの嬉々《きき》とした声。

……ルッテが言ってた通りだ。

お前は、闇の中を見通せてなんていない。気配だけで俺を追ってるな。

確かに、俺は闇に溶けてやった。勿論、わざとな。

とはいえ、この状況じゃ長くは持たない。だから、こっちもさっさと本気を出す！

何も見えない闇の中。俺は消した気配をそのままに、静かに抜刀術の構えを取る。鞘《さや》から刀は抜かず。ただ、心静かに。

周囲は既に闇。って言っても、心はまだ闇に食われてなんかいないぜ。

知ってるか？

黒いインクで書いた文字は、溢《あふ》れた黒いインクが流れ込むと、溶け込み消えるんだ。

じゃあ、同じ力を持ってこの闇に飛び込んだら、さあどうなる？

『お嬢様《じょうさま》もそろそろ限界。弱き者達と共に死んで――』

あいつの言葉が止まる。そこに現れた、俺じゃないもうひとつの存在に気づいたんだろ。

『ギャオォォォォォォッ‼』

『な⁉　これは⁉』

あいつの耳元にも届く咆哮《ほうこう》。そうだ。もっと吼《ほ》えてやれ！　しっかりとな！

いいか？　目には目を。歯には歯を。闇には闇を。

じゃあダークドラゴンには？　勿論、ダークドラゴンだ‼

古龍術《こりゅうじゅつ》、闇の幻龍《ダーク・ドラゴニア》。

俺はルッテがこの術を使えるのを、以前流れ込んできた力で知っていたんだ。

今までこれを使った所なんて、見た事はなかったけど、こんなの使いたくない気持ちもよく分かる。呪いの力なんて、魔王と同じだからな。

だけど、俺が闇の中こうやって無事なのもこの力のお陰だ。古龍術《こりゅうじゅつ》の本質は、ドラゴンの力を身に宿す術だからな。

つまり、俺の身体《からだ》には今ダークドラゴンの力が宿り、闇に潜《ひそ》んでも殺されずに済んでいる。奴と同じ条件って事だ。

勿論、お前の闇の壁から流れ込む力のお陰で、こっちの古龍術《こりゅうじゅつ》も強くなっている。

とはいえ、ルッテのフレイムドラゴン同様、本物には及ばない紛《まが》い物。

だけど、これならどうだ？

俺は迷わず、こっちのドラゴンをあいつに食らいつかせようと突進させる。

『小賢《こざか》しい！　消えな──!?』

それを嫌《きら》った奴が、新たに闇のブレスを吐《は》こうとする気配。だけど、瞬間。奴は思わず動きを止めた。

『ば、馬鹿な!?　貴様、生きて──』

はんっ。あったり前だ。

この手の苦しみは、ロミナの呪いでとっくに経験済み。

更に俺は、絆《きずな》の女神《めがみ》の呪いも持っている。

苦しみなんて日常茶飯事《にちじょうさはんじ》。呪われ続けてる男を舐《な》めるなよ。

そして、お前が動きを止めた理由も俺だ。

抜刀術秘奥義《ひおうぎ》。心斬《しんざん》・裏《うら》。

表は斬らないと思った物を斬らない技なのに対し、裏は相手に斬られたと思わせる技だ。

俺は強い覇気と殺気で、あいつに見せてやったんだ。ブレスを吐いた瞬間《しゅんかん》、首を斬り飛ばされる未来をな。

この技は俺の気力と精神力を相当使う。それだけの殺気と覇気を向けなきゃいけないいけど、その割に、実際は牽制にしかならない、普段《ふだん》なら正直微妙《びみょう》な技だ。

しかも闇の呪いを抱《かか》えたままダークドラゴンを召喚し続け、魔力《マナ》を消費しながら放つってのは正直相当きつい。

だけど今は、足止めさえできりゃ十分なんだよ！

ダークドラゴンの動きが止まった事など関係なく、俺はドラゴンを勢いよく喉元《のどもと》に噛み付かせ、そのまま力任せにあいつを押《お》し倒させる。

『がはっ！　こ、このっ！　退《ど》け！』

誰が退《ど》くもんかよ！

ひっくり返った奴が強く抵抗しようとする度《たび》に、新たなる殺気で斬り殺される未来を見せ、奴の動きを固まらせる。

人だろうがドラゴンだろうが、それをしたら死ぬと感じた恐怖に、そうそう踏み込めやしないはず。しかも相手が何処《どこ》にいるかも分からなきゃ、止められもしないだろ？

「ルッテ！　全力で闇を吹き飛ばせ！」

「その声、カズトか⁉」

「いいから早く！」

俺の声が届いたのか。ルッテのいる方の熱量が上がる。

俺は咄嗟《とっさ》に構えを解くと、一気に熱に向け駆け出し、天高く跳《と》んだ。

間一髪《かんいっぱつ》。闇は一気に炎で焼き払われ、その中心で二匹《ひき》のダークドラゴンが取っ組み合う姿が晒《さら》される。

「ルッテ！　フレイムドラゴンで奴を押さえ込め！」

一旦彼女《いったんかのじょ》の脇《わき》に着地した俺は、素早《すばや》く指示だけ出すと、風の精霊シルフの精霊術、飛翔《フライング》を無詠唱《むえいしょう》で自分に掛け、またも大きく跳躍した。

「う、うむ！」

一瞬唖然《いっしゅんあぜん》としたあいつは、はっと我《われ》に返るとフレイムドラゴンをけし掛け、奴の後《うし》ろ脚に噛みつかせる。

よし！　これなら、やすやすと起き上がれはしないだろ。

俺は飛翔《フライング》の勢いを利用し天井《てんじょう》に逆さに張り付くと、そこを床《ゆか》代わりに抜刀術の構えを取り、眼下の敵を捉《とら》える。狙うは一点。あいつの顎《あご》だけ。

『ぐおぉおっ！　ふざけるな！　退《ど》けぇぇぇっ！』

叫びながらもがくダークドラゴン。

二体一で押さえ込んでいるとはいえ、時間は掛けられない。

俺の気力も精神力もかなり削《けず》られてるからな。

だから、ここで決める！

『世界に満ちし魔力《マナ》の力よ！　我《わ》が刀に、轟《とどろ》く雷の力を宿せ！』

俺は、詠唱と共に、魔術、雷属付与《らいぞくふよ》を閃雷《せんらい》に重ねる。

魔導鋼《まどうこう》を使ったこいつの術伝導率はずば抜けている。お陰で付与系の術は、より効果が高いんだ。

愛刀がその名の通り、激しく放電を始める。ははっ。その意気だ。行くぜ相棒!!

俺は居合の構えのまま、強く天井を踏み抜き、一気に奴に向け落下する。勿論、飛翔《フライング》でより鋭《するど》く加速して。

「いっけぇぇぇぇぇっ!!」

そして、地上で押さえ込《こ》まれているダークドラゴンが天に向けている顎目掛《めが》け、全身全《ぜんしんぜん》霊《れい》の刀技《とうぎ》を放った。

食《く》らえ！　抜刀術奥義《おうぎ》、落雷《らくらい》！

勢いのまま俺は刀を振《ふ》り抜くと、奴の顎に雷の宿った刀の峰《みね》を叩《たた》き込んだ。

『ぐお……っ』

頭を激しく床にめり込ませ、感電による追撃《ついげき》に強く震えるダークドラゴン。

と同時に、俺もまた肩から床に激突し、反動でごろごろと勢いよく床を転がって、そのまま壁《かべ》に背を打ちつけた。

いってぇえっ！

床に叩きつけられた瞬間の激痛と、壁に叩きつけられた瞬間の激痛が重なり、一瞬意識が飛びそうになる。

これ、聖壁《せいへき》の加護《かご》と古龍術《こりゆうじゆつ》で強化されてなかったら、マジで死んでたんじゃないか!?

そう思うくらいには、本気でやばかった。

……でも、やっぱり思いつきだけで、技なんて使うもんじゃないな。

実はここだけの話。落雷って技は、さっきたまたま思いついたばっかりでさ。

だから、まったく考えてなかったんだよ。着地の事を……。

って、そんな事より、あいつはどうなった!?

腕と背中に走る激痛に耐《た》え、身体《からだ》を起こして倒れたダークドラゴンを見ると、ぴくぴくとしながら、仰向《あおむ》けのまま意識を失っていたあいつの身体《からだ》が、突如闇《とつじょやみ》に変わるとそのまま霧散《むさん》し、人の姿をしたディネルだけが残された。

仰向けに倒れたまま。だけど胸は上下している。とりあえず、死んではいなそうだな。

……なら、いいか。ルッテの願いは叶《かな》えられたし。

ほっとして古龍術《こりゅうじゅつ》を解除すると、召喚されていたダークドラゴンが消えていく。

と同時に、心を苦しめ傷つけていた闇の力が、すっと身体《からだ》より消えた。

倒した……とはいえ、流石《さすが》に疲《つか》れた。これ以上やってたら、気力も魔力《マナ》も尽きそうだったし、それこそ闇の呪いに取り込まれそうでやばかった。

こんな状態で、これ以上の敵ともう一戦とか。やれるのかよ、本当に……。

「カズト！　大丈夫か⁉」

「貴方《あなた》、その腕は！」

「大丈夫だよ。こんなの軽傷だって」

フィリーネとミコラが慌《あわ》てて近寄ってくるのを見て、俺は痛みを堪《こら》えて笑ってやる。

だけど、酷《ひど》く痣《あざ》になった腕を見たフィリーネは顔面蒼白《そうはく》になると、慌てて俺の腕に手を当て、生命回復《せいめいかいふく》を掛け始めた。

「言った矢先に無茶するなんて！　貴方《あなた》は本当に馬鹿なんだから！」

そう俺を咎《とが》めながらも、生きていた事に安堵《あんど》したのか。その目に涙《なみだ》が浮《う》かんでいる。

……悪かったよ。ごめんな。

「カズト！　お前、あのドラゴンに助けられたのか⁉」

闇の中で何があったか知らないミコラが、興奮しながら聞いてくると。

「……いや。カズト。あれはお主が古龍術《こりゅうじゅつ》で召喚したんじゃろ？」

それに答え、ゆっくり歩み寄ってきたのはルッテだった。

戦いには勝ったし、願い通りにディネルを殺さなかったっていうのに。彼女に喜びなんてなく、俺に恐ろしく真剣《しんけん》な目を向けてくる。

「カズト、お前そんな事もできるのか⁉」

ミコラはまるで、有名人を見たかのような驚《おどろ》きよう。

だけど、フィリーネはその言葉に「えっ⁉」と驚きを見せ、思わずルッテの顔を見た。

彼女はフィリーネに何かを伝えるように、真剣な表情のまま小さく頷《うなず》き返す。

「そんな……。それじゃ、まさか……」

驚き……いや。戸惑いと言っていいフィリーネの反応に、俺の心に嫌《いや》な予感が走る。

ルッテの表情もまた、まるで知ってはいけない事を知った。そんな顔だ。

一人、ミコラだけは二人の変化に戸惑っているだけ。ただ、急に緊張感《きんちょうかん》の漂《ただよ》いだした場の空気に、何も言えなくなっている。

なんでお前等そんな顔――。

そこまで考えた時。俺はある事実に気づき、はっとした。

しまった。そういう事か……。

やっと自身の犯《おか》した重大なミスに気づき、力なく視線を落とす。

やらかした後悔《こうかい》に、内心ため息を吐《つ》きつつ、俺は最悪の覚悟《かくご》を決めた。

「我々が魔王と戦う直前。ロミナが言っておったんじゃ。我等と旅をしていた誰かがいた気がすると。じゃが我《われ》も、ミコラも、フィリーネやキュリアも。そんな者の記憶《きおく》など持っておらんかった」

突然語られ出したのは、半年前に俺が去った後の物語。

「その時、共にあった幻獣《げんじゅう》アシェが話してくれたんじゃ。その者に心当たりがあるとな」

「ルッテ。まさかあの話か!?」

目を丸くしたミコラに、彼女は頷く。

「そうじゃ。パーティーを外れた際、人々に忘れられる呪いを与《あた》える代わりに、本人に仲間と同じ力を授ける。そんな呪いによる力を授ける能力が絆の女神にはあるんじゃが。きっと自身が誰かにその力を授けたのではないか。そう言っておった」

「……で。そんな力を授かった奴を、そのアシェって奴は知ってたのか？」

「……いや」

「だったら気のせいなんじゃないのか？」

平然を装《よそお》いルッテを見つめ返していると、そこに口を挟《はさ》んだのはフィリーネだった。

「前にも話したけれど、冒険者《ぼうけんしゃ》は本来ひとつの職にしか就けないのよ。とはいえ才能があって、複数の職を身につける者がいる事は稀《まれ》にあるし、私も何人かそんな冒険者を知っているわ。だからこそ、今まで貴方《あなた》の力を疑いなんてしなかった。でも……今の貴方《あなた》は、そんな才能を以てしても、絶対にできない事をしたのよ」

「もしかして、それってさっきの……」

戸惑いながら語る彼女の言葉に、ミコラが戸惑いながら問いかけると、ルッテがため息を吐《つ》いた後、こう答えた。

「そうじゃ。古龍術《こりゆうじゆつ》。あれは龍武術《りゆうぶじゆつ》共々、世界の理《ことわり》で亜《あ》神族《じんぞく》しか使えぬ術。しかしお主は人間であるにも関わらず、その力を造作もなく使いおった」

「カズト。貴方《あなた》の力は、才能では越えられない壁を越えているのよ」

「じゃあ……まさか、カズトが……」

三人の視線が向けられる中、俺は俯《うつむ》いたまま何も言えずにいた。

……それで、何が変わる訳でもないのにな。

「……よもやお主が、真《まこと》の忘れられ師《ロスト・ネーマー》じゃったとはな……」

判決を下すようなルッテの重々しい言葉に、俺は大きなため息を漏《も》らすと、力なく笑う。

「……ああ。騙《だま》してて悪かったな」

「って事はお前、俺達《おれたち》と一緒《いっしょ》に旅をしてた事があるのか!?」

「ああ。覚えてないだろ？」

心に溢れ出す後悔を堪《こら》え、苦笑《くしょう》しながら口にした俺の返事に、ミコラがはっとする。

「まさか……あの時お前が言ってた、お前を外し、お前の元に帰って来なかったパーティーって……」

信じられないという顔をした彼女に、俺は何も言えないまま視線を落とし、奥歯《おくば》を噛《か》む。

ただ、それが答えになったんだろうな。

ミコラはそこにある真実に気づき、落胆《らくたん》し俯《うつむ》いてしまう。

「何故《なぜ》あのクエストに首を突《つ》っ込んだのじゃ。さすれば隠《かく》し通せたではないか」

「……別に名乗りにいった訳じゃない。凱旋《がいせん》後に何の噂《うわさ》も聞かなかったお前が、あまりにおかしいクエストを貼《は》っていたから気になった。ただそれだけだ」

「それじゃ、貴方《あなた》がロミナを助けようとしたのも……」

「……お前達やロミナが俺の事を忘れてたって、俺は覚えてるんだ。お前等にも、あいつにも、散々助けられたんだからな」

「だったら王宮でその事を話して、パーティーに戻ってくりゃよかったじゃねーか！」

「あのなぁ。記憶にないランクの低い奴がいきなりやって来て、『実はあなた達とパーティーを組んでました』なんて言って、信じる奴なんていないだろ。それに別に俺がいなくたって成り立つパーティーだったじゃないか。実際魔王を倒《たお》してちゃんと帰って来た。そうだろ？」

流石に衝撃的《しょうげきてき》すぎたのか。

フィリーネが掛けていたはずの生命回復の光が、何時《いつ》の間《ま》にか消えている。

それを見て、俺は刀を手にゆっくりと立ち上がると、それを鞘に収めた。

色は落ち着いたけど、未《いま》だ治りきっていない腕《うで》に、ずきりと痛みが走る。

が、動きはする。なら、これでいいさ。

「……昔話はもういいだろ。ロミナを助けるんだ。行こうぜ」

……ったく。

ダークドラゴンや最古龍《さいこりゅう》を倒す事ばかりに必死になりすぎて、古龍術《こりゅうじゅつ》は亜《あ》神族《じんぞく》にしか扱《あつか》えないっていう、この世界じゃ当たり前な事が頭から抜《ぬ》け落ちるとか。

まったくドジだな、俺も……。

「うっ……。ここ、は……」

場の空気が澱《よど》んでいた、そんな時。

ぼそりと声がした方に目を向けると、ディネルがゆっくりと目を覚ますのが見えた。

ルッテもそれに気づいたのか。横たわっているあいつに、ゆっくりと歩み寄る。

「目覚めたか。ディネルよ」

「お嬢様……。私《わたくし》は、敗れたのですか？」

「ああ。龍でない者にな」

「左様ですか……。とはいえ、ディア様との約束は、果たしましたが故。後は、ご随意《ずいい》に」

「すまぬ。助かる」

痛々しいディネルの姿を見ながら唇《くちびる》を噛むルッテに、あいつはこれまで見せなかった、柔《やわ》らかな笑《え》みを浮かべる。

ったく。最初からそうやって笑っていりゃいいだろうが。大事なお嬢様の為《ため》に。

「しかし人間。何故私《わたくし》を生かしたのですか。私《わたくし》は貴方《あなた》を殺すつもりでしたが」

と、ディネルが顔を動かし俺に視線を向けると、釣《つ》られてルッテもこっちを見る。

二人の真剣な瞳《ひとみ》を見て、俺は呆れてため息を吐《つ》く。

「そこのお嬢様の頼みだよ。ま、俺の実力不足で殺し損《そこ》ねたってのもあるけどな」

俺は普段通りを心掛《こころが》け、呆れ笑いを浮かべた後、一人無言のまま、扉《とびら》へと歩き出す。

……だけど。この先に待つであろう決戦を前に、俺はあいつらとどう接すればいいか、分からなくなっていたんだ。


さっきの部屋の先は、またも一本道。

しかも、相変わらず進む度に、松明《たいまつ》が道を指し示すように廊下《ろうか》を照らしてくれる。

俺は何も言わず、一人先を歩き、後ろから無言の三人が続く。

きっと、あいつらにも戸惑いがあるに違《ちが》いない。けど、だからって、どう声を掛《か》けりゃいいんだよ……。

どうすればいいか分からないまま、沈黙《ちんもく》し歩き続けていると、新たな下り階段を下りた先に、またも豪華《ごうか》な扉が見えた。

扉越《とびらご》しに感じるのは、殺意でも威圧《いあつ》でもない。だけど、強大な何かが待っている感覚。

三人にも早馬車《はやばしゃ》で伝えていたけれど、残念ながら最古龍《さいこりゅう》ディア相手に、良策なんて浮かばなかった。

ダークドラゴン戦を突破《とっぱ》しなきゃ、ディアにすら辿《たど》り着けない。だからこそ、そこだけは何とか策を講じて乗り切ったけど。

今この状況《じょうきょう》でまともにディアと戦えるか？　って言われたら、正直かなり微妙だ。

あいつらを困惑《こんわく》させて、戦いどころじゃないかもしれない。

でも……だからって、どうすりゃいいんだよ。

パーティーを組んだって、あいつらが俺を受け入れるとは限らないし、それこそ余計な罪悪感を持たれて、今以上に戸惑うかもしれない。

しかも『絆の加護』を与えようとすれば、前衛はほぼミコラ頼《だよ》り。相手が同格ならともかく、魔王ほどの力を持つ敵相手に、それは流石に悪手だ。

……まあ、考えても仕方ない。

とにかくこいつらを護《まも》り切って、最古龍《さいこりゅう》ディアに勝って、ロミナを助ける事だけ考えろ。

もし命を落とす必要があるなら、俺だけで充分《じゅうぶん》だ。

……さて。ご対面と行くか。

扉の前に立ち、一度だけ深呼吸した後。取っ手に手を掛けようとした、その時。

「カズト。待つんじゃ」

ルッテの言葉に、俺は動きを止めた。

「お主は言っておったな。母上への策はないと」

「……そうだな」

「ならば、我等とパーティーを組め」

俺がゆっくり振り返ると、三人が真剣な顔でこっちを見つめてくる。

「お主と共にあれば我等は強くなり、お主もまた我等が身につけし力を得る事ができるんじゃろう？」

「……止《や》めとこうぜ。確かに俺は、お前等を強くできる。だけどその間、俺はまともに前衛として機能できなくなって、お前達《たち》が懸念《けねん》してた前衛不足に陥《おちい》るんだ。それに、仲間になったら過去の記憶も思い出す。そんなの、お前等の古傷を抉《えぐ》るだけだろ」

俺は強く警告した。

だってそうだろ。あいつらは俺を善意でパーティーから外した。だけどその理由も、それまでの事も知る事になる。お前等がそれで傷つくのは、目に見えてるって。

……そう思ってたのに。

「構わないわ。私は、それでもロミナを救いたいもの」

「俺も。やれる事をやらずに、後悔なんてしたくねえから」

「お主はずっと苦しんだんじゃろ？　その戒《いまし》めのようなものじゃ。それに、お主との過去を思い出せるのは、少々楽しみじゃしの」

「あ、そっか。お前が俺達のパーティーで、どんな事をしてたかが分かるのか。面白《おもしろ》そうじゃん！」

「確かにそれは興味あるわね。ほら。早く思い出させなさい」

……何でそんなに楽しそうに言うんだよ。ったく。悩《なや》んだ甲斐《かい》がないだろって。

俺は頭を掻《か》き、ため息を漏らす。

……何が起きても。どう思われても。ロミナの為だ。覚悟はしないとな。

「……ひとつだけ。今回だけは、俺をパーティーリーダーとさせてくれ。ランクも過去も関係ない。この旅の間だけは譲《ゆず》れない。それでもいいか？」

「ふん。今更《いまさら》じゃゃな」

「そうだぜ。じゃなきゃ、今までもお前の指示になんて従わねえよ！」

「それだけなら受けてあげるわ。その代わり、戻っても私達とパーティーを続けなさい。勿論《もちろん》、ロミナやキュリアとも一緒にね」

屈託《くったく》なく笑う三人に、俺は心の内を隠し、笑みを返す。

未来の話は置いておく。俺がリーダーでありたいのは、今この先の戦いの為だからな。

「じゃあ決まりだ。今からお前達は、俺のパーティーメンバー。いいな？」

その言葉に三人が頷いた直後、俺達の手の甲《こう》から一瞬眩《いっしゅんまばゆ》い光が放たれると、そこに同じ紋章《もんしょう》が浮かび上がり、そしてゆっくりと消えていく。

絆の女神がみんなが仲間になるのを認めた。そんな言い伝えもある、パーティーが結成された時に発動する、儀式《ぎしき》にも似た演出。

それが終わった瞬間。三人は強く目を見開き、愕然《がくぜん》とした。

……ふっ。きっと、思い出したくもない記憶が蘇《よみがえ》って、驚いてるんだろ。

足手まといな俺を連れた、苦労ばかりした旅をさ……。

みんながそのまま、落胆と悔《くや》しさを見せる。そう思ってたのに。

こいつらおかしいんだぜ。

しばらくしたら、三人とも涙目《なみだめ》になって、嬉《うれ》しそうに笑いやがったんだから。

「……どうりで。お主と出逢《であ》ったのではと思う訳じゃ」

ん？

「そうね。よーく分かったわ。昔の貴方《あなた》が」

へ？

「まずは約束を果たしてもらおっかなー。ほら？　ほら？」

いや、ミコラ。急にすり寄ってきてにんまりしてるけど、何を期待してるんだよ⁉

「な、なんだよ？」

「俺達、魔王を倒して帰って来たんだぞ。褒《ほ》めてくれるんだろ？」

「へ？　あ……」

それを聞いた瞬間。俺の顔は真っ赤になった。

まさか、別れ間際のあの未練がましい台詞《せりふ》まで、ばっちり思い出してるって事か!?

「美少女揃《ぞろ》いのパーティーなんて、ずいぶん褒めちぎってくれちゃって。で。貴方《あなた》もやっぱりハーレムを期待していたのかしら？」

「ば、馬鹿！　期待なんかするか！」

「おーおー。この恥《は》ずかしがる感じ、やはり堪《たま》らんのう。お主はすぐこうやって照れておったのう。生意気で、いちいち台詞が臭《くさ》かったがの」

「う、うるせー!!」

面倒《めんどう》な二人のいじりに、俺は必死になって叫《さけ》ぶ。

これ、完全に俺の黒歴史を掘《ほ》り返しただけじゃねえか。

やっぱりパーティーなんて、組まない方がマシだったか……。

「それよりカズト。俺達帰って来たぞ！　お前に逢《あ》いたいって気持ちは忘れてたけど。だけど、ちゃんと生きて帰って来たぞ！　……カズト。本当に、あの時まで一緒に旅してくれてたんだよな？　仲間だったんだよな？」

「……ったく。当たり前だろ。……よく、頑張《がんば》ったな」

おいおいミコラ。

頭を撫《な》でただけで、そんなに嬉しそうに、にっこりするなよ。

「ふふっ。私達が貴方《あなた》を置いて行った理由は、嘘《うそ》じゃなかったのよ。だから今、貴方《あなた》の記憶を取り戻《もど》して、改めて再会できて、本当に嬉しいし、幸せよ」

「フィリーネ……」

何だよ。お前らしくない。

目尻《めじり》の涙を拭《ぬぐ》いながら、本気で幸せそうに笑うなんて。

「お主は再会など叶わぬと知り、忘れられると知りながら、それでも我等に発破を掛けたのじゃな。我等の決意を汲《く》み取り」

「違うって。そんなの買い被《かぶ》り過ぎだ」

まったく。ルッテも忘れておけよ。

お前のそういう態度。本気でむず痒《がゆ》くって仕方ない。

「じゃがそのお陰で、ロミナは最後まで戦い続けてくれたんじゃ。お主の言葉と存在が支えじゃったはずじゃ」

「キュリアだってきっと、お前といられて嬉しかったはずだぜ。お前は知らないだろうけどさ。あいつ、カズトをパーティーから外すってロミナに言われた時、泣きながら必死に抵抗したんだからな」

「は？　あのキュリアがか⁉」

まじかよ⁉　あいつのそんな姿なんて、さっぱり想像できない。

否定するにしても、ただ淡々《たんたん》と口にするイメージしか浮かばないし……。

何とも困った顔をした俺を見て、みんなが笑い合う。

「まーでも、これですっきりしたぜ。……なあ、カズト」

「ん？」

「行こうぜ。ロミナを助けに」

「そうね。ルッテも覚悟はいい？」

「うむ。母上相手であっても、ロミナを助けたい想《おも》いは変わらんからの」

三人の真剣な視線。

改めて感じる、昔よく向けてくれた、覚悟ある眼差《まなざ》し。

「前衛は任せとけ！　その代わり、とびっきりの力を寄越《よこ》せよな」

「ミコラ。お前、いきなり現金過ぎるだろ」

「あら。私も期待しているわよ。リーダー」

「おいおい、フィリーネ。お前まで何を言って──」

「聖勇女《せいゆうじょ》パーティーは一癖《ひとくせ》ある。お主が言ったんじゃ。覚悟せい」

「……はぁ」

まったく。

お前等は本当に、癖《くせ》が強くて、可愛《かわい》くて、最高の奴《やつ》らだよ。

……俺は、絶対にこいつらを死なせない。

そして、絶対にロミナを呪《のろ》いから解放してやる。

奮い立つ気持ちを隠し、呆れ笑いを見せた後、俺は表情に真剣さを宿す。

「さて。そろそろ無駄話《むだばなし》は終《しま》いだ。行くぞ」

「ええ」

「いつでもいーぜ！」

「よかろう」

みんなの真剣な顔を見て頷いた俺は、ゆっくりと、最後の戦いへの扉を開いたんだ。

第五章　忘れられ師《ロスト・ネーマー》の決意の先

重厚《じゅうこう》な扉を開けた先にあったのは、想像していたよりこぢんまりとした部屋だった。

壁には様々な本や魔術《まじゅつ》道具などが並び、部屋の中央には木製の古臭《ふるくさ》いテーブル。その奥《おく》には、図書館のように幾《いく》つかの本棚《ほんだな》や棚《たな》が立ち並んでいる。

さっきディネルがいた部屋とのあまりの違いに、ルッテ以外が唖然《あぜん》としたほどだ。

「なあ。本当に、ここでいいんだよな？」

辺りをキョロキョロ見ながら、ミコラがそう口走ると、

『ええ。こちらです』

彼女《かのじょ》に答えるように、部屋の奥の本棚の後ろから、ゆっくりと姿を現した人物がいた。

片《かた》眼鏡に、ルッテと同じ長い白銀の髪《かみ》。ディネルと同じように、耳の上に枝のような角を持った、白いローブ姿の女性。

表情は落ち着いている……ってより、どこか冷たい感じがする。

彼女に気づいた背後の三人の気配が変わる。

流石に警戒《けいかい》するか。まあ、俺《おれ》もだ。

あり得ないほど神々《こうごう》しい気配。

以前、アシェといた時にも感じた事はあるけど、これはもう段違《だんち》いだ。

魔王《まおう》もきっと、こんな感じだったんだろうか。

そんな気持ちもあってか。否《いや》が応《おう》にも緊張させられる。

これが、最古龍《さいこりゅう》ディア……。

『ルティアーナ。貴女《あなた》はもうここには戻らないと決意し、外の世界に飛び出したのではありませんか？』

「……はい、師匠《ししょう》。その通りです」

俺の脇に立ったルッテが、母親を師匠と呼んだけど。

ディアがそう教育したんだろうか？　それとも、彼女の圧がそうさせてるのか？

まあどっちにしても、あまり好ましい状況には感じない。

『では、何故ここに？』

「一人の友を……助けるため」

言い淀《よど》みそうになるのを堪《こら》え、ルッテが緊張した面持《おもも》ちでそう口にすると。

刹那《せつな》。ディアが、ルッテの前に立っていた。

『嘘偽《うそいつわ》りはないようですが。私の言いつけも守れず、そんな些細《ささい》な理由で戻るなど……』

本当に、瞬《まばた》きすらしていないのに。まるで瞬間移動したかのようにそこに立ち、娘《むすめ》の顔を覗《のぞ》き込んでいる。

魔力《マナ》を使った痕跡《こんせき》なんて微塵《みじん》もない。って事は、体術……なのか？　あの疾《はや》さで⁉

早くも実力差を痛感し、俺は額から冷《ひ》や汗《あせ》を流す。

『貴女《あなた》は、恥《はじ》だと思わないのですか？』

少し前屈《まえかが》みになり、人差し指でルッテの額を軽く小突《こづ》く。表情は変わらない。いや、少しだけ、怒《おこ》っているのか？

「確かに。ですが、我《われ》は友を救いたいと思い――」

『ディネルを傷つけたのですね』

じっと見つめ続けるディアの突きつけた現実に、思わずルッテが唇を噛む。

『長らく共に暮らし、私と共に貴女《あなた》を育ててくれたディネル。そんな大事な眷族《けんぞく》を傷つけた者が、人を救いたいと言うのですか？』

「……はい」

口惜《くちお》しげに奥歯を噛み、握《にぎ》った拳《こぶし》を震《ふる》わせながら、それでもロミナの為にそう答える。

その答えに、ディアは少しだけ驚きを見せた。

『そうですか。その為に宝神具《アーティファクト》を借りるとして、対価は？』

問いかけに暫《しばら》く俯《うつむ》いていたルッテが、正面に立つ母親をじっと見ると。

「……我《われ》が……ここに、残ります」

真剣な瞳で、そう言い切った。

「ルッテ!?」

「何言ってやがんだ！」

「……これも、ロミナの為じゃ」

フィリーネやミコラの言葉にも耳を貸さず、口惜しげにルッテが呟《つぶや》く。

お前……まさか、最初からそのつもりで……。

俺の心に、彼女の悲壮《ひそう》さが感染《うつ》りそうになった、その時。

「……つっ！」

さっき痛めた腕に酷い鈍痛《どんつう》が走り、俺は思わず視線を落とし、顔をしかめてしまう。

……ん!?　何だ、今のは……。

一瞬《いっしゅん》感じた違和感《いわかん》にはっとし、今の状況を確認《かくにん》する。

こぢんまりとした部屋は変わらない。隣《となり》にもさっきまでと変わらず、ルッテとディアが立っている。

一瞬、視界が歪《ゆが》んだ気がしたんだけど……。ディアの圧に、気でもおかしくなったのか？

思わず呆然《ぼうぜん》としていると。

『その程度で足りるはず、ありませんよね？』

表情を変えずに、ディアがそう呟いた瞬間《しゅんかん》。

「なっ⁉」

「きゃぁぁぁっ‼」

「ぐぬっ‼」

突然《とつぜん》。三人は勢いよく壁に叩きつけられた。

「ミコラ！　フィリーネ！　ルッテ！」

思わず俺が振り返ると、彼女達《かのじょたち》は見えない何かで壁に張り付けられ、首を絞《し》められるのを抑《おさ》えるように、両腕《りょううで》で必死に堪《こら》えている。

『貴女達《あなたたち》では、対価になどなれません』

静かにそう口にしたディアは、情なんて感じさせない冷たい瞳のまま、じっと三人を見つめている。

くそっ！　ふざけるな！

俺は咄嗟《とっさ》にみんなに向けられる力、『絆《きずな》の加護』を発動した。

瞬間、俺の視界は自分が上昇《じょうしょう》したかのように、一定範囲《はんい》を俯瞰《ふかん》する視点に切り替《か》わる。

この感覚を味わうのは、半年前にこいつらとパーティーを組んでた時以来──って、今はそんなのどうだっていい！

とにかく、急いでみんなに力の加護を与え──⁉

そう思って、慌ててこの部屋を見渡《みわた》した瞬間。俺は異様な光景に驚愕《きょうがく》した。

どういう事だ⁉

この部屋にディアはいないし、そもそもこの部屋自体が本棚や机なんかもない。ただのだだっ広い部屋だ。

それだけじゃない。三人とも壁に吹《ふ》き飛ばされてなんかいない。

みんな、今も俺の隣や後ろにいるじゃないか⁉

あまりに不可解すぎる状況に、俺はこれまで感じてきた違和感と、ここまでに浮かんだ幾多《いくた》の疑問を思い出す。

何で部屋にディアがいない？

いや、力が強すぎて映らないとでもいうなら、まだ話は分かる。

でも、じゃあ何で三人の位置が違う？　何で部屋の構造まで違うんだ？

ルッテは既《すで》に、ディアが母親だと俺達に公言してた。

それなのに何で、わざわざ師匠なんて呼んだ？

ディアは人になんて手を貸さないはず。なのに何故対価を求めた？

いや。そもそも本当に人に手を貸さないなら、何でディネルに冒険者を簡単に通してはならないなんて、そんなぬるい指示をした？

手を貸さないなら、ルッテはまだしも、俺達は迷わず最初から殺しに来てもよかったはずじゃないか。

何故天候を変え、遺跡《いせき》の敵を潜《ひそ》ませ、松明で道を照らし、ルッテを導く必要があった？

そんな事しないで消耗《しょうもう》させ、諦《あきら》めさせればいいじゃないか。

だいたい何で、ディアはルッテが来ることを知っていた？

確かに魔王の呪いは強い。だけどあれは、聖勇女《せいゆうじょ》を死に至らしめるだけのもの。

そんな限定的な呪いなんて、本当に監視《かんし》する必要があったのか？

さっき痛みで何が歪《ゆが》んだ？　俺が見ている光景が歪《ゆが》んだのだとしたら、それは何故だ？

──「貴女達《あなたたち》では、対価になどなれません」

確かにディアは、ルッテに対価を問いかけた。

それなのに、何故急に「貴女達《あなたたち》」なんて言い出した？　何で俺達にまで対価を求めた？

ちぐはぐな会話。おかしい世界。ここに来るまでにあった、不自然な状況。

……つまり、これって……。

違和感だらけの現実から、ひとつの答えに気づいたその時。

『カズト』

静かな呼び掛けに、咄嗟《とっさ》に『絆の加護』を解除し視点を戻すと、何時の間にか俺の目の前に顔を寄せ、じっと顔を覗きこむディアがいた。

『対価は？』

ルッテに向けたのと同じ問い。

冷たい言葉に対し答えを返さず、俺は瞬間、鞘《さや》から閃雷《せんらい》を抜刀《ばっとう》し、彼女を薙《な》ぎ払《はら》う。

けど、ディアはそれをやすやすと避《さ》けた——というより、その場から一瞬で刀の範囲外《はんいがい》に移動していた。まるで、テレポートでもしたかのように。

やっぱり術を使った気配もなければ、何かの技で移動したようにも見えない。

それは先程《さきほど》と同じ。傍目《はため》に見ても人外。

……そう、人外過ぎるんだ。

ルッテが嫌になる程《ほど》色々聞いたのに、あいつからそんな話は聞いてない。彼女が、師匠であり母である相手の実力を知らないはずがないのに。

つまり……答えはひとつ。

「対価？　そんなもの、これで十分だ！」

俺は肩《かた》に閃雷《せんらい》をそっと当てると、歯を食いしばった後、迷いなくすっと手前に引く。

その直後、皮膚《ひふ》と肉を切り裂《さ》いた刃《やいば》が、痛みと激しい鮮血《せんけつ》を生んだ。

「カズト⁉」

激しく吹き出した血に気づいたルッテ、ミコラ、フィリーネの三人が、思わず同時に叫んだ瞬間。目の前の世界が一変した。

先程までの狭《せま》い部屋は何処《どこ》にいったのか。

今いるのは、ディネルがいた部屋と同じくらいの、壁《かべ》に壁画《へきが》が刻まれた広い部屋。

その最も奥には、祭壇《さいだん》のように緩《ゆる》やかな階段があり、その上にある台座の上で、金色に輝《かがや》く球体のアイテムが、くるくると回りながら怪《あや》しげな光を放ち浮《う》いている。

「こ、ここは何処《どこ》なの⁉」

「おい！　さっきの狭い部屋はどうなったんだ⁉」

「母上は何処《どこ》に⁉」

我《われ》に返った三人の声に、俺は再び『絆の加護』を発動し、彼女達に素早《すばや》く精神抵抗《せいしんていこう》の加護を与えてやる。

多分これで、さっきみたいな事は避けられるはず……。

でも、やっぱりだったか。みんなが強い衝撃《しょうげき》で我《われ》に返ってくれたから良かったけど、そうじゃなかったら、相当やばかっただろ。

間違《まちが》いなく、あの世界は普通《ふつう》じゃなかった。

だけど、それに気づけない程、最初は違和感を覚えられなかったからな。

さっきまで視《み》ていたのは幻影《げんえい》で、今見えているのが現実の世界。

だとすると、多分あそこに見えているのが解呪に必要な宝神具《アーティファクト》で、さっきまで視《み》ていた幻影はきっと、あれの力か……。

状況を整理すべく考え込《かんがこ》んでいると。

『やはり、娘の希望となるのは、貴方《あなた》ですか』

突然背後より聞こえた聞き覚えのある声に、咄嗟《とっさ》に俺達が振《ふ》り返ると、そこには幻影の中で見た姿と同じ、最古龍《さいこりゅう》ディアが静かに立っていた。

「母上!?」

ルッテの叫びに、フィリーネとミコラが思わず身構える。

俺も、突然現れた彼女に驚《おどろ》きを見せたんだけど。身体《からだ》はそれを許したくなかったのか。

「ぐっ……」

斬《き》った肩口《かたぐち》に激痛が走り、思わず顔を歪《ゆが》め、傷を押さえると、それに気づいたフィリーネが、すぐさま俺の肩に手を添《そ》え、聖術《せいじゅつ》、生命回復を掛け始めた。

「カズト。動かないで」

「悪い」

「いいのよ」

おい。俺が自分で斬ったってのに、何で微笑《ほほえ》んでるんだよ。

さっきまでなら絶対怒られてたろ。

思わずそう愚痴《ぐち》りたくなったけど、今はそんな事を言ってる場合じゃないな。

『ルティアーナ。久しぶりです』

「……お久しぶりです。母上」

親子がじっと見つめ合う。ディアは自然に。ルッテは緊張《きんちょう》しながら。

「……身勝手にここを離《はな》れ、人の世に旅立った事――」

『語るのは止《や》めましょう。詮無《せんな》きことです』

「ですが！　我《われ》は止められていたにも関わらず、世界に興味を持ち、母上との約束を破り外の世界に――」

「ルッテ。止めとけ」

俺は、感情的になり始めた彼女を制した。

　このやりとりを聞いて、気になっていた疑問が氷解したからな。

「この人は敵でもなきゃ、お前を責めもしないよ」

「は？　ディアを倒さねえと宝神具《アーティファクト》は手に入んねえし、ロミナの呪いも解けねえって話だったろ？　大体さっきだって、あのディネルって奴も俺達を襲《おそ》ってきたじゃねえか」

　思わずミコラが首を傾《かし》げる。

　けど、もう違うんだよ。

「ルッテは勝手に家出した。だから家に帰るなんてできないし、勝手に絶縁《ぜつえん》したと決めつけていた。違うか？」

「当たり前じゃ！　我《われ》は母上に反抗《はんこう》したようなもの。本来合わせる顔もない！」

「だけど、ディアはお前を導いただろ」

　その言葉に思わず目を瞠《みは》った彼女に、俺は語ってやる。

「いいか？　本気でお前を見限ってたら、わざわざこんな簡単に遺跡に来させやしない。ただ、宝神具《アーティファクト》は何も考えなしに貸せる代物《しろもの》でもないから、ディネルと戦わせて覚悟《かくご》ぐらいは試《ため》したんだろ」

「じゃああの幻影は何だったの？　彼女が仕《し》掛《か》けたのではないって言うの？」

『あれは、宝神具《アーティファクト》自身の力』

フィリーネの疑問に答えたディアの表情は、幻影の時と変わらない。

ただ、どこか優《やさ》しさを感じる気がする。

『元々私達四霊神《しれいしん》は、宝神具《アーティファクト》を護るために存在しておりますが、そもそも宝神具《アーティファクト》を扱える者など、世界で一握《ひとにぎ》りだけ』

ん？　扱える者が一握り？

「どういう事だ？」

『宝神具《アーティファクト》の力は非常に強大。もし選ばれぬ者が近づけば、心がその力に飲まれ、永遠に幻影の世界に囚《とら》われてしまうのです』

「って事は、さっきのあれ、俺達《おれたち》めっちゃ危なかったって事か⁉」

驚きを見せたミコラに、ディアは静かに頷《うなず》く。

『彼《かれ》が機転を利《き》かし、貴女達《あなたたち》を現実に引き戻さなければ、今頃《いまごろ》は皆《みな》、幻影の世界で心を殺されていた事でしょう』

「まじかよ……」

ミコラの顔から血の気が引いてるけど、まあそうもなるか。

俺も最初、幻影のディアに絶望してたからな。

たまたま『絆の加護』を使ったから気づけただけ。そうしてなかったら、きっと俺も心を殺されてたに違いない。

「それで、宝神具《アーティファクト》を扱える者っていうのは、一体誰《だれ》なの？」

フィリーネが我慢《がまん》できずに問いかけると、

『聖勇女《せいゆうじょ》か、魔王です』

「何だって⁉」

彼女が口にした絶望に、俺は思わず声をあげた。

それって、つまり……。

「は、母上。それは真《まこと》なのですか⁉」

『はい。宝神具《アーティファクト》とは、神に近しい力を持っていなければ扱《あつか》えぬ物。人の世でその力を持つ者は、その二人だけなのです』

「で、ですが！　四霊神《しれいしん》もまた、神に近しい力を持っておられるのでは……」

『いいえ。残念ながら、私達《わたくしたち》は神の名を冠《かん》してはおりますが、結局は人。宝神具《アーティファクト》を守護する力を与《あた》えられておりますが、それだけなのです』

ルッテの必死の問いかけにも、ディアは静かに言葉を返すだけ。

憂《うれ》いも見せず。悲しみも見せず。

……ったく。

死んだ魔王の呪いを解く為、呪いにかかって生死を彷徨《さまよ》う聖勇女《せいゆうじょ》の力がいるとか。どんな皮肉だよ……。

「そ、それでは……ロミナは、もう……」

ルッテが涙《なみだ》しながら失意に崩《くず》れ落ち。

「どうやっても、助けられないって言うの？」

フィリーネも悲しみに暮れ。

「ふざけんなよ！　ここまで来たんだぞ！　時間もねーんだぞ！」

ミコラもまた、悔しそうに唇《くちびる》を噛《か》む。

俺も苦しみ続けるロミナを思《おも》い浮かべ、思わず歯がゆさに目を伏《ふ》せた。

あいつを助けられない？　あいつは死ぬってのか？

くそっ！　何かないのか？　どうにかできないのか？

藁《わら》にもすがる思いで、必死に思考を巡《めぐ》らせていた、その時。

ふと、俺の脳裏《のうり》に過《よ》ぎった言葉があった。

──『やはり、娘の希望となるのは、貴方《あなた》ですか』

……俺が、希望？

確かに俺は、身体《からだ》を張ってルッテ達を助けた。だけどそんなものは、あいつの希望になんてなっていないはずだ。だってあいつは、ロミナが生きる事を望んでるんだから。

……って事はつまり、そういう事なんだな。

「……ディア」

『はい』

「隠《かく》さずに教えてくれ。聖勇女《せいゆうじょ》か魔王。その二人以外で、宝神具《アーティファクト》に認められるかもしれない奴がいるよな？」

『はい。神に認められし者であれば、ほんの僅《わず》かではございますが、可能性はございます』

「やっぱりか。じゃなきゃ、あんな事を言うわけないもんな」

肩を竦《すく》めながらゆっくりとディアに視線を向けると、彼女は依然《いぜん》熱を感じさせない瞳《ひとみ》のまま、こっちを見つめてくる。

「お前はルッテがたった一人の仲間を救うため、宝神具《アーティファクト》を使いたいってわがままを許すのか？」

『はい。助ける相手が聖勇女《せいゆうじょ》だというのもございます。ですが何より、この子が旅をして間もなく、世界の厳しさに打ち拉《ひし》がれていた時、娘を助けてくださったあの方への御恩《ごおん》。忘れてはおりませんから』

「は、母上……。何故《なぜ》、それを……」

突然の告白に、ルッテが涙目のまま目を瞠《みは》ると、ディアは何も言わず、初めて優しく微笑んだ。

そういや昔、ルッテが話してたな。

この世界に旅に出た矢先。どう生活すれば分からず彷徨《さまよ》い歩き、野垂れ死にしそうになっていたのを助けてくれたのが、まだ村で暮らしていたロミナだったたって。

……ディアはずっと、ここからお前を見守っていたんだな。だから俺達がここに来る事も分かったんだろ。

ちゃんと見ててくれる母親。良い親じゃないか。

「一応聞いておく。お前を倒《たお》さないと、宝神具《アーティファクト》を持ち出せない。そんな事はないんだな？」

『はい。確かに四霊神《しれいしん》は、世界に何があろうと宝神具《アーティファクト》を護《まも》り続ける存在。ですがそれは、魔王という世界を滅《ほろ》ぼしかねぬ存在に、宝神具《アーティファクト》を渡《わた》さぬ為《ため》』

「……カズ、ト？」

ディアとのやりとりに笑った俺を、呆《ほう》けた涙顔《なみだがお》でルッテが見上げてくる。

「ったく。何めそめそしてんだよ。散々言ったろ？　お前は笑っとけって」

お前には、いっつもいじられてるからな。

俺はしゃがんだままのあいつに仕返しするように、頭をくしゃくしゃっと撫でてやる。

「で、ディア。どうすりゃ俺は、あんたの娘の願いを叶《かな》えられるんだ？」

『貴方《あなた》が宝神具《アーティファクト》に触《ふ》れ、受け入れられれば』

「へー。随分《ずいぶん》簡単なんだな」

『ですが、貴方《あなた》は聖勇女《せいゆうじょ》でも魔王でもありません。貴方《あなた》が思う以上に、厳しき試練となるでしょう。無論、受け入れられなければ間違いなく、死が待っています』

「そうか。ま、その程度で諦めろなんて言われてもな。俺は元々魔王と同じくらい強い、最古龍《さいこりゅう》なんてのと戦う覚悟をしてたんだ。死ぬかもなんて不安、とうに捨ててるさ」

俺は、鼻で笑うと閃雷《せんらい》を一振《ひとふ》りして血を払い、静かに鞘に戻す。

既にフィリーネのお陰《かげ》で、肩の傷も腕《うで》の痛みもない。これならいけるだろ。

「カズト。お主……まさか……」

「どうやらまだ希望があるらしいから、ちょっと行ってくる」

「待てよ！　俺も行く！　魔王や聖勇女《せいゆうじょ》じゃなくってもいいなら、俺でもいいんだろ⁉」

思わず俺に掴《つか》み掛《か》かるミコラ。

気持ちは分からなくもない。だけど、お前じゃダメなんだよ。

「……絆の女神《めがみ》の、呪いね」

口惜しげなフィリーネの言葉に、悲しき現実に気づいたミコラが愕然とすると、ぐっと口を真一文字に噤《つぐ》む。

「酷《ひど》い言い方だな。女神様の力だって」

そう言って笑った俺を。

ルッテは辛《つら》そうな表情で。

ミコラは俺を掴《つか》んだまま落胆《らくたん》し。

フィリーネは己《おのれ》の無力を悔《く》やみながら。

じっとこっちを見つめてくる。

「悪いな。見せ場は譲《ゆず》れないいんだ。魔王を倒し損《そこ》ねたし、たまには目立ちたいからな」

俺は冗談《じょうだん》交じりにそう言うと、ゆっくりとミコラの手を振り解《ほど》き、宝神具《アーティファクト》に向き直る。

あいつが放つ、怪しく輝く光。

さっきの件もあるし、普段《ふだん》なら絶対近寄りたくないいんだけどな。

「三人とも。この部屋から出ていてくれ」

「な、何でだよ⁉」

「今俺は、お前達《たち》が宝神具《アーティファクト》に飲まれないよう、絆の女神の加護を回してる。だけどこの先、そうもしてられないからな」

「貴方《あなた》、何時の間に……」

「気づかれぬまま、仲間に加護を与え強くする。忘れられ師《ロスト・ネーマー》らしいだろ？」

「それで我等は、幻影に惑《まど》わされずに済んでおるのか……」

「ま、そういう事」

肩越《かたご》しに見た三人は、互《たが》いに悔《くや》しそうな顔で俯《うつむ》いている。

一緒《いっしょ》に戦うと決意した矢先に蚊帳《かや》の外じゃ、そんな顔にもなるか。

……気持ちはよく分かるさ。半年前。俺もそれを味わったからな。

覚悟してたのに残されるって、案外辛いもんだろ？

「……嫌《いや》だって言ったら、迷惑《めいわく》だもんな」

「ああ。悪いな」

「……ちゃんと帰ってくるわよね？」

「当たり前だろ。宝神具《アーティファクト》を手にして、ロミナの元に帰らないといけないんだからな」

「……最後までお主に頼《たよ》るしかないとは……。すまぬ……」

「いいって。仲間なんだろ？　頼っとけよ」

口惜しげな言葉ばかり口にする仲間達に、俺はパーティーを去る事になった日と同じように、背中を向けたまま手を上げ歩き出す。

しけた顔し過ぎだよ。俺まで釣《つ》られてたまるかってんだ。

『御武運《ごぶうん》を』

静かなディアの言葉と共に届く、扉《とびら》の開く音。

少し間を置き、後ろで足音がすると、続くように、扉が重々しく閉じる音がした。

三人が部屋の外に出たのを俯瞰《ふかん》視点で確認し、『絆の加護』を解除した俺は、静けさに包まれる部屋を進むとゆっくり祭壇に上がり、宝神具《アーティファクト》の前に立つ。

さて。鬼《おに》が出るか。蛇《じゃ》が出るか。

まあ、どちらが出ようがこれが最後さ。

こいつを乗り切って。ロミナの呪いを解いて。

あいつを救って、みんなに最高の未来を見せたいからな。

「……いくぜ」

ふぅっと息を吐《は》き、勇気を振り絞《しぼ》った俺は、怪しく光《ひか》り輝く宝神具《アーティファクト》に両手を伸《の》ばすと、それにそっと触れたんだ。

——それは、本当に一瞬の出来事だった。

気づくと俺は、まるで宇宙空間のような場所に立っていた。

暗闇《くらやみ》に大小の光が瞬く、夜のような世界の中。

少し離れた所に、四角に光る何かが見える。

それ以外にめぼしい物もない。って事は、あそこに行けばいいんだろうか。

俺が歩き出そうとした、その瞬間。

『ほほう。この天地の狭間《はざま》に立てるとは。確かにディアの言う通り、資格はあるやもしれんな』

何処《どこ》か厳格さを感じる男の声がしたけど、周囲を見回してみても、辺りには誰もいない。

「誰だ？」

『私は、お前が欲《ほっ》する物。解放の宝神具《アーティファクト》、ギアノス』

「は？　道具に意思があるのか!?」

『我等はただの道具ではない。人の魂《たましい》より生み出されし物だからな』

「人の魂から？」

『そうだ。古《いにしえ》の時代、神々を目指した賢者《けんじゃ》たる者の魂。それを宿しし道具。それが宝神具《アーティファクト》』

……人の魂が宿っているだけでも驚きだけど。

会話の端々《はしばし》から感じるのは、後悔《こうかい》でも未練でも怨《うら》みでもなく、誇《ほこ》り。

そんな雰囲気《ふんいき》を強く感じるのも驚きだな。

『そうだ。我等は自ら望み、この力を得た。それは充分《じゅうぶん》に誇りだ』

「ちょ!?　心まで読むのかよ!?」

『ここは言わば、我《わ》が精神世界。造作もない事よ』

何だよ。ここじゃ隠し事《ごと》もできないって事かよ。

まあいいか。その方が話が早い。

気持ちを割り切った俺は、迷う事なくこう本音を口にする。

「俺は、聖勇女《せいゆうじょ》ロミナに掛かった、魔王の呪いを解きたい。力を貸してくれないか？」

『何故、ディアが宝神具《アーティファクト》は聖勇女《せいゆうじょ》か魔王にしか扱えないと言ったか。理由は分かるか？』

「神に近しい力を持つからって聞いた」

『確かにそれもある。だが、もうひとつの理由。それは覚悟だ』

「覚悟？」

『そうだ。聖勇女《せいゆうじょ》は世界を救う為に、その名に世界を背負い。魔王は世界を滅ぼす為に、その名に世界を背負う。人や魔物《まもの》。動物や植物。精霊《せいれい》や魂。その全てをその名に背負う覚悟を持っている者達だからこそ、我《われ》を扱う資格があるのだ』

……なんていうか、目から鱗《うろこ》だ。

聖勇女《せいゆうじょ》だけでなく、魔王までそんな物を背負ってるなんて、思ってもみなかったからな。

でも……昔ロミナが聖勇女《せいゆうじょ》に選ばれ、不安になった理由が今なら分かる。

お前も、それだけの物を背負ってたって事なんだよな……。

『お前に、そこまでの覚悟は持てるか？』

「いや。ないね」

ギアノスの問いに、俺は迷わず答えた。

「だけど、あいつを救いたい気持ちだけなら、負けはしない」

『その程度か？』

「ああ。あんたにとってはその程度さ。だけど、俺にとっては大事なんだよ。この世界を必死になって救ってくれたロミナが死んだら、仲間も、彼女《かのじょ》に救われた人々も、それこそ絆の女神だって哀《かな》しむんだ。だから力を貸してくれ」

どうせ心を読まれてるんだ。何を迷うか。

そう思って、真剣《しんけん》な気持ちで答えたんだけど。

『神までも哀しむ、か。その考えには至れなかった。中々に面白《おもしろ》い』

……あのさぁ。俺、これでも真面目に話したんだぞ？

面白がられた事に拍子抜《ひょうしぬ》けし、俺は何とも言えずに頭を掻《か》く。

『お前は本当に、心を偽《いつわ》ろうとはせんのだな』

「心を読まれてるって言われたからな。普段は嘘《うそ》ばっかり吐《つ》いてるけど」

『確かに。それで随分と女達を泣かせているようだな』

「おい。そういう言い方は止《や》めろよ」

『はっはっはっは！　お前は実に面白い』

おいおい。お前、人間味ありすぎだろ。

あ、でも元は人間なんだし、そんなもんなのか？

俺《おれ》の戸惑《とまど》いなんてお構いなしに、楽しげに高笑いをしたギアノスは、こう言葉を続けた。

『では、ひとつだけ試練をやる。それを乗り超《こ》えし時は力を貸そう』

「本当か？」

『うむ。だが忘れるな。試練を越《こ》えられぬ時には、お前はこの場で死を待つだけだ』

……この場で死ぬって事は、ここから出られないって事だよな。

食事にありつけずに、飢《う》えて死ぬのか。それとも、永遠の孤独《こどく》に嫌気《いやけ》がさして、自ら死を選ぶのか。そういう話なのかもな。

俺がここで死ぬ時、ロミナも死ぬ……それは嫌だな。

せめてあいつだけは、何としても助けたい。死ぬんならそれからだ。

「分かった。で、どんな試練だ」

『光の扉より、現れし者と戦え』

「分かった。それを倒せばいいんだな？」

『戦い、選択《せんたく》せよ』

「は？　選択？　どういう事だ？」

『答えは己《おのれ》で考えよ』

ちょっと待て。さっぱり意味が分からないぞ。

倒せばいいのか？　倒さない方がいいのか？　それとも他に何かあるのか？

選べばいいだけなのか？　それとも、正解でなきゃだめなのか？

答えの分からぬ問いかけに、俺が混乱していると、さっきから見えていた光の扉って奴《やつ》に、ふっと黒い人影《ひとかげ》が浮かび上がると、ゆっくりと歩み出た。

光が強すぎて、その姿はまだ分からない。……誰だ？

光の扉が消え暗闇が戻《もど》ると、ゆっくりと近づいてきた人影が、空で瞬《またた》く光にうっすらと照らされ、少しずつ見えてくる。

……まさか。

俺は、そこに立つ見覚えのある姿に、思わず目を疑った。

魔力《マナ》を帯び輝く、白銀色の胸当てに、水色のスカート。

脚《あし》や腕にも、鎧《よろい》とセットの脛当《すねあ》てや腕当てを着けている。

左手には、草紋《そうもん》の装飾《そうしょく》が施《ほどこ》された、淡《あわ》い光を放つ聖なる盾《たて》。

右手には、鞘から抜《ぬ》かれた、鋭《するど》い輝きを持つ聖剣《せいけん》、シュレイザード。

長い薄茶《うすちゃ》色の髪《かみ》と、同じ色の瞳をじっとこちらに向けてくる、凛《りん》とした少女。

そこにいたのは――。

「ロミナ……」

共に旅した時の姿をした、俺が最も助けたい聖勇女《せいゆうじょ》だった。

ゆっくりと、俺の前に歩いて来た彼女が立ち止まると、じっとこっちを見つめてくる。

澄《す》んだ瞳には、寂《さび》しさも、優しさも感じない。

それなのに、俺は彼女を前にした瞬間、本人がいるように感じられて仕方なかった。

……いや、ありえない。

あいつは、今だって苦しみながら、王宮の部屋にいるはずだ。

きっとさっきと一緒だ。これは幻影。騙《だま》されるな。

俺のそんな心の内を知ってか知らずか。

「カズト」

俺の名前を口にした彼女は、突然とても寂しげな、しかし恨《うら》み辛《つら》みのある悔しそうな顔をした後、剣《けん》と盾を構えると。

「何故……何故あなたは！」

そう強く叫《さけ》んだ。

……それは、本能だった。

強く感じた殺意に、俺は咄嗟《とっさ》に閃雷《せんらい》を抜く。

キイイイン！

鋭い金属音が辺りに響《ひび》いた時。彼女は聖剣を振るっていた。受けるのが一歩遅《おく》れれば、俺の首が飛ぶ。そんな場所を狙《ねら》って。

だけど、それは始まりの合図でしかなかった。

「何故あなたは、私達といてくれなかったの⁉　私達の元に戻ってくれなかったの⁉」

叫びながら振るわれる、聖勇女《せいゆうじょ》の剣撃。

その全てに殺意があり、その全てに鋭さがある。

はっきり言って、俺は受け止め、往《い》なすので精一杯《せいいっぱい》。

これが魔王《まおう》をも倒した、彼女の本気って奴かよ。

防戦一方。それでも集中力を切らさず、何とか剣を捌《さば》く俺に対し、ロミナは心を揺《ゆ》さぶるかのように、俺に言葉を刺《さ》してきた。

「私は信じてた！　あなたの元に帰れるって！　あなたとまた、笑顔《えがお》で旅ができるって！

それなのに！　あなたは私の前から姿を消し！　私の中にあった記憶《きおく》を消し！　私の前に戻って来てはくれなかった！」

強い言葉と共に、涙を見せる彼女。

ロミナが記憶を失ったのを知っている⁉

そんな事あるはずない。あるはず……いや、あったのか？

あの時、あいつは覚えてるって言った。

誰かが励《はげ》ましてくれたって。誰かの元に帰りたいって。

もしかして、俺が助けたって知ってたのか？　本当は覚えてたのか？

だけど、そんな事言わなかった。言わなかったのなら、覚えてないんじゃないのか？

「カズト！　何故なの⁉　答えて！」

叫びに込められた想《おも》いと同じくらいに重い剣撃が、受けた俺を一気に後ろに押《お》し返す。

答えろって……。だって……だって！

「お前達は俺がいなくたって、魔王を倒して帰って来たじゃないか！　そんなパーティーに、今更《いまさら》Cランクの俺なんて要《い》らない。そう思ったんだ！」

「そんな事ない！　だからこそ、私はあなたに待っていてほしいって伝えたのに！　それなのに、そんな理由で想いを踏《ふ》みにじったっていうの⁉」

「仕方ないだろ！　俺は忘れられ師《ロスト・ネーマー》なんだ！　俺がパーティーを離れたら記憶が消える！　呪《のろ》いで記憶は消えるんだ！　忘れられた奴なんかに、戻る場所なんてないだろ⁉」

「だったら何故先にそれを話してくれなかったの⁉　もっと早く言ってくれれば良かったのに！　分かってたら、私はずっとあなたの側にいた！　パーティーから離れてなんて言わなかった！　それなのに！　何故？　何故なの⁉」

剣撃が鋭さを増す。

……いや。その答えに俺の動きが僅かに鈍《にぶ》り、受けきれなかった剣が頬《ほお》を掠《かす》め、鮮血を生んだだけ。

俺だって色々考えたんだ！　迷ったんだ！

だけど、俺はパーティーに不釣《ふつ》り合いだったし、実力不足でお前達に必要とされなくなった！

だから俺は、忘れられ、もう戻れないと覚悟を決めて、アシェを託《たく》して離れたんだ！

俺はそんな自身の想いを口に──できなかった。

……こんなものはきっと、言い訳だって気づいていたから。

そして、みんなを仲間だなんて言いながら、本当の事すら話せなかったんだから。

「私も！　ルッテも！　ミコラもフィリーネもキュリアも！　みんな、あの時苦しんだのに！　沢山《たくさん》迷って必死に決断したのに！　あなたは！　あなたって人は！」

泣きながら放たれる言葉。

俺は、みんなをそこまで苦しめてたのか？

……そうだよな。きっと、苦しめたんだよな。

心に刺さる言葉は、身体《からだ》に刻まれる無数の傷なんかよりよっぽど痛くって。

俺の弱い心があっさりと悲鳴を上げた。

本当は、ずっと一緒にいたかったさ。

お前達が仲間として俺を見てくれてたのは、本当に居心地《いごこち》が良かったから。

だから辛い戦いの中でも、こっそりと『絆《きずな》の加護』でみんなの力になろうって必死になって。そうやって少しでも力になれたのが、何より嬉《うれ》しかったんだ。

だけど、同時に怖《こわ》かった。遅《おそ》かれ早《はや》かれ、忘れられてしまう事が。

どうせ何時《いつ》か忘れられるなら。どうせ何時か離れる事になるなら。

逢《あ》わなくてもいい。忘れられてもいい。

今までもそうだったから、お前達ともそれでいいって思ったんだ。

俺を忘れてもきっと、お前達は幸せになるって信じてたんだ。

それが今、お前を苦しめ、みんなを苦しめてるんだな……。

「……ごめん」

失意に耐《た》えられず、そう呟《つぶや》いた瞬間《しゅんかん》。

俺は、強く放たれた剣撃を受け切る事ができず——ロミナ《彼女》に、斬り捨てられた。

「ご……ふっ……」

胴《どう》を袈裟斬《けさぎ》りにされた瞬間。意識が飛びそうな程《ほど》の激痛が、俺の身体《からだ》を走る。

これは、死……ぬ……。

……なんて、甘《あま》かった。

真っ二つに斬られたはずなのに、俺は普通に両膝《りょうひざ》を突《つ》いた。

痛みは身体《からだ》に残り、呼吸は死の間際《まぎわ》のように荒《あら》くなっている。

だけど、生きていた。死んだと思っていたのに、生きていたんだ。

「カズト。私はずっと苦しんできたの。ずっと悩《なや》んできたの」

そう口にしながら、俺の前に立つロミナ。

だけど、あまりの痛みに顔を上げる事ができない。

そんな中。彼女の足元に、落ちる涙が見えた時。俺の身体《からだ》が死を拒否《きょひ》し、後ろに跳《は》ねた。

ガキィィインと、空を切った聖剣が床《ゆか》を叩《たた》く。

その音が俺をはっと我《われ》に返し、思考を取り戻させると、痛みを堪《こら》え身構える。

死んだはずだけど、死んでない。これって……。

——『だが忘れるな。試練を越えられぬ時には、お前はこの場で死を待つだけだ』

……そういう事、かよ。

つまり、このままじゃ俺は、生きて死の痛みを無限に味わい続けるだけ。

心から殺す気か。いや。心が死ねるかも怪《あや》しいだろ。

だけど、俺に一体何ができる？

彼女の語る想いに、俺は嘘を感じられなかった。

幻影《げんえい》かもしれないのに。過剰《かじょう》過ぎる気さえしたのに。

さっきのは、選択にならなかった？　俺が選ぶべきは、ロミナを殺す事だってのか？

何が答えだ？　何が真実だ？

……迷うばかりの心じゃ無理だった。本能があっても、心がついてこないんじゃ。

「カズト。ごめんなさい。もう約束なんていい。呪いを解いて貰《もら》えず死んだっていい。その代わり、あなたも一緒に死んで。これからも、ずっと一緒にいて」

盾を手放し聖剣を両手に構えたロミナの強い剣撃。痛みのせいで、俺はそれを数撃受け流すので精一杯。

そして……俺はまたもあっさりと、胴を真横に薙《な》ぎ払われた。

「ぐ……ふっ……」

またも走る激痛に、考えていた思考が吹《ふ》き飛び、身体《からだ》が恐怖《きょうふ》で強《こわ》ばったけど、次の剣撃を本能が避《さ》けさせる。

でも、すぐさま振《ふ》られた一閃《いっせん》で掠《かす》めた刃《やいば》が、脚から血が吹き出させ。そのまま避けきれず、剣を突き刺された腕からも血が流れ。そんな数々の傷は、死の痛みと共に消えていく。

命を奪《うば》われる度《たび》に走る激痛が、身体《からだ》も心も強く蝕《むしば》み、あまりの痛みに頭が酷く警鐘《けいしょう》を鳴らす中。俺の心を染めたのは、恐怖以上の後悔だった。

どうして俺はこうなった。

何で俺は、こんなに苦しまなきゃいけないんだ。

死ぬのは怖い。それなのに、何で俺はこんな道を歩んでいるんだ。

ただ、後悔と痛みばかりを感じていた、その時。

まるで走馬灯のように、あの日の事が思い浮《う》かんだ。

あれはもう二年以上前。この世界に来る前の話だ。

高校二年だった俺は、学校の帰り道で、一匹《ぴき》のイタチを見つけた。

真っ白でふわふわとした毛並みの可愛《かわい》い奴が、弱って道端《みちばた》に倒れてたんだ。

別に動物は好きでも嫌《きら》いでもないけど、何となく放っておいちゃいけないいって思って、俺はそいつを抱《かか》え、孤児院《こじいん》に戻った。

とはいえ、シスターに見つかったらきっと怒《おこ》られる。

だから、こっそり自分の部屋に連れ帰ったんだけど。

そのイタチが、ベッドの上で目を覚ました途端《とたん》、こう言ったんだ。

『あなた、私が視《み》えるの⁉』

いやいやいやいやいや。何でイタチが喋《しゃべ》ってるんだよ⁉

まあ本気で驚《おどろ》いた。驚いたから聞いたんだ。

「お前、何者なんだよ⁉」

って。

そうしたら、イタチが突然《とつぜん》、人に変身したんだ。

ピンク色の長い髪の、空色のローブ姿の美少女って感じだったかな。一度しか見てないから、ちょっとうろ覚えだけど。

人の姿になった彼女は、

『異世界フェルナードから来た絆の女神、アーシェよ』

なんて、自信満々に言ってきたけど。

最初は本気で、俺の頭がおかしくなったのかって思った。

ラノベの読み過ぎか？　ゲームのし過ぎか？　って。

だけど、そんなのお構いなしに。

『あなたは私が視《み》えるんだから、こっちの世界と繋《つな》がれるわ。だから、私の力になってくれない？』

なんて言い出した。

聞いた話を要約するとこうだ。

前にも話した通り、彼女は向こうの世界で古《いにしえ》より存在する女神らしいんだけど。近年、彼女を信仰《しんこう》する者はめっきり減って、女神としての力をかなり失っていた。

そんな中、突然世界に魔王が現れ、人々を苦しめだしたんだそうだ。

で。女神の力が戻らなければ、魔王に対抗《たいこう》できない。でも、自分ではどうにもできないから、力を取り戻す手伝いをしてほしいと頼《たの》んできたんだ。

「俺が魔王を倒すって訳じゃないのか？」

よく読んでいたラノベの定番とは違《ちが》う話だったけど、彼女は『そうよ』と答えた。

「俺が行っただけで、どうにかなるもんなのか？」

そりゃ思うよな。たかだか一人異世界に飛ばして、何が変わるんだって。

だけど、今考えても、あいつの答えは適当だったな。

『世界を旅して、人助けしたりしながら布教でもしてよ。絆の女神の思《おぼ》し召《め》しだとか何とか言って』

あの時は本気で呆《あき》れたっけ。リアルで宗教勧誘《かんゆう》かよって。

「じゃあ、何か凄《すご》い能力とか貰えるのか？　俺、ゲームくらいしか取り柄《え》ないけど」

ぶっちゃけ一番の問題はここだ。

一応、人並みに勉強はできるし、運動神経もある。だけど、それだけだからな。

ラノベなら、ここで力を貰って、それで無双《むそう》したり、逆境を跳ね返す。

だけどこの時、アーシェははっきりと表情を曇《くも》らせ、歯切れ悪くこう口にした。

『あげられなくもないけど……止《や》めたほうが、いいと思う』

彼女がそこまで心配してくれたのは、女神の呪いのせいで、俺がこの世界に戻ってこられない事。

確かに、そうなったらこっちの世界の人達ともう会えない訳だし。今考えたら、あの時から、アーシェは生意気だったけど、優《やさ》しい所もあったっけ。

「俺が向こうの世界に行ったら、こっちの人達は心配するのか？」

「いいえ。この世界から離《はな》れた途端、あなたはみんなの記憶から綺麗《きれい》さっぱり消えるわ。

でも戻ってくれれば、まるで今まで一緒だったかのように記憶も戻るの。だから、力なんて当てにしないほうがいいわ。こっちに戻ってきたいでしょ？」

きっと親切心からの忠告だったんだろうけど、俺は結局、迷わずこう答えたんだ。

「わかった。じゃあ呪いをかけてくれ」

ってさ。

……正直俺は、この世界にあまり未練がなかった。

両親は物心つく前に、事故で俺を残して死んだって聞かされていたし、兄弟なんかもいなかった。学校にはちゃんと行っていたけど、それほど仲の良い奴もいない。

孤児院の子達に懐《なつ》かれる事もあったけど、それはあくまで年長だったから。

シスターも凄く優しくていい人だったけど、彼女はいつもこう言っていた。「人の役に立てるようになりなさい」って。

なら、人じゃないけど、女神の役に立つのもありかもって思ったし。こっちの人達が俺を忘れるなら、誰《だれ》も悲しむことはないって思ってさ。

この世界に渡ってすぐは、本当に酷かったな。

イタチの姿に戻った幻獣《げんじゅう》アシェが一緒にいたけど、当時は女神としての力なんてまったくなくて。

俺の力もパーティーに入らないと発揮できないから、最初はただの一般人《いっぱんじん》。

だから、いきなり街道《かいどう》でゴブリンに襲《おそ》われたけど、何もできずに転移早々に死にかけて。

たまたま通り掛かったパーティーのお陰で、何とか九死に一生を得たんだ。

暫《しばら》くそのパーティーに加えてもらって腕を磨《みが》き、『絆の力』のお陰もあって、何とか冒《ぼう》険者《けんしゃ》ギルドにも登録できて、恩人達のパーティーから離れたんだけど。

数ヶ月後に偶然《ぐうぜん》再会した時、本当に俺を忘れていたのには、本気でがっかりしたもんだ。

礼のひとつすら言えないんだからさ。

そんな中、ずっとアシェがいてくれたのだけが、心の拠《よ》り所《どころ》だった。

俺がパーティーを組んでいない時は、彼女も俺を見失うと、こっちの事を忘れてしまう。

呪いはそれくらい強いから、普段からずっと一緒だったし、俺が風呂《ふろ》とか入る時も、できる限りドアを開けて、カーテンなんかで足だけ見えるように工夫《くふう》したりして。

あいつは一生懸命《いっしょうけんめい》、俺を忘れないよう見守ってくれていたけど。それはそれで不自由だったろうし、きっと大変だったと思う。

しかも、幻獣の姿をしている以上、他人と話なんてできない。だから、話し相手は俺だけだったし、中々力も戻らない中、ただ付いてくるだけだったろ。

きっと、あいつも辛かったに違いない。

だけど、二人だったから頑張《がんば》れた。

苦しくても、辛くても。怖くたってやってこられたんだ。

そして、そんなお前がいてくれたからこそ、ロミナ達に出逢《であ》えたんだよな。


何度目かも分からない激痛に、俺はまた現実に引き戻された。

膝《ひざ》を突いたまま、痛みと息苦しさでもうほとんど動けない。

殺されても身体《からだ》は元に戻り、また殺され、死の痛みを味わい続ける。

まるで、地獄《じごく》に落ちた亡者《もうじゃ》にでもなった気分だ。

ロミナは未《いま》だ泣き、何かを言い、俺を斬《き》る。

鍛《きた》えた身体《からだ》って凄いのは、こんなになっても、何とか避けようとするんだ。

だけどもう限界だな。痛みのせいで、頭がぼんやりしてるし。言葉を聞くのも、考えることも拒否しだしてる。きっと本当に、心がなくなるかもな。

……アーシェ。見てるか？

俺は今、この世界で、死ぬ程酷《ほどひど》い目に遭《あ》っている。

だけど、お前は何も悔やまなくていいからな。

安心しろ。お前のせいじゃない。俺が選び、俺が決めたからここにいるんだ。

だから俺は、みんなに忘れられてもいいんだ。俺が苦しんでもいいんだ。

本当は、お前やみんなともっと旅をしていたかったし、忘れられたくもなかった。

でもさ。俺はお前と逢えて良かったよ。お前が女神に戻れて良かったよ。

俺はもう、ずっとここにいるんだろ。もう、ロミナを助けられないんだろ。

それだけが心残りだけど、仕方ないよな。

ロミナ……みんな……ごめんな……。

……なぁアーシェ。俺、何時か死ねるかな?

死んだら、生まれ変われるかな?

生まれ変わったらでいいからさ。

またお前と仲間になって、みんなと一緒に旅をして。色々な世界を見て回れたらいいな。

その時はまた、俺とパーティーを組もうぜ。

……もう、呪いは勘弁《かんべん》だけどな。


俺は、目の前のロミナの言葉すら耳に届かないまま、ただ跪《ひざまず》いていた。

分かっているのは、彼女がまた、俺に死の痛みを植え付けようとする事だけ。

新たに襲い来るであろう痛みに、恐怖で身体《からだ》がびくっと震《ふる》える。

だけど、もう動く気力もない。

俺は、もう……このまま……。

心が考えるの止《や》めようとしたその時。

俺の手で紋章《もんしょう》が眩《まばゆ》く光った直後。何かが聞こえた気がした。

──『またなんて言わず、今でいいじゃない。まったく。これだからあなたは……』

……この、呆れ声……。

ゆっくりと顔を上げ、虚《うつ》ろな目を向けると。そこにあったのは、未だ寂しげなロミナが聖剣を俺に振り下ろそうとする姿だけ。

……ははっ。幻聴《げんちょう》かよ。

弱々しく笑った俺に、ロミナが迷いなく聖剣を振るった、その瞬間。

キィイイイン！

突然。目の前に降って来た聖剣が、彼女の聖剣を止めていた。

──『カズト。死にたいの？　生きたいの？　はっきりしなさいよ！』

聖剣同士が奏《かな》でた澄んだ音と、頭に響く叱咤《しった》の声が、俺の意識をはっきりとさせる。

……死にたいか？　生きたいか？

どっちでもいい。ただ俺は、せめて、ロミナを……。

──『なら、さっさとそれを手に取りなさい。そして選ぶのよ。あの子を助ける為《ため》に、あなたがどうすべきかを』

……ったく。痛み過ぎて、動くのすらきついんだぞ。

そんな奴をけしかけるとか。ほんと酷《ひど》い女神《めがみ》だな。

……俺を、思い出してるのか？

──『当たり前よ。この場所は神の世界に近しいから、私とパーティーを組もうなんていう、あなたのふざけた願いが届いたのよ。で、仕方ないから受け入れてあげたら、そのせいで沢山思い出しちゃったわ。あなたがどれだけ優しかったかも。あなたにどれだけ辛《つら》い思いをさせたかも……』

……ふん。しんみりしやがって。

サンキュー、アーシェ。話は後だ。

俺は呆れ笑いを見せながら、痛む身体《からだ》に鞭打《むちう》ち、無理矢理《むりやり》立ち上がった。

目の前のロミナの顔にありありと浮かんだのは、ありえないという強い驚き。

……ごめんなロミナ。諦《あきら》めが悪くって。

……ごめんなみんな。もう少しだけ、待っててくれ。

……悪いな閃雷《相棒》。ちょっとだけ浮気《うわき》するぜ。

握《にぎ》っていた閃雷《せんらい》から手を離し、目の前の聖剣シュレイザードの柄《つか》を両手で掴《つか》むと、床から引き抜く。

痛みだらけの身体《からだ》のはずなのに。初めて手にしたはずなのに。

こんな身体《からだ》でも戦える。そんな勇気を蘇《よみがえ》らせてくれた聖剣は、まるで手足のように軽く、しっくりとくる。

「……ロミナ、ごめん。俺、もう少しだけ死ねない」

俺が新たな相棒を構え、彼女に正対すると。

「いいえ！　私と一緒《いっしょ》に死んで！」

より鋭い叫びと共に、聖勇女《せいゆうじょ》の力強い剣撃が向けられた。

咄嗟《とっさ》に受け流した一撃《いちげき》から、またも彼女の連斬《れんざん》が続く。

だけど。手にした聖剣は俺の想いに応え、身体《からだ》に痛みすら感じさせず、まるで意思を持つかのように、その全てを捌き、弾《はじ》き、往なしてくれる。

そういや昔、お前とこうやって、よく剣の稽古《けいこ》をしたよな。

本当にお前は強くって、付いていくのに必死だったっけ。

……ロミナ。お前は本当に強いよ。強くなったよ。

だけどな。お前の本当の強さはこんなもんじゃない。

人々を護《まも》る覚悟《かくご》と決意を持って剣を振るったからこそ、お前は強かったんだ。

哀しみと憎《にく》しみしかない今のお前の振るう剣なんて、まだ俺の方がましだ。

いいか？

俺は、お前みたいな覚悟なんて持ってない。

世界を護り、人々の想いを背負って戦う覚悟なんてない。

でも……お前を助けたい。その覚悟だけはもう、譲《ゆず》れるもんか！

互《たが》いに一撃を与《あた》えられないまま数合交えた後。お互いに大きく後ろに跳ね距離《きより》を取ると、
ロミナはすっと前のめりになり、両手で持った聖剣を下段に構え、鋒《きつさき》を後ろに向けた。

俺はその構えを見たことはない。だけど、そこから放たれる技は知っている。

「ふーっ」

俺は彼女とまったく同じ構えを取り、細く長く息を吐く。

魔王を倒《たお》したと言われる、全身全霊《ぜんしんぜんれい》を込《こ》めた聖勇女《せいゆうじょ》の最終奥義《おうぎ》。

希望の斬撃。最後の勇気《ファイナル・ブレイブ》。

聖勇女《せいゆうじょ》の奥義なのに、まるで抜刀術《ばつとう》のような構え。

これじゃまるで、俺が勇者みたいじゃないか。皮肉なもんだ。

彼女は涙《なみだ》を流しながら、表情を引き締《し》め。

俺も迷いを吐《は》き捨てながら、表現を引き締める。

互いに動かず、暫《しばら》く間を置き。

――瞬間。俺達《おれたち》は同時に動いた。


「私と死んで！」

「お前は生きろ！」

互いに聖剣を上に薙《な》ぎ払《はら》い、放った光の奔流《ほんりゅう》。

二つの光が中央でぶつかり合い、空中で暫《しばら》く競《せ》り合った後、互いに爆散したその刹那《せつな》。

俺は、迷わず斬った。

勇気を乗せた神速の踏み込みで。覚悟を重ねた返《かえ》し刃《やいば》で。

抜刀術秘奥義《ひおうぎ》。心斬《しんざん》・極《きわめ》。

斬りたいものだけを斬るその刃《やいば》で、俺は光が弾け飛んだと同時に、一気にロミナの懐《ふところ》まで踏み込むと、彼女を袈裟《けさぎ》斬りにした。

聖剣がロミナの身を引き裂《さ》く事はなく。彼女の心を殺す事もなく。

闇《やみ》に囚《とら》われし、彼女の哀しき想いだけを断《た》ち斬る。

こんな事、今までにやった事なんてない。

だけど、今ならできると思ったんだ。

アーシェが共にいてくれたから。

そして……ロミナを斬ってでも、彼女に未来を見せたいって、覚悟ができたから。

「きゃぁぁぁぁぁぁぁぁっ!!」

瞬間。ロミナに宿っていた、哀しく重々しい気配が悲鳴と共に消え去ると、あいつの身体《からだ》から力が抜け、倒れ込みそうになる。

俺は、咄嗟《とっさ》に彼女を支えると、その身をぎゅっと抱《だ》きしめた。

「……カズト……ごめんね……」

耳元に届く、か細く消えさりそうな涙声《なみだごえ》に。

「気にするなって。その代わり、ちゃんと幸せになれよ」

ふっと笑《え》みを浮かべそう応える。それが限界だった。

気が抜けたせいか。突然《とつぜん》襲《おそ》った激痛に、意識が一気に遠ざかり、目の前が真っ白になる。

そして、意識が途切《とぎ》れる間際。

『お前は選び、選ばれた。約束通り力を貸そう』

満足そうなギアノスの声が、聞こえたような気がした。

§ § § § §

……ぼんやりとした頭。耳に届く、馬が駆《か》ける音。

何かに乗っているのか。時折、小さな振動《しんどう》が身体《からだ》を揺らす。

……ここは？

俺は、ゆっくり目を開こうとしたんだけど。

「うっ……」

眩《まぶ》しさがそれをさせてくれず、思わず顔をしかめてしまう。

「カズト！」

聞き覚えのある、俺を呼ぶ悲痛な三人の声。

何とか目を開けると、そこには安堵《あんど》した表情で俺を真上から覗《のぞ》き込む、ルッテ、ミコラ、フィリーネの顔があった。

「……早馬車《はやばしゃ》、か？」

「そうじゃ」

「……宝神具《アーティファクト》は？」

「貴方《あなた》が大事そうに抱えているわ」

　フィリーネの言葉に視線を胴に向けると、彼女《かのじょ》の白い翼《つばさ》が毛布代わりに掛《か》かった身体《からだ》の上で、確かに俺は宝神具《アーティファクト》を抱えていた。

　怪しげな光は、すっかり鳴りを潜《ひそ》めている。まるで、こいつも眠《ねむ》っているかのようだ。

「俺……どれくらい寝《ね》てた？」

「今日で三日。正直目を覚まさないんじゃないかって、ひやひやしたんだぜ」

「あれから、どうなった？」

「暫《しばら》くして、母上が終わったと言うので部屋に入ったんじゃが。そこでお主がそれを抱えたまま倒れておった」

「それで？」

「母上の話では、お主は宝神具《アーティファクト》に認められたが、目覚めるまでしばし掛かるとの事でな。止《や》むなく意識のないお前を連れ、王都に戻ることにしたのじゃ」

「そっか。悪い。手間を掛けたな」

「別に。お前一人運ぶぐらい朝飯前だぜ。ま、一応感謝しろよな」

　自慢気《じまんげ》に笑うミコラ。

　その瞳《ひとみ》が少し潤《うる》んでいるのは、突っ込まないでおくよ。

「しかし、よくやってくれたの」

「……お前等がいたからさ」

ルッテ。感謝なんかするなよ。

お前等がいなかったら、ここまで辿《たど》り着けなかったんだ。ほんと、助かったよ。

「あの後何があったの？」

「……悪い。それはあまり、口にしたくない」

「そう。ま、無事だったんだし、それでいいわ」

すまないな。フィリーネ。

流石《さすが》にロミナに殺されかけたとか、あいつを斬ったなんて話をできるもんか。

世の中、知らない方がいい事もあるさ。

「まずは、ゆっくりこうしてなさい。後は王都に戻るだけなんだし。Lランクの膝枕《ひざまくら》なんて、最高でしょ？」

ふっと悪戯《いたずら》っぽく、俺《おれ》を真上から覗き込んでいた彼女が笑う。

げっ⁉　確かに俺、膝枕されてるじゃないか！

あまりの恥《は》ずかしさに、慌《あわ》てて退《ど》こうとした瞬間。

「ぐっ！」

それを拒《こば》むかのように、強い痛みが全身を走り、思わず顔を歪《ゆが》めた。

身体《からだ》を見ても、傷なんてないんだけど……。

「無理に動くでない。怪我《けが》はないが、痛むはずじゃ」

「ディアが言ってたぜ。カズトは魂《たましい》を斬られてるから、暫《しばら》くは心が強く痛むはずだって」

「マジかよ……」

確かに。死んだと思った時程じゃないけれど、あの時に感じた痛みに近い。

とはいえ、フィリーネに膝枕されっぱなしってのは……。

少し困った顔で彼女を見たけど、嬉しそうに笑うだけ。こりゃ、当面このままか……。

「あら？　私じゃ不満なのかしら？」

「だったら俺がしてやろうか？　毛もフッサフサだし、触《さわ》り心地《ごこち》も最高だぜ」

「無論、我《われ》の膝を貸しても良いぞ。我《われ》の時は目覚めんかったし、今より寝《ね》心地《ごこち》が良いかもしれんぞ」

「貴方達《あなたたち》。今日は私の日なの。絶対譲らないわよ」

は？　何の取り合いだよ。っていうか、何だよ。私の日って。

呆れてため息を吐《つ》いた、その時。俺はふと、ある事に気づいた。

あれから三日。寝込《ねこ》んでいたはずの俺の服装は、よくよく見ると真新しくなっている。

何なら身体《からだ》の汚《よご》れすらない。まるで風呂にでも入ったみたいに……。

……まさか、だよな？

「……なあ、三人とも」

「どうした？」

「何じゃ？」

「まだ何処《どこ》か痛む？」

俺の問いかけに、少し心配そうな顔をする三人。

その……そんな顔をされると、話しにくいんだけど……。

「あ、いや。そうじゃないんだけど……。俺、何時の間に着替《きが》えさせられたんだ？」

意を決してそう聞いた瞬間、目が泳いだ三人の顔が、一気に真っ赤になった。

「い、いえ。その。汚《きたな》らしいままじゃいられないでしょ？」

「えっと。ま、まあ、それはそうかもしれないけど……」

「だ、だろ？　だから、みんなで力を合わせただけだ。ほら。パーティープレイだ！　パーティープレイ！」

「ミ、ミコラ。流石にその言い方は、ちょっとやばいって……」

「お、お主は色々気にしすぎじゃ。素直《すなお》に感謝だけしておれ！　まったく……」

「いや、ルッテ。何でそこで不貞腐《ふてくさ》れるんだよ……」

みんなが目を逸《そ》らし、恥ずかしそうにしている。って事は……。

あまりの恥ずかしさに、痛む腕《うで》で無理矢理真っ赤な顔を隠《かく》した俺は、暫《しばら》く何も言えないまま、ただ馬車に揺《ゆ》られる事しかできなかった。

§　§　§　§　§

ロミナを救う為に旅に出て、約二十日。

その日の昼。ついに王都ロデムに戻《もど》った俺達は、急ぎ王宮のロミナの元へと向かった。

「ロミナ！」

ミコラが勢いよく扉《とびら》を開けると、そこには最後に見た時と変わらず、ロミナがベッドの上で寝込んでいた。

……いや、同じじゃない。以前よりはっきりと、より苦しげな息を繰《く》り返している。

その脇《わき》で、心配そうに彼女を見守っていたマーガレスとキュリアが、はっとして俺達を見た。

「キュリア。ロミナの容態はどうじゃ？」

「まだ無事。でも、これ以上、持たない」

「何じゃと⁉　カズトのお陰《かげ》で、一週間は延命できたはずじゃろ⁉」

ルッテが驚愕《きょうがく》するのも無理はない。

俺だってそう聞いたから、まだ余裕《よゆう》があると思っていたくらいだ。

「十日くらい前。一気に、呪《のろ》いが進行したの」

「何ですって⁉　それで？」

「少しして、また落ち着いた。けど、それで余裕、なくなった」

十日前……。その言葉で思い当たったのは、俺が受けた宝神具《アーティファクト》の試練。

あの時のロミナは、幻影に感じられなかった。って事は、あの試練が作用したのか……。

自分の力が足りなかったと言わんばかりに、珍《めずら》しく悔《くや》しそうな顔を見せるキュリア。

お前もずっと、苦しむロミナを見てて辛かったよな。

「そんな顔するな、キュリア。よくやったぜ」

俺は彼女に微笑《ほほえ》むと、預かっていた腕輪《うでわ》を外し、ぽんっと投《な》げ渡《わた》す。

そして、布に包まれたままの聖剣《せいけん》を背中から抜《ぬ》きベッドに立てかけると、下ろしたバックパックから、解放の宝神具《アーティファクト》を取り出した。

それまで光なく沈黙《ちんもく》していたそいつは、何かを感じ取ったのか。俺達が初めて見た時のように、怪しげな光を放ち始める。

流石に俺を認めているせいだろうか。みんながこの間みたいに、幻影を見たりはしていないようだ。

「それが……解放の宝神具《アーティファクト》なのか？」

「ああ」

緊張《きんちょう》した顔のマーガレスに手短《てみじか》に返すと、俺は両手で胸の前に宝神具《アーティファクト》を持ち、ロミナの前に立った。

「行くぜ」

いいか魔王《まおう》。もう好き勝手にはさせない。これで本当に最後だ！

『解放の宝神具《アーティファクト》、ギアノス。俺に力を貸してくれ！　ロミナを、魔王の呪いから解き放ってくれ！』

俺が詠唱《えいしょう》するように叫《さけ》んだ瞬間。

『いいだろう』

周囲にも分かるほどの響《ひび》く声と共に、宝神具《アーティファクト》がより強い輝《かがや》きを放つ。

同時に耳に届いたのは、以前にも聞いた、酷く耳障《みみざわ》りな放電のような音。

闇の文様《もんよう》が、以前俺が解呪しようとした時同様、闇の稲妻《いなずま》を放ち抵抗《ていこう》を見せる。

だけど、それは一瞬《いっしゅん》だった。

突然、部屋を眩《まばゆ》い光が包んだ瞬間《しゅんかん》。より甲高《かんだか》い、まるで絶叫《ぜっきょう》のような音が、耳をつんざいたかと思うと。解放の宝神具《アーティファクト》から放たれていた光も、嫌《いや》な音を放っていた闇の稲妻も、一瞬で消え去った。

残されたのは、ベッド上で穏《おだ》やかな寝顔《ねがお》を見せるロミナだけ。

さっきまでと比べ、顔色も随分《ずいぶん》良くなったように見える。

「……確認《かくにん》してくれ」

俺はふぅっと息を吐くと踵《きびす》を返し、ベッドから少し離れた後、みんなに背を向けたまま、その場で静かに結果を待つ。

衣《きぬ》ずれの音が聞こえて暫《しばら》く。

「完全に……消えている……」

震えた声で、フィリーネが何とか声を絞《しぼ》り出した。

「本当か？　本当にもう大丈夫《だいじょうぶ》なのか⁉」

ミコラが興奮しながら確認すると。

「これなら、大丈夫」

キュリアもまた、普段《ふだん》より少し嬉《うれ》しそうな声を出す。

「きっとまだ呪いで疲《つか》れておろうが、暫《しばら》くすれば目覚めもしよう」

隠しきれない涙声で安堵するルッテに対し。

「本当に、良かったな」

マーガレスも、ほっとした声を絞り出した。

……これで、終わったな。

俺はほっと胸を撫《な》で下ろすと、光を失った解放の宝神具《アーティファクト》をじっと眺《なが》めた後。足元に置いていたバックパックを手に取り、ゆっくりと仕舞《しま》う。

ありがとな。ギアノス。

「ルッテ」

「何じゃ」

「ディアは俺に、一人で返しに来いって言ったんだよな？」

「うむ。そうじゃが」

帰りの早馬車《はやばしゃ》の中で聞いた、ディアからの伝言を改めて確認すると、ルッテがそう答える。

じゃ、丁度いいな。

「そっか。じゃあ、ちょっと出掛《でか》けてくるわ」

俺は、振り返らずにバックパックを背負うと、そのまま扉に向かい歩き出した。

「ま、待てよ！　そんなの、ロミナが起きてからでいいじゃねーか！」

「うん。その方が、ロミナも喜ぶ」

「そうよ！　大体貴方《あなた》だって、痛みが落ち着いたのは最近なのよ。無理はだめよ！」

「そうじゃや。それに別に途中《とちゆう》までならば、我等も一緒に付いて行けるではないか」

……状況《じようきよう》は違うけど。あの時こう言って欲《ほ》しかったし、そう言ってもらえる自分でありたかったたな。

一緒に魔王討伐《まおうとうばつ》に付いて行ってたら、もう少し違う未来を夢見たかもしれない。

「あのなぁ。こんな危険な代物《しろもの》は、さっさと返すに限るんだよ。誰かに取られでもしたら大変だからな」

「だったら俺達も──」

「駄目《だめ》だ。ロミナが起きた時、みんながいないと寂《さび》しがるだろ」

ミコラの言葉を遮《さえぎ》り扉を開けると、俺は廊下《ろうか》に出た後くるりと振《ふ》り返る。

「ロミナが目覚めたらよろしく言っておいてくれ。それから……」

その先の言葉を、少しだけ言い淀《よど》む。

……けど、覚悟を決めなきゃな。

俺は、みんなの顔を心に刻むと、彼女達《かのじよたち》に向け笑顔《えがお》でこう言ったんだ。

「ルッテ。ミコラ。フィリーネ。これでパーティーは解散だ。じゃあな！」

その言葉を引き金に、俺達四人の手の甲《こう》に、光の紋章が浮《う》かび上がる。

「カズト！」

彼女達がはっとすると、あの時と同じく俺を呼び止めてくれる。

だけど、俺は未練を断ち切るように、扉を締めると背を向け、静かにもたれかかった。

同時に俺を照らす手の甲の強い光。その残光《ざんこう》が、霧散《むさん》するように消えていく。

まるで、彼女達から記憶《きおく》が失われていくのを、俺に伝えるように……。

「でも本当に、ロミナが助かって良かったわね」

「ほんにのう。一時はどうなるかと思ったわい」

「俺達、本当に頑張ったよな！」

「うん。ミコラ。偉《えら》い」

「へっへーん！」

扉の向こうから聞こえる、ロミナの無事に安堵する仲間達《たち》の声。

そこには既《すで》にもう、俺なんて存在しない。

そう。もう俺はあいつらにとって、仲間でも何でもない赤の他人。

……うん。これでいい。これでいいんだ。

俺は俯《うつむ》いたまま、寂しさを噛《か》み殺すように、ぐっと口を真一文字に結ぶ。

……久々のあいつらとの旅は、やっぱり居心地《いごこち》が良かった。

フィリーネにパーティーに誘《さそ》われた時も、本気で心が揺らいだ。

だけど、あの旅の中で、俺は気づいたんだ。

結局俺は、追放されたあの頃《ころ》と何も変わってないって事に。

ロミナを呪いから解放しようと、呪術破壊《カースブレイク》を放った時も。

ダークドラゴンのディネルとの戦いで、一《いち》か八《ばち》かで呪いの闇に飛び込んだ時も。

あいつを倒すために、考えなしに落雷《らくらい》を叩《たた》き込んだ時も。

そして、天地の狭間《はざま》でロミナと戦った時も。

……結局俺は、自分が傷つきながら、何とか勝とうとする戦いしかできなかった。

ロミナ達は、そんな無謀《むぼう》な戦い方をする俺に不安を持ち、魔王討伐から外したっていうのに……。

その事実に気づいた時、俺は怖《こわ》くなったんだ。

またみんなに、同じような辛さを味わわせるかもしれないって。

それに、確かにロミナの呪いがあったとはいえ、あいつらはもう冒険者なんてしなくても暮らしていける状況だった。

冒険《ぼうけん》をしなければ、もう魔王との戦いで味わったような恐怖《きょうふ》を経験する事はそうそうないだろう。

でも、冒険者しか脳のない俺なんかといたら、優しいあいつらの事だ。きっとまた、俺と旅をしようとしてくれる。

それは嬉しくもあるけど、そのせいでみんながまた、同じような恐怖を味わうかもしれないのは嫌なんだ。

魔王との戦いは本当に恐《おそ》ろしくて、絶望しかけたんだろ？

今思い返したって、十分トラウマになっているんだろ？

お前達が大丈夫だって言ってくれたとしても、俺はやっぱり、みんなにそんな想《おも》いをさせたくない。

……だから、お前達はもう臆病者《おくびょうもの》の俺の事なんて忘れて、お前達のお陰で護られたこの平和な世界で、楽しく、幸せに暮らしてほしいんだ。

お前達は、それだけ傷つき頑張ったんだ。

だからもう、ゆっくり休んだって、いいんだから。

泣きそうになるのをぐっと堪《こら》え、俺は静かに前を向く。

さて。みんなが俺の事を忘れてるんだ。このまま残ってたらただの不審者《ふしんしゃ》だな。

流石に王宮で捕《つか》まっちゃ元も子もないし、現霊《バニッシュ》でもして、さっさとずらかるか。

半年前をなぞるかのように、俺は扉から背を離すと、廊下を一人、ゆっくりと歩き出す。

また寒い雪山か。行くまでに大雪にならなきゃいいんだけど……って、あれ？

そういやディアも、これで俺の事忘れてる気がするんだけど、大丈夫か？

まあいいか。その時はその時だ。

解放の宝神具《アーティファクト》を返さないといけないのは変わらないし。

ロミナを助けた後だ。何があったって別に問題ないだろうしな。

……こうして俺は、自分が夢見たみんなの未来をその場に残し、自由でお気楽な一人旅に戻っていったんだ。

じゃあな、みんな。

ちゃんと幸せになれよ。

エピローグ　それだけで充分

王都ロデムを出発して、半月が過ぎた。

結局、ヴェルウェック山へ向かう道は、未だ続く雪不足のお陰でスムーズに到着《とうちゃく》する事ができた。

こうして再びフォズ遺跡《いせき》に着いたんだけど。結局、前にルッテが言っていた、氷の巨人《アイスゴーレム》やワイバーンといった怪物達《かいぶつたち》は、今回も鳴りを潜《ひそ》めていた。

しかも、結界で見えないはずの神殿《しんでん》への階段まで、お誂《あつら》え向きに解放されたまま。

まさか、結界を掛け忘れてるんじゃないだろうな？　なんて思いながら、階段を上り切った時。以前はいなかった奴《やつ》がいた。

神殿の前に立つ、ボロボロの漆黒《しっこく》のローブを纏《まと》う、一人の青年。

……忘れるもんか。ダークドラゴン、ディネル。

って、やばっ。あいつも記憶がないはずだろ？

ここで一発交えるのは、流石に分が悪すぎるって……。

「名を名乗りなさい。人間」

淡々《たんたん》と、だけどはっきりとした威圧《いあつ》感のある問いかけに。

「カズト」

俺は緊張しながらそう名乗ったんだけど。奴はこっちを一瞥《いちべつ》した後。

「付いてきなさい」

そう言って、先に神殿に向け歩き始めた。

ん？　戦わずに済むのか？

首を傾《かし》げながら後に続いていくと、ディネルは以前ルッテが案内してくれたように、神殿の隠し階段を下り、長いダンジョンを進んでいく。

そして、到着したのは見覚えのある部屋の前。

そう。宝神具《アーティファクト》が保管されていた部屋だ。

「……入ってもいいのか？」

「はい。ディア様がお待ちです」

「分かった。ちなみに……もしかしてお前、俺の事を覚えてるのか？」

「はい。敗北した屈辱《くつじょく》、忘れてはおりません」

冗談《じょうだん》か本気か。怪《あや》しく微笑むディネルの言葉に、俺はぞっとする。

最初のあれは演技かよ。ったく。

「はっ。それなら忘れておけ。一対一《サシ》じゃこっちに勝ち目なんてないからな」

俺は、内心冷《ひ》や汗《あせ》を掻《か》きながら、皮肉交じりにそう返したんだけど……。

あれ？　どうしてディネルは、俺の事を覚えているんだ？

……あ。そうか。最初に会ったのは、パ・ー・テ・ィ・ー・を・組・む・前・だからか。

パーティーを組んだ後に会ったとすれば、ミコラ達が遺跡を出る時の道案内で、こいつがいたって聞いてたその時くらい。

だけど俺は、意識がないまま、早馬《はやば》車《しゃ》に乗せられてる。

つまりあいつは、パーティーを組んでいた俺を一方的に見ただけで、俺がその間に会っ・た・という認識《にんしき》は持っていない。だから、呪いの対象にはならなかったって事かもな。

何か、ゲームのシステムの穴を突《つ》いたみたいになってるけど、忘れられてて襲《おそ》われるよりよっぽどマシか。

そんな事を考えながら、俺は深呼吸すると、扉をコンコンとノックする。

『どうぞ』

返事を待って中に入ると、部屋の中央に立っていたディアが、相変わらず落ち着いた雰《ふん》囲《い》気《き》のまま、ゆっくりとこっちに頭を下げてきた。

『お待ちしておりました』

「悪い。遅《おそ》くなって。それよりディア。お前、俺を覚えてるのか？」

『はい。この度《たび》は、娘《むすめ》とその恩人の為に尽力《じんりょく》してくださった事、本当に感謝しております』

「気にするなって。でも、何でお前は俺を忘れていないんだ？」

『と、いいますと』

「俺には忘れられ師《ロスト・ネーマー》の呪いがある。ルッテとパーティーを組んだ後に会ったはずのあんたが、解散した後も覚えていられるはずないだろ？」

『そういう事ですか』

俺の疑問を聞いた彼女は、片《かた》眼鏡を指で直した後、淡々とこう返してきた。

「私は、永らく解放の宝神具《アーティファクト》と共にあります。呪術《じゅじゅつ》の類《たぐい》など、あってないようなもの」

……けっ。やっぱりこっちは規格外かよ。

結局ディアと戦う事はなかったけれど、本気でそうならなくてよかった。

アーシエですら俺を忘れる呪いに抵抗できる時点で、正直最古《さいこ》龍《りゅう》の底が知れないしな。

『宝神具《アーティファクト》をお渡し頂けますか？』

「ああ」

俺はバックパックから宝神具《アーティファクト》を取り出しディアに渡すと、彼女はゆっくりと祭壇《さいだん》に上がり、それを祀《まつ》るように配置する。

すると、再び金色に輝き出した宝神具《アーティファクト》は、以前より弱い輝きと共に、くるくると宙で回り出した。

「……力が、弱まっている？」

『はい。一度力を使い切ると、次に同じだけの力を使えるようになるまで、三百年は掛《が》かりますから』

「そんなにかよ……」

宝神具《アーティファクト》って、勝手に万能《ばんのう》だって思《おも》い込んでいたけど、世の中そんなに甘《あま》くないんだな。

とはいえ、いるかも分からない破《は》壊《かい》神の封印《ふういん》を解く、なんてされちゃ、目も当てられないだろうし。護り続けるのは当然か。

『ひとつ、お伺《うかが》いしてもよろしいですか？』

役目を終えたディアが、ゆっくりとこちらに戻りながら、そう問いかけてきたけど……。

ん？　他に話なんてあったか？

「えっと……まあ、いいけど。何だ？」

『貴方《あなた》は何故《なぜ》、宝神具《アーティファクト》を使い、自らの呪いを解こうとは考えなかったのですか？』

……あ。

言われてみれば、俺の力の根源は呪い。そんな事ができたのかもしれないな。

まあでも、そんな事、考えもしなかった。そりゃそうだろ。

「正直、ロミナの呪いを解くのに必死だったからな。そんな事すら気づかなかっただけさ」

呆《あき》れ笑いしか浮かべられなかった俺に、珍しくディアが微笑む。

『そうですか。だからこそ、きっと貴方《あなた》は宝神具《アーティファクト》にも、絆《きずな》の女神《めがみ》アーシェにも選ばれ、認められたのでしょうね』

「どうだか。ま、もうその話はいいだろ。俺の役目は終わったし、とっくにアーシェも俺を忘れてる」

彼女の名前を出されて、心にふっと寂しさが湧《わ》き上がる。

あいつにも礼を言いたかったのに。結局、早馬車《はやばしゃ》で目覚めてから、あいつの声もしないし、気配も感じない。

天地の狭間は神の世界と近しい世界って言ってたし、たまたまあそこでは話ができただけなんだろう。

パーティーを解散した今、俺の事は忘れてるだろうけど。まあ、後で教会でも行って、祈《いの》りくらいは捧《ささ》げておくか。

──『お礼なんて、今言えばいいと思うけど』

今ってお前。そんなの無理に――って、あれ？

何で……。今あいつの声が……。

はっとした瞬間。俺の肩《かた》を踏《ふ》み台《だい》にして、何かがひょいっと床《ゆか》に飛び降りると、ディアの脇に並ぶ。

イタチみたいな白い幻獣《げんじゅう》。俺がそいつを忘れるはずがない。

「アーシェ……何で……」

ありえない。何であいつがここにいるんだ？

あいつは天界にいて、俺の事なんて忘れてるはずだろ？

『まったく……。相変わらず頭が悪いんだから』

そんな言葉と共に、幻獣アシェが光《ひか》り輝くと、そこには現代世界で一度だけ見たアーシェが、本来の少女の姿で立っていた。

「お前……俺を覚えてるのか？」

『当たり前よ』

「どうして⁉　とっくにパーティーは解散してるってのに……」

『あなたねえ。天界にいる女神様の目を、逃《のが》れられると思ってる訳？』

呆れたアーシェの言葉を聞いて、俺ははっとした。

そうか。確かに俺を見失いさえしなきゃ、パーティーを解散した後も覚えていられるのか。やっぱりそこは天に還《かえ》った神様って事か。

しっかし。今更《いまさら》それに気づいた俺を、小馬鹿にした態度で笑ってる癖《くせ》に……何、泣いてるんだよ。

『残念だけど、天界に戻った以上、あなたと旅はできないし、こうやって姿を見せたり話ができるのも、天界に近しいこういう神聖な場所だけ。だけどもう、忘れてなんてやらないわよ。ずっと見守っててあげるわよ。一応、私の恩人だしね』

「……そう、か……」

『あら、泣いてるの？　あなたらしくないわね』

「うるせえ。お前だって泣いてるだろ」

『うっさいわね。これは汗よ。あーせ！』

ばっかやろう。目からしか出ない汗なんてあるかよ。まったく……。

『ねえ、カズト』

「何だ？」

『何故みんなの所に残らなかったの？　折角《せっかく》再会したんでしょ？　一緒《いっしょ》にいたかったんでしょ？』

「……ああ。そうだな」

『じゃあ、何で？』

手で涙《なみだ》を拭《ぬぐ》うと、心配そうな顔を向けてきたアーシェに、道着の袖《そで》で涙を拭《ぬぐ》った俺は、寂しさをごまかすように、無理に笑ってみせる。

「……今の俺が残ったって、迷惑《めいわく》を掛けるだけだからさ。あいつらは優《やさ》しいから、俺が戻りたいと言えば、きっとまた俺と旅をしてくれる。だけど今の俺じゃ、傷つきながら必死に食《く》らいつくのが関の山。そんな痛々しい俺の姿を見たら、あいつらはまた苦しむだろうし、それこそ魔王のような強大な敵が現れた時、俺を置いていこうって苦渋《くじゅう》の決断をする事になる。何度もそんな経験をさせるなんて、流石に可哀想《かわいそう》だろ」

本音を語っていく内に、俺の表情が切なさで歪《ゆが》みそうになる。

おいおい。こんな所でそんな顔をしたら、アーシェにも心配を掛けるだろ。

……カズト。笑っていこうぜ。

俺は自分を必死に鼓舞《こぶ》しながら、何とか笑《え》みを崩《くず》さず、そのまま語り続ける。

「それに、聖勇女《せいゆうじょ》が魔王の呪いに掛かったのを知っているのは、ほんの一握《ひとにぎ》り。きっと語られない話だろうけど、万が一この話が世界に広まった時、Cランクの冒険者《ぼうけんしゃ》が助けたなんて締《し》まらないだろ。聖勇女《せいゆうじょ》を助けた英雄譚《えいゆうたん》には、Lランクの英雄達《えいゆうたち》が語られるくらいが丁度いいんだよ」

『……でも、一緒にいたかったんでしょ？』

「……いいんだよ。あいつらが笑顔でいられて、幸せになってくれりゃあさ。本気で心残りもないし、もうあいつらに逢《あ》う事もないだろ」

そう。俺《おれ》は忘れられ師《ロスト・ネーマー》だからな。忘れられてるくらいが丁度いいって。

『まったく。ほんと、昔っから強がりで負けず嫌《ぎら》いなとこ、変わらないんだから』

「うるさいなぁ。俺は負けず嫌いじゃない。ただの臆病者なだけだって」

呆れた顔をするアーシェに、俺もふっと自嘲《じちょう》気味に笑う。

「ディア。アーシェ。力を貸してくれてありがとう」

『この先どうなされるのですか？』

「そうだな。寒いの続きだったし、次はロムダート王国を離《はな》れて、南のウィンガン共和国にでも流れるかな。あっちは常夏《とこなつ》っぽいし、冒険のついでにバカンスでも楽しむさ」

『カズト。寂しくなったらまたここに顔を出しなさい。話し相手になってあげるから。それから、本気で祈れば美少女の女神様にきっと届くわ。もしもの時は、しっかり祈るのよ？』

「はいはい。その時はちゃんと『アーシェ様、助けてー』って祈ってやるよ。じゃあな！」

気丈《きじょう》にそう言い放ち、二人に手を上げると、俺は一人踵《きびす》を返し、ゆっくりと部屋を出た。

既にそこにディネルの姿はなく、松明《たいまつ》が煌々《こうこう》と輝いているだけ。

だけどその炎《ほのお》も、目に溜《た》まった涙のせいで、ぼやけてちゃんと見えやしない。

……まったく。嫌なもんだな。誰《だれ》かに覚えてて貰《もら》えるのが、こんなに嬉しいなんて。

俺は、道着の袖で涙を拭ってふっと笑うと、ゆっくりとダンジョンを戻り始めた。

ありがとう、アーシェ。

お前が覚えていてくれる。それだけで充分《じゅうぶん》さ。

お陰で俺は、この世界で一人じゃないって分かったし。

見守られているんだって、安心して生きていけるよ。


ダンジョンを歩いて暫《しば》らく。

俺は再び神殿より外に出ると、目の前に広がる光景に目をやった。

日差しで輝く雪や氷が、音のない静かなフォズ遺跡を、より神秘的に照らし出す。

前は落ち着いて見られなかったけど、ほんと綺麗《きれい》なもんだ。Sランクの冒険者だってそう簡単には見られない貴重な光景。しっかり目に焼き付けておかないと。

空は快晴。北国なのに寒い風も吹《ふ》いてないし、日差しもあって暖かい。

ディアのお陰で、絶好の旅立ち日和《びより》だな。

俺は大きく伸《の》びをした後、ゆっくりと神殿前の階段を下りると、遺跡の中を歩き出す。

さて。ここからはまた、自由気ままな一人旅か。

……今までの俺だったら、その言葉の通り、ただ自由に旅をして、この世界で暮らしていく事だけし考えなかったかもしれない。

でも、ここからは少しだけ、今の自分を変えてみる事にした。

といっても、そんな大した話じゃないんだけどさ。

……俺はずっと、このままでいいって思ってた。

俺には『絆の加護』や『絆の力』があるから、一人である程度のことはできるし、ただこの世界で暮らしていければいい。だからこそ、このまま旅をしようって思ってた。

勿論《もちろん》、自由気ままに旅はする。それは変わらない。

だけどこの先、少しは冒険者として成長し、武芸者として強くなろうって決めたんだ。

今回ロミナ達と再会し、ルッテ達と旅をして、改めて俺は感じたんだよ。

俺はやっぱり、いざという時に誰かを助けたいし、護《まも》りたいんだって。

別に誰のためって訳じゃない。

ただそう思った時の為《ため》に、少しでも腕を磨《みが》いて、成長しないとって思ってさ。

今はまだ、誰かに頼《たよ》られる事なんてないかもしれない。けど、強くなって、誰かに仲間と想ってもらえて。何時《いつ》か背中を預けてもらえる。そんな頼り甲斐《がい》のある武芸者になれたらっていう、ささやかな夢を持ったんだ。

とはいえ、世界を救う勇者になりたいわけじゃないし、修行《しゅぎょう》に明け暮れて一生を終えるなんてのも、この世界を堪能《たんのう》できなくてつまらないだろ？

だから、今まで通りに旅をしながら、その中で少しずつ腕を磨こうかなって思ってる。

折角、女神の呪いを受ける覚悟《かくご》までしてこの世界に来たんだ。楽しまないと損だしさ。

まあ、どうせこの先も一人旅。まずはのんびりといきますか。

呪いがあったって。忘れられたって、誰かを幸せにできる。それを知ったんだ。

大切な人が覚えててくれて、見守っててくれている。それを知れたんだ。

だから俺は、これからも精一杯《せいいっぱい》、全力で冒険していこう。

忘れられ師《ロスト・ネーマー》として、この世界で名前すら覚えてもらえなくても。

それでも、この世界が、俺の居場所なんだから。

〜Ｆｉｎ……？〜

エクストラエピローグ　ロミナの決意

――「見えるか？　星空が」

――「うん」

――「……呪いを解いたら、また一緒に見ようぜ」

あの日、カズトがそう言ってくれた時、私は本当に嬉しくって。

同時に思ったの。私の記憶にないあの人が、あなただったらいいのにって。


ずっと心に引っ掛《か》かっていた、魔王を倒《たお》す前に交《か》わしたはずの、誰かとの約束。

みんなの記憶には、まったく残っていなかったけど。

私の記憶にも、その人はいなかったけど。

だからこそ、ある噂《うわさ》を信じていたの。

忘れられ師《ロスト・ネーマー》こそ、きっと私が忘れてしまった人なんじゃないかって。

カズト。私ね。ルッテがあなたを連れてきた時、とても不思議な気持ちになったんだよ。

私は魔王を倒してから、ずっと呪《のろ》いに苦しんでた。

みんなが手を尽《つ》くしてくれたけど、結局呪いを祓《はら》う事も、止める事もできなくて。

実際あの日だって、無理して部屋にいたの。呪いで身体《からだ》が本当に辛《つら》かったけれど、それでも聖勇女《せいゆうじょ》として、しゃんとしなきゃって。

だけど、あなたがルッテと軽快に話すのを見た時、何故か凄《すご》く安心して、痛みなんて忘れちゃったんだよ。

しかもあの時、あなたと初めて逢ったはずなのに。

――「死んでもいいなんて強がるな。怖いなら怖いって仲間に言え。泣きたいなら仲間の前でちゃんと泣け。それが仲間との絆ってやつだ」

そんな、仲間ですら言ってくれない、そんな励《はげ》ましの言葉を掛けてくれたよね。

私、それを聞いて凄く嬉しくって、同時にどこか懐《なつ》かしい気持ちになったの。

だからあの夜、あなたに逢いに行ったんだよ。もっと沢山《たくさん》話したいなって思って。

結局、迷惑を掛けちゃっただけだったけど……。

あなたの背中で意識を失って、次に目を覚ました時にキュリアから、カズトが命がけで呪いを抑《おさ》え込《こ》んでくれたって聞いた。

それを知って、私はルッテ達にお願いしたの。カズトと一緒に行って欲しいって。

だって……私を助けようとしてくれたあなたに、死んで欲しくなかったから。


四人が旅立ってすぐ。私が意識を失ったって後から聞いたけど。

その時に見た悪夢は、本当に辛かった。

それは、私がカズトに聖剣《せいけん》を振るい、あなたを苦しめる夢。

──「私は信じてた！　あなたの元に帰れるって！　あなたとまた、笑顔で旅ができるって！　それなのに！　あなたは私の前から姿を消し！　私の中にあった記憶を消し！　私の前に戻《もど》って来てはくれなかった！」

私が口にしていたのは、記憶にない想い。

だけど、私は無意識に心でそう想い、重ねていたのかもしれない。

あなたが、忘れられ師《ロスト・ネーマー》なんじゃないかって。

だから、あなたが夢でそれを認めた時。確かにその先で、私が口にしたのと同じ不満を強く持ったの。

でもだからって、あなたを苦しめたくなんてなかった。斬《き》りたくなんてなかった。

それなのに。私の意思なんて関係なく、そこにいる私はカズトに沢山酷《たくさんひど》い事を言って、沢山傷つけちゃったの……。

本当に辛かった。それを止められない自分が、本当に嫌《いや》になるくらい。

……でも。それでも。あなたは抗《あらが》ってくれたよね。あなたは優しかったよね。

あれだけあなたに酷《ひど》い事をしたのに。

──「お前は生きろ！」

そう言って、私の不安な心を断《た》ち切ってくれて。

──「気にするなって。その代わり、ちゃんと幸せになれよ」

そんな未来を願ってくれて……私、本当に嬉しかったんだよ。

次に目覚めたのは、呪いが解かれて一週間後。

力なく瞼《まぶた》を開いた時。みんなが私の名を呼び、嬉しそうに泣いているのを見て、私は助かったんだって分かったの。

──「本当に……本当に良かった……」

──「お、俺は心配なんてしてねーからな！　ロミナなら絶対大丈夫だって信じてたからな！」

──「ロミナ。おはよ」

──「もう心配は要《い》らぬ。魔王《まおう》の呪いは消えさっておるからの」

フィリーネの。ミコラの。キュリアの。そしてルッテの。涙と笑顔が見られて嬉《うれ》しかった。

……だけど。一番逢いたかったあなたは、そこにいなくって。

私は少し不安になって、「カズトは?」って尋《たず》ねたんだけど。

そうしたら、みんなは首を傾げたの。

──「誰だ?　カズトって」

──「寝《ね》ぼけているのかしら?　キュリアは知ってる?」

──「私、知らない」

──「急にどうしたのじゃ。そのような者、ここにはおらんが」

また誰もあなたを覚えていない。それがすごくショックだった。

だけど、絆の女神アーシェのお陰《かげ》かも知れないけど。私は忘れてなかったの。

たった一日しか逢えなかった、あなたの事を。

そして、だからこそ確信したの。

あなたこそ。

魔王と戦う前まで、共に戦い、励ましてくれて。

必死になって、私達を陰から支えて、ずっと力を貸してくれて。

私達のわがままで、パーティーを離れさせちゃって。

それでも、私を魔王の呪いから救ってくれた人。

忘れられ師《ロスト・ネーマー》だったんだって。


パーティーから追放されたあの日。あなたはきっと、私達に忘れられるの、わかってたんだよね。一人になっちゃうの、わかってたんだよね。

それでも私達の想いを汲《く》み取ってくれて。嘘《うそ》をついてでも私達を元気づけてくれて。

泣きながら、それでも笑顔で去ってくれたんだよね。


そして、ずっと離れていたはずなのに、それでも仲間だって思ってくれてたんだよね。

だから、再会した時も、あの夜も私を励ましてくれたんだよね。

一人で旅立つ覚悟までして、私を助けようとしてくれたんだよね。

悪夢の中ですら諦《あきら》めず、私を救ってくれたんだよね。


……私はもう、そんなあなたの事、忘れないよ。

今度こそ、あなたとの約束を果たしたいから。

そして、あなたが願ってくれた通り、幸せになりたいから。

§　§　§　§　§

「決意は、変わらないんだね」

私が目覚めて一ヶ月後。

ロデム城内にある謁見《えっけん》の間で私は仲間達と一緒に、玉座に座《すわ》るマーガレスの前に跪《ひざまず》いていた。

「はい。私は一人の冒険者として、恩人を探す旅に出たいと思います」

「そうか」

多くの騎士《きし》や大臣が見守る中、顔を上げ語った私の言葉に、彼はにっこりと微笑《ほほえ》む。

優しいあなたなら、聖勇女《せいゆうじょ》なんていなくても、この国のみんなを幸せにできるもんね。

だからこそ、やっと旅立てる。夢を追う一人の冒険者として。

「しかし。フィリーネ殿《どの》まで、宮廷魔術師《きゅうていまじゅつし》の座を降りられるとは……」

「ロミナの恩人は、私《わたくし》にとっての恩人でもございます。だからこそ、彼女《かのじょ》と共に参りたいのです。ご厚意《こうい》を無にする事となり大変申し訳ございませんが、何卒《なにとぞ》ご容赦《ようしゃ》ください」

フィリーネの実力を買っていた宮廷《きゅうてい》大魔導師《まどうし》の言葉に、彼女は静かにそう返事をする。

あなたは本当にあの方に気に入られて、随分《ずいぶん》と頼りにされていたもんね。

それに比べて……。

「ミコラはまあ、元気でやれ」

「おいおい大団長！　そこはばーっと色々褒《ほ》めて、みんなでわーわー泣くとこだろ⁉」

「いや、その……そういう感情も、ないわけじゃないんだが。どちらにしろ、お前は言い出したら聞かんし、今更語る事もないだろ。まずは聖勇女《せいゆうじょ》様の下、しっかりやってこい」

「ったくよー。後で『お前がいたら良かったー』なんて泣きついても、ぜってー助けてやらねーからな！」

もう。ミコラは相変わらずなんだから。

でも、彼女の不貞腐《ふてくさ》れた顔に、みんなが楽しそうに笑うのはこの国ならでは。きっと他の国じゃこうはいかないよね。

「キュリア。ルッテ。二人も気をつけて」

「うん」

「何かあれば伝書でも飛ばせ。その時はすぐ駆《か》けつけるでの」

「ああ。ありがとう」

少しだけ名残惜《なごりお》しそうな顔をするマーガレス。

だけど、あなたはもう国王だもの。仕方ないもんね。

「それでは、失礼いたします」

私達《たち》は立ち上がって最後に一礼すると、そのまま謁見の間を後にした。

「で。まずは何処《どこ》から行くんだ？」

「母上の話では、ウィンガン共和国に向かうと言っていたようじゃが」

私が落ちた体力を戻す為にリハビリしている間、ルッテは一度、母親であるディアさんの所に行って、宝神具《アーティファクト》を返しに行った人物について尋ねてきてくれたんだけど。

宝神具《アーティファクト》を返しに来たのは、やっぱりカズトだったんだって。

帰って来た矢先。

――「母上があそこまで認め、我等の為に尽力したはずの者を忘れてしまうとは。情けない……」

なんて、凄く悔《くや》しそうな顔をしてたけど。

大丈夫《だいじょうぶ》。

お陰で彼《かれ》への手がかりもできたし。再会できたら、沢山感謝を伝えればいいんだから。

マーガレスが気《き》を利かせて、冒険者ギルドの情報でも調べるかって言ってくれたけど、
それは断っちゃった。

何か無理矢理《むりやり》再会するのは嫌だったし、きっとあなたもそれを望まない気がしたから。

「それじゃ、まずはそこに向かいましょう。久々の旅なのだし、着いたら観光と洒落込《しゃれこ》みましょうか」

「いいねー！　折角だし海で泳ごうぜ！」

「だめ。ちゃんとカズト、探す」

二人を注意したキュリアは、相変わらず淡々としてる。

世界樹の方は随分安定したみたいで、後は村の仲間に任せたんだって。

みんなに随分と引き留められたらしいけど、私達と旅をするって聞かなかったみたい。

ここまで頑《かたく》ななあなたも珍《めずら》しいかも。

「ふふっ。そうだね。少しはゆっくりしてもいいけど、ちゃんと見つけなきゃね」

私達は話をしながら、各々《おのおの》姿を隠《かく》す為コートのフードを被《かぶ》ると、城の外に歩き出した。


カズト。

あれから少し話をしたらね。今回の出逢《であ》いは、みんな少しだけ覚えてるみたいなの。

私の呪いを、誰かが少しだけ退けてくれた事。

私を助ける為、誰かが共に旅をしてくれた事。

それがあなただっていう記憶《きおく》は全然ないみたいだけど。みんなも忘れてしまったあなたに感謝してるし、逢いたがってる。

勿論。私だってそうだよ。

だから半年前の約束通り、あなたを探し出してみせるから。

あなたに逢えたら、今度はいっぱい話したいな。

ただいまって言って。ごめんねって謝《あやま》って。ちゃんとお礼も言って。沢山褒《たくさんほ》めてもらって。あの時約束してくれたし、一緒に星空も見たいな。

次に何時逢えるかは分からないけれど。あの日だって、絆の女神アーシェの思《おぼ》し召《め》しで、あなたと出逢えたんだもの。きっとまた、すぐ逢えるよね。

だから、もう少しだけ待っててね。

……あ、そうそう。

もし再会できたら——今度は、ずっと一緒にいようね。

〜To Be Continue……?〜

あとがき

——人生で夢を叶えられる事って、どれだけあるんだろう？


皆様、いかがお過ごしでしょうか。

先程の問いかけに対する答えを噛み締めながら、あとがきを書き始めた男。しょぼんでございます。


この本を手に取ってくださった皆様。本当にありがとうございます。

追放ざまぁ全盛期に書き上げたこの作品。

きっとざまぁのない作品を求めている読者層もいるはず。

そんな発想から、自分なりの個性を存分に盛り込んだ作品となったわけですが、初めてお読みになった方々の記憶に残る作品になってくれたら嬉しいです。

こちらはWeb小説コンテストのひとつ、『HJ小説大賞2021後期　ノベルアップ＋部門』で受賞させていただき、書籍化された作品となります。

そのため、元となるWeb版をお読みになった上で、本作を改めて手に取ってくださった方々も多いのではないでしょうか。

一度お読みいただいた作品を改めて手に取り読んでいただけました事、本当に感謝しております。


ちなみに、Web版既読の方は気づかれているかもしれませんが、書籍化にあたり最初に行った作業。それは文字数の削減でした。（泣）

実は、Web版で存在したサイドストーリーはエクストラエピローグ以外完全にカット。また、本編も一部表現を削除したりなどしているんですよね。

とはいえ、どうしても一巻はここまでをきっちり収めたい。そんな思いもありましたので、断腸の思いで頑張りました。

なお、サイドストーリーは書籍準拠の特別加筆版を何らかの形でお見せできるよう検討中です。（SNSや投稿サイトにお知らせします！）

また本編でも、削除した文章もありますが、Web版から追加された演出や心情の変化など、減らしただけでなく細かく手を加えておりますので、その違いを探してみるのも面白いのではと思います。

さて。お陰様でこの作品にて初めて書籍化というものを経験しましたが。

自身がはっきり思ったことは、本気で長かったな、ということでした。

こう言ってはなんですが、過去の受賞作の受賞から発売までの期間を計算していたので、まあ悪くても一年以内には出るかな、と高を括《くく》っていました。

ですが、実際は受賞が昨年の七月でしたので、約一年三ヶ月ですか。

この辺はいずれどこかでお話しようかと思いますが、本当に色々とありました。

正直な所、途中で「本当に出せるのか？」と変に不安になった事もありましたし、周囲に「まだ出ないの？」と聞かれる度に、何時《いつ》発売だと話せない心苦しい時期も過ごしました。

ですので、やっとここまでこられて本当にほっとしております。

さて。最後に、私的に色々とお礼を言いたい方々もおりますので、この場をお借りして感謝の言葉を述べさせていただきます。

まずは編集S様。

素人の自分に色々とご教示いただき、ここまで導いてくださってありがとうございました！

イラストを担当してくださった∴（ちゃばたけ）様。

自分が想像する以上に魅力あるカズトやロミナ達を生み出してくださり、本当に感謝しております！

SNSなどで受賞時からお祝いのお言葉を掛けてくださった皆様に、各種サイトなどで作品を応援してくださった皆様。

皆様の声があったからこそ、ここまでやってこられました！

本当にありがとうございました！

慣例でタイトルに1が付いているのですが、続刊が確約されているわけではありません。

何とか2巻以降も書籍化できたらいいなと思いつつ、今は無事に夢を叶えた喜びを噛み締めたいと思います。

――どうかこの英雄譚が、皆様にとって忘れられない物語となりますように。

HJ文庫 https://firecross.jp/
1117

忘れられ師の英雄譚 1 聖勇女パーティーに優しき追放をされた男は、記憶に残らずとも彼女達を救う

2023年10月1日 初版発行

著者——しょぼん

発行者—松下大介
発行所—株式会社ホビージャパン

〒151-0053
東京都渋谷区代々木2-15-8
電話 03(5304)7604(編集)
03(5304)9112(営業)

印刷所——大日本印刷株式会社

装丁——木村デザイン・ラボ/株式会社エストール

Printed in Japan

ISBN978-4-7986-3311-4 C0193

ファンレター、作品のご感想お待ちしております

〒151-0053 東京都渋谷区代々木2-15-8
(株)ホビージャパン HJ文庫編集部 気付
しょぼん 先生/∴ 先生